Gianluca Puzzo

FANTASMI PER L'11° DISTRETTO

30 agosto - 7 settembre 1971

A mia moglie,
che è spazio,
colonna
e argine.

Ringraziamenti

Ad Andrea, che con la scusa delle copertine vivaci crea scaffali giallorossi.

Ai miei attenti e (ancor più) pazienti correttori di bozze: Mary, papà e mamma, la zia Mariella, Salvatore.

A Giulio, per la consueta supervisione tecnica.

A Masterpiece, che scartandolo ha reso migliore questo romanzo.

Gianluca Puzzo
nasce nel 1974 a Roma, dove vive e lavora. Giornalista sportivo, poi copywriter, la scrittura è da sempre la sua passione. Dal 2013 è anche un self publisher e blogger (sport1one.eu).
"Fantasmi per l'11° Distretto" è il suo secondo romanzo e prosegue la saga di Noah Parker iniziata con "Sangue chiama sangue".

Raccolte di poesie:
- Sogni capovolti (2013)
- In depth (antologia in lingua inglese, 2013)
- Ovunque ma non qui (2010)
- Echi di rivoluzione vol. 1 (2005)
- L'assenza (2003)
- Di terra e di vento (2002)

Narrativa:
- La lavanderia (miniracconto spin off, 2014)
- Una donna pericolosa (miniracconto spin off, 2014)
- Sangue chiama sangue (2013)
- Nuvolari, un giorno una vita (2009)
- Echi di rivoluzione vol. 2 (2005)

Sommario

Premessa

La città senza nome in cui è ambientato questo romanzo è frutto della fantasia dell'Autore e non ha alcun riferimento con la realtà.

Le vicende raccontate in questo romanzo si collocano 70 giorni dopo la conclusione di "Sangue chiama sangue".

Lunedì 30 agosto 1971

Le gambe di Parker assecondavano il ritmico dondolio della metropolitana lanciata verso la fermata di Byron, dove avrebbero dovuto condurre l'assonnato detective fuori dal vagone e poi, su per le scale, verso l'Undicesimo Distretto, distante solo due isolati. Alle sette e un quarto del mattino, l'aria nel vagone era molto più calda di quella in superficie e ad appesantirla ulteriormente c'era quel misto di sudore e muffa caratteristico di tutte le metropolitane del mondo. La luce pallida delle lampade bianche appiattiva tutti i colori, tutte le forme, e a tenere sveglio Parker rimaneva solo il fischio intermittente delle ruote del treno sull'acciaio dei binari; pur con il vagone pressoché deserto, aveva deciso di rimanere in piedi, aggrappato a un palo di sostegno, proprio per non rischiare di addormentarsi e saltare la sua stazione. Una ragazza di vent'anni prese a osservarlo incuriosita, chiedendosi quale lavoro potesse costringere un ragazzo a occhio poco più grande di lei ad andare in giro in giacca e cravatta con il caldo atroce che tormentava la città. Alto, magro, con i capelli neri corti, lo sguardo espressivo e l'aria gentile, la ragazza ebbe l'impressione che per uno così avrebbe anche potuto mollare quel cafone conosciuto al mare con cui usciva da qualche giorno. Vedendo Parker profondamente assorto nei suoi pensieri, continuò a indagarlo con lo sguardo: scartò l'ipotesi del rappresentante di commercio ("quelli di solito hanno una borsa col campionario, no?"), poi passò all'impiegato di banca, vide le mani ben curate e decise che sì, quel ragazzo doveva proprio avere un bel posto in banca. Anche l'orario coincideva, le banche aprivano alle otto; a quel punto, doveva solo attendere che gli occhi neri di lui incrociassero i suoi per provare a sorridergli. In quell'istante il vagone affrontò una curva e lo scossone aprì la giacca di Parker quel tanto che bastava per mostrare una fondina ascellare e il riflesso metallico del calcio di una pistola. La ragazza sentì i suoi piani andare fragorosamente in briciole: era un poliziotto, come suo padre, suo zio e suo nonno. Non se ne parlava nemmeno di portare un altro poliziotto in casa, e voltò lo sguardo verso il buio della galleria che scorreva fuori dal finestrino.

Parker non si era accorto di nulla, naturalmente, assorto com'era nei suoi pensieri. Quello che stava per concludersi era stato un agosto piuttosto pesante per lui: arrivato all'Undicesimo Distretto e sulle strade del Barrio solo due mesi prima, direttamente dall'Accademia, era stato affidato alle cure di Grady Watts, detective di primo grado, per venirne protetto e, al tempo stesso, svezzato. E Watts c'era riuscito: a suo modo, un modo piuttosto rude e cinico, ma c'era riuscito. Nell'istante in cui l'aveva conosciuto, dentro la stanza del tenente Braxton, il capo della Squadra Investigativa dell'Undicesimo, Parker non avrebbe mai potuto immaginare che quel colosso biondo, volgare, con la risata sguaiata e i capelli legati a codino con un laccio nero sarebbe arrivato un giorno a mancargli. Così invece era stato. Watts sarebbe rientrato quel giorno dopo oltre due mesi d'assenza dal distretto, a causa di una brutta pallottola rimediata durante una manifestazione contro la guerra in Vietnam. Nello scontro cui aveva preso parte, Watts aveva ucciso due uomini, due ragazzi di vent'anni per la precisione; ne era nato un enorme caso sui giornali, un caso su cui si erano accapigliati per giorni opinionisti e lettori. A mettere la parola fine sulla questione e a restituire distintivo e pistola a Watts era giunta la commissione degli Affari Interni della Polizia, riunita con la massima urgenza, che aveva iniziato a interrogare Watts mentre questi era ancora in ospedale. Rilievi scientifici, testimonianze e registrazioni radio avevano scagionato il detective dell'Undicesimo, confermando che la sua scelta di fare fuoco era stata una difesa proporzionata all'attacco subito e finalizzata alla protezione della squadra di uomini sotto il suo comando, uno dei quali era già stato ucciso da un colpo di pistola ravvicinato. Anche il procuratore e la sua squadra stavano conducendo la loro indagine sull'accaduto, e Watts sarebbe stato convocato a breve per un colloquio riservato, ma le prove a favore del detective apparivano inoppugnabili ed era estremamente difficile che un giudice potesse imputargli alcunché.

Finiti gli interrogatori degli Affari Interni e rimesso in salute il braccio ferito, Watts si era anche goduto due settimane di vacanza lontano dalla città, trascorse in Florida con la collega Gayle Zampisi, l'unica donna della squadra. Entrambi sarebbero rientrati in ufficio quella mattina e Parker era ansioso di rivederli, anche se per motivi ben differenti. Era stanco di lavorare senza Watts; dopo gli attriti iniziali avevano costruito un buon affiatamento. Nei due mesi trascorsi aveva lavorato con quasi tutti gli altri detective della Squadra Investigativa e questo, se da un lato l'aveva fatto sentire un po' spaesato, almeno gli aveva consentito di conoscere meglio i suoi colleghi. Con Sanchez, Schuster e Jackson era andata davvero bene; nessun problema con Blackman e Mitchell, così come con Klay. Aveva invece faticato a sopportare Ross, l'abituale compagno di coppia di Zampisi, intollerabilmente saccente, Mike Sprewell, pigro e svogliato, e infine Casey White, un becero razzista della peggior specie. La nostalgia di Zampisi, invece, era del tutto diversa. Era un sentimento in continuo mutamento, difficile da inquadrare con esattezza perfino per la razionalità di Parker. Percepiva fisicamente la sua assenza, nella sala dell'Investigativa e nella sua vita; ogni giorno senza di lei era vuoto delle promesse dei suoi sguardi, del profumo del suo corpo. Parker aveva provato con tutte le sue forze ad allontanarla da sé: era angosciato dall'idea che Watts scoprisse che il suo compagno di coppia si era portato a letto la sua fidanzata, era schiacciato dalla paura fisica e oppresso dal senso di colpa per aver rotto il vincolo, per lui sacro (o almeno così credeva), dell'amicizia. Il fatto che ora le cose tra Watts e Zampisi sembrava andassero al meglio, come confermava la loro partenza insieme per la Florida due settimane prima, non leniva di molto lo stato d'animo di Parker.

A dispetto di tutte le sue fortissime remore, Parker non vedeva l'ora che lei tornasse, che varcasse la soglia della stanza dove la Squadra Investigativa faceva il suo lavoro e si sedesse alla propria scrivania, proprio di fronte alla sua, fermandosi i capelli corvini con una matita; e, in modo del tutto irrazionale, non vedeva l'ora di tornare a fare l'amore con lei.

La voce metallica dell'altoparlante gracchiò più volte "Byron", strappandolo ai suoi pensieri, e le gambe magre di Parker fecero appena in tempo a far balzare fuori dal vagone il loro proprietario prima che le porte si richiudessero. Parker guardò la metropolitana ripartire, incrociò per un attimo lo sguardo della ragazza attraverso il finestrino e godette per qualche istante del vento, caldo ma pur sempre vento, generato dallo spostamento del convoglio. Poi, rassegnato alla fornace che avrebbe trovato in strada, si avviò mestamente verso le scale metalliche dell'uscita.

Ancora una volta, quella breve passeggiata che lo separava dal Distretto ebbe il potere di svegliarlo definitivamente; prese a guardarsi attorno con occhio vigile e quel che vide, un giorno di più, non gli piacque. Il Barrio, il quartiere più popoloso, povero e malfamato della città (di cui occupava l'intero quadrante sud-occidentale), si aprì agli occhi del giovane detective in tutto il suo squallore: delimitato a est dal fiume Chain, che tagliava in senso verticale la città, e a nord dagli appartamenti borghesi del Western District, i migliori dei quali godevano di una magnifica vista sul verde del Monumental Park, il Barrio si estendeva fino all'anello delle freeway, le strade a scorrimento veloce che circondavano la città e ne costituivano il confine artificiale. Di questo enorme quartiere, l'Undicesimo Distretto era deputato a controllarne una vasta area a sud, settanta isolati e circa 35 mila abitanti, molti dei quali passati o futuri frequentatori delle due galere cittadine, Hampton Court (la più vecchia, situata nel North Bend) e Prescott, inaugurata qualche anno prima una decina di miglia fuori dalla città.

Come ogni giorno dall'inizio di quella torrida estate, gli angoli delle strade erano occupati da molti barboni, spinti dal caldo a dormire in strada, piuttosto che nei ricoveri o sotto i ponti delle freeway; i cartoni luridi su cui si sdraiavano di notte erano stesi in piedi lungo i muri, in attesa che il sole nascente arrivasse ad asciugarli dall'umidità notturna. I suoi colleghi avrebbero potuto togliere tutta quella gente dalle strade del Barrio, forti del reato di vagabondaggio, ma farlo sarebbe stato una sciocchezza, e loro erano i primi a saperlo. Le due carceri erano prossime al collasso e nessun giudice avrebbe trasformato in arresto il fermo di un barbone unicamente sulla base di quel reato, disponendone anzi l'immediato rilascio; e così i barboni sarebbero tornati in strada e ci sarebbero state da ripulire le celle di sicurezza nel seminterrato dalla puzza stomachevole lasciata da quei disperati durante le ore di fermo. Il vagabondaggio era una scusa buona solo per ripulire per ventiquattr'ore la città in previsione di qualche parata del sindaco o del presidente, nulla di più.

Parker tirò dritto, ansioso di arrivare tra le mura caotiche ma rassicuranti del suo Distretto; la povertà assoluta lo terrorizzava, perché chi non ha niente da perdere non si ferma davanti a nulla pur di provare a cambiare la propria condizione. In quei pochi mesi nel Barrio aveva già sentito molta gente invocare più distretti e più poliziotti nel quartiere ma Parker li considerava solo degli stupidi; "date a tutta questa gente un lavoro onesto e una casa senza topi – ribatteva spesso nelle chiacchierate con i colleghi più intransigenti – e vedrete che i distretti e i poliziotti potremo dimezzarli". Era in quella disperazione che le bande, le mafie e i commercianti di droga trovavano la loro manodopera a basso costo, per spacciare, uccidere o sorvegliare il territorio, un esercito in gran parte invisibile, un esercito senza divisa, un esercito di fantasmi.

Prima ancora di giungere davanti al portone del Distretto vide altri barboni, seduti a mendicare proprio sotto i globi di vetro illuminati, con il numero 11 stampato sopra. Passò tra loro ed entrò, trovandosi di fronte la divisa blu e i baffi rossi del sergente MacGovern, addetto al bancone dell'ingresso e al centralino.

«Buongiorno Mac».

«Buongiorno Parker, tutto bene?»

«Non si può fare niente per quei tre seduti qui fuori?» domandò Parker come se quello non avesse neppure risposto al suo saluto.

«Hai ragione, ora li mando via» e fece per girare intorno al bancone.

«No, non ti sto dicendo di uscire e prenderli a calci. Magari se gli diamo un pezzo di pane o una tazza di caffè quelli se ne vanno lo stesso e noi avremo fatto qualcosa di buono per loro...» provò a suggerire Parker.

Il sergente si bloccò e lo guardò, sorpreso.

«Io non penso che sia una buona idea, ragazzo» ribatté con tono paterno.

«Non chiamarmi ragazzo, Mac, sai che lo odio».

«Scusa Parker» rispose il sergente, seccato.

«Quindi?»

«Quindi ti dico che non è una buona idea».

«E perché?» chiese Parker indispettito, mettendosi le mani sui fianchi.

«Perché si spargerebbe la voce e domani ne troveremmo il doppio, RAGAZZO» disse una voce alle sue spalle, in tono sommesso ma fermo, sottolineando la parola che Parker aveva appena detto di odiare.

Parker si voltò di scatto e vide il comandante del Distretto, il capitano Duvall, che lo fissava con i suoi imperscrutabili occhi azzurri. Non capitava spesso d'incontrarlo in giro; reduce da un lungo periodo di depressione seguito all'assassinio della moglie e della figlia da parte di un criminale desideroso di vendetta (evento su cui tutto il Distretto aveva steso un velo di omertà), il capitano rimaneva chiuso per giornate intere nel suo ufficio, dedicandosi con costanza alle bottiglie della sua dispensa personale e delegando quanto più possibile ai suoi sottoposti più affidabili: il tenente Braxton, capo dell'Investigativa, Fisher, capo delle autopattuglie, Marino, dell'Antidroga e Spielman, della Scientifica. Parker aveva avuto con lui solo un paio d'incontri casuali, in cui non aveva potuto fare a meno di percepire da un lato la lontananza mentale del suo superiore dalla vita quotidiana del Distretto che dirigeva, ma dall'altro lo straordinario senso di autorità che egli naturalmente emanava.

Parker, sorpreso dall'entrata in scena di Duvall, non trovò di meglio che balbettare un timido «Lei crede, capitano?», mentre il sergente MacGovern ghignava, soddisfatto di aver trovato il sostegno del suo ufficiale in comando.

«Sì, non penso sia una buona idea la tua, figliolo».

Se c'era un nomignolo che Parker odiava più di "ragazzo" era "figliolo", ma stavolta si guardò bene dal farlo notare; alcolista o no, quello era pur sempre un capitano di polizia e il suo comandante in capo.

«Li faccia spostare, Mac - proseguì Duvall – ma con tranquillità, senza alzare le mani». Il sergente si diresse subito al portone per eseguire l'ordine.

«Bravo, figliolo, continua così» disse Duvall, un attimo prima d'imboccare le scale che conducevano ai piani superiori.

Parker si ritrovò da solo nell'atrio del distretto, con l'aria confusa dopo il frettoloso commiato del capitano. Si chiese quanta ironia ci fosse stata nella sua ultima frase, ma non riuscì a darsi una risposta convincente. Il capitano Duvall era ancora un oggetto troppo misterioso per lui. Attraverso il portone sentì la voce baritonale del sergente che scuoteva i barboni dal loro torpore, ripensò per un attimo a Duvall, poi decise che era ora d'iniziare a lavorare e attaccò anche lui i gradini.

Il primo piano dell'edificio che ospitava l'Undicesimo Distretto era quasi completamente occupato dalla Squadra Investigativa. In un'enorme sala lavoravano, divise in tre turni da otto ore ciascuno, le otto coppie di detective assegnate a quel Distretto. Ognuno dei sei giorni feriali una coppia era di riposo, mentre la domenica le coppie libere erano due; curiosamente, infatti, le statistiche sui crimini rilevavano ormai da tempo come i reati diminuissero sensibilmente nel giorno del Signore. Difficile che ciò fosse dovuto alle Sante Messe, più probabilmente alle partite di baseball e football in diretta in tv e alla radio, ma appariva ormai consolidata questa sorta di tregua domenicale nell'eterna lotta tra legge e crimine.

A chi non fosse avvezzo, la sala dell'Investigativa dell'Undicesimo poteva apparire come l'anticamera dell'inferno, disseminata di scrivanie stracolme di carte, quelle dei detective, su cui squillavano telefoni o ticchettavano macchine da scrivere, piena di voci e del ronzio ininterrotto dei ventilatori sul soffitto. Alle finestre, pesanti grate di acciaio grigio davano l'impressione di essere tutti, guardie e ladri, in una grande, affollatissima cella comune. La stanza accanto, pur essendo molto più piccola e senza finestre, non era da meno quanto a rumore, anzi. Era la sala delle telescriventi, le macchine attraverso cui il Distretto inviava e riceveva rapporti e segnalazioni, comunicando quasi in tempo reale con tutti gli altri distretti della città. Le telescriventi erano sei, e ognuna di esse gracchiava ad un volume insopportabile quando i suoi aghi iniziavano a scrivere sul rotolo di carta che finiva immancabilmente per spargersi sul pavimento. Va da sé che a Parker, in quanto ultimo arrivato, fosse stata assegnata la scrivania più vicina a quel rumore incessante.

Giunto al suo posto di lavoro, il giovane detective notò con una punta di dispiacere che né Watts né Zampisi erano ancora arrivati in ufficio. Vedendone la porta aperta, si affacciò nella stanza del suo diretto superiore, il tenente Braxton, al suo solito in camicia bianca con le maniche arrotolate fino ai gomiti. Pur avendo superati i cinquant'anni, la forma fisica del tenente era ancora invidiabile, e Parker si chiedeva spesso come facesse, visto che ormai il suo lavoro lo obbligava a passare dodici ore al giorno dietro una scrivania.

«Buongiorno tenente, tutto bene?»

«Ah, ciao Parker – il sorriso bianchissimo, contrastante con la pelle nera, si aprì meravigliosamente – sì tutto bene, grazie».

«Oggi torna Watts, vero?»

«Era ora che rimettesse piede nella sua squadra. Provvedi tu a informarlo su tutto quello a cui stai lavorando. A proposito, ci sono novità sulla rapina al drugstore di lunedì scorso?»

«No, nessuna traccia, nessun testimone, siamo ancora al buio».

«Beh, con Watts vedete di spremere qualche suo informatore per far saltare fuori qualcosa, ho addosso tutta la Centrale per questa storia. Il sindaco ha chiamato il capo della Polizia, il quale ha chiamato il capo delle Attività Investigative, il quale ha chiamato il capo dell'area Ovest...».

«Il quale ha chiamato lei...»

«Esatto... beh, insomma, fate saltare fuori qualcosa, i giornali ci stanno dando addosso di brutto».

«Ok».

«Le bande sono tranquille, invece?» proseguì martellante Braxton.

«Non ho trovato rapporti della notte sulla mia scrivania, ma non ho visto Sanchez».

«Gli ho detto io di non ripassare da qui e andarsene a dormire, è stato fuori tutta la notte per varie cose, tra cui un accoltellamento dietro il Grapes».

«La discoteca?»

«Quella. Quando ci ho parlato non mi ha detto di riferirti niente, quindi penso che non abbia novità sulle tue bande».

«Ok, allora aspetto Watts, lo aggiorno e poi ci mettiamo in moto».

Il tenente fece un breve cenno di assenso con la testa e tornò ai rapporti dei suoi detective.

Parker diede una veloce scorsa alle segnalazioni arrivate via telescrivente dagli altri distretti durante la notte; Watts gli aveva insegnato a non trascurare nessun canale nella raccolta delle informazioni su un caso. Nessuno dei due credeva alle coincidenze ma alla fortuna sì. Non era arrivato ancora alla fine della lettura che la sua attenzione fu distratta da una voce familiare proveniente dall'ingresso della sala dell'Investigativa.

«Potete mettervi comodi, culi di piombo! La legge e l'ordine sono tornati in città!» gridò Grady Watts, facendo voltare tutte le teste presenti in quel momento nell'enorme stanza perennemente illuminata dai neon.

Rob Ross scosse la testa e tornò alla sua macchina da scrivere; tra i due non correva buon sangue e non perdevano occasione di ribadirselo a vicenda.

«Culi di piombo noi, eh? Chi è che non si fa vedere da giugno?» gli ricordò Sprewell ad alta voce.

«Già... secondo me s'è sparato da solo al braccio, pur di non venire a lavorare» rincarò la dose Bowl, intento a zuccherarsi il caffè.

«Aaahhh, che brutta cosa l'invidia!» disse Watts, mentre faceva il giro della stanza stringendo le mani di tutti i colleghi.

«Ehi, sei più abbronzato di me, Grady!» gli disse bonariamente Jackson, l'unico detective nero dell'Undicesimo Distretto.

«Puoi dirlo forte Mike, puoi dirlo forte. E il mio straordinario compagno dov'è?»

Parker aveva seguito tutta la trionfale entrata in scena del collega dalla sala delle telescriventi, all'estrema destra rispetto a Watts. Com'era prevedibile, il teatrale ritorno di Watts aveva quasi azzerato quello di Zampisi; l'ambiente maschilista della Polizia non vedeva di buon occhio le donne in divisa, men che meno quelle poche che si erano saputo guadagnare la placca dorata da detective. Solo Bob Schuster, il più anziano della squadra, e Rob Ross, il compagno di coppia, le strinsero la mano, mentre tutti gli altri si limitarono a vaghi cenni di saluto.

«A lavorare, come sempre. Ciao Grady» rispose Parker con un sorriso.

«Giovane Parker! – allargò le braccia e gli andò incontro per abbracciarlo – Sei riuscito a salvare la pelle in questi due mesi senza di me eh?»

«Ce l'ho messa tutta» rispose Parker, abbracciandolo a sua volta.

«Bravo – disse Watts passando a un tono di voce più basso e più serio – sono felice di ritrovarti bene, giovane Parker. Passo a salutare il tenente e poi ci mettiamo a lavoro».

«Ok, ti aspetto».

Grady Watts attraversò la stanza come un divo, distribuendo ancora saluti e pacche sulle spalle a tutti i colleghi. Tutti avevano naturalmente saputo le circostanze del suo ferimento e tutti, nessuno escluso, sostenevano che Watts meritasse una medaglia per quello che aveva fatto, altro che la commissione d'inchiesta o le indagini del procuratore.

Zampisi, intanto, si stava sistemando alla sua scrivania senza degnare neppure di uno sguardo Parker che, seduto con aria finta indaffarata al suo tavolo, la osservava di sottecchi. Dopo qualche minuto, visto il perdurante disinteresse di Zampisi, Parker s'immerse davvero nel lavoro, iniziando la stesura di un rapporto rimasto arretrato dal giorno prima. Lo terminò poco dopo, e alzando gli occhi mentre sfilava la carta copiativa dai rulli della macchina da scrivere, colse Zampisi intenta a fissarlo. Il detective mosse la testa in senso interrogativo, ricevendone in risposta una strizzata d'occhio che lo lasciò interdetto. In quell'istante Watts uscì dalla stanza del tenente Braxton e Zampisi si alzò per andare anche lei a salutare il superiore.

«Ho saputo che in questi mesi sei stato un po' la zoccola del distretto!» esordì il gigante biondo.

«La zoccola?!»

«Beh, hai lavorato un po' con tutti! Come altro dovrei chiamarti?»

«La colpa è di quel fesso del mio compagno che s'è fatto sparare addosso e mi ha lasciato da solo...»

«Eh già, la colpa è proprio sua... senti, il tenente mi ha detto che hai qualche rogna tra le mani» disse Watts cambiando tono e diventando improvvisamente serio.

«Già... la rogna vera è questa rapina... - e gli mise davanti un faldone giallo, che Watts iniziò a sfogliare con estremo interesse - una settimana fa, in pieno giorno, nel drugstore tra la Madison e la Quarta, cassa e cassaforte svuotate, il proprietario e tre impiegati trucidati, nessun testimone».

«Bastardi...» mormorò Watts continuando a leggere.

« Di sicuro si tratta di una banda molto organizzata ed esperta del mestiere».

«Li hanno ammazzati perché qualcuno aveva fatto partire l'allarme?»

«No, non era partito nulla, noi siamo arrivati su segnalazione del primo cliente entrato dopo la strage. L'unica arma presente nel negozio era nascosta sotto la cassa e l'abbiamo ritrovata lì. Non l'hanno nemmeno presa. Sono stati portati tutti e quattro nel magazzino seminterrato e ammazzati lì. Un'esecuzione. Non c'era una goccia di sangue in tutto il resto del negozio. E' escluso che qualcuno del negozio abbia reagito».

«Per poter radunare e ammazzare quattro persone in pieno giorno senza lasciargli nemmeno il tempo di reagire dovevano essere almeno quattro anche loro».

«Sì, è quello che penso anch'io. Leggi delle armi...»

Rimasero in silenzio per un minuto, il tempo che occorse a Watts per scorrere tutto l'elenco dei reperti trovati sul luogo della strage. Lo squillo di un telefono fu prontamente interrotto da Zampisi, appena tornata dalla stanza del tenente, che per rispondere si piegò in avanti, dando le spalle a Parker. Gli occhi del giovane detective notarono che la forma del sedere della sua collega era ancora strepitosamente immutata.

«Pistole automatiche, leggo...» disse Watts senza alzare gli occhi dai documenti che aveva in mano, riportando l'attenzione del collega sul caso che stavano discutendo.

«Sì, c'erano addirittura quattro tipi diversi di bossoli...»

«Vedo... 22 Long Rifle, 7,65 Browing, 9,19 Parabellum e 7,65 Parabellum... hanno un'armeria a disposizione questi bastardi! Tutti nel seminterrato?»

«Tutti tranne due Long Rifle, trovati all'ingresso. Sono quelli dei due colpi con cui hanno distrutto la telecamera della cassa. Le tracciature sui bossoli dicono che ogni tipo è stato sparato dalla stessa pistola, quindi quattro pistole e probabilmente quattro uomini».

«Sempre che non ci fosse anche un capo che non ha dovuto sparare, più uno o due autisti fuori, secondo che fossero in un pulmino o in due macchine, e magari anche un paio di pali fuori dall'ingresso per tenere lontani eventuali clienti... siamo a nove persone... questa non è una banda, è un commando».

Parker annuì.

«Nessuna possibilità di risalire alle armi, naturalmente...» proseguì Watts.

«Nessuna. Sono tutte cartucce comunissime, ognuna di queste può essere utilizzata su un mucchio di pistole diverse, nuove o vecchie. L'unica certezza che abbiamo è che la pistola A ha sparato tutti i colpi 22LR, la pistola B tutti i 7,65 Browning, la pistola C...»

«Va bene Parker, ho capito, ho capito, mi hanno ferito al braccio, non al cervello, cazzo. I giornali hanno fatto casino?»

«Scherzi, Grady? Non ne sai nulla solo perché eri in Florida, altrimenti non avresti sentito parlare d'altro in città. Per fortuna a rispondere alla chiamata siamo stati io e Schuster, quindi ora saremo in quattro, con te e Jackson, a lavorarci. Per quel poco che ci sia da lavorarci su, intendo».

«Fottuto pessimista... prima hai detto che hanno anche messo fuori uso la telecamera puntata sulla cassa...»

«Appena entrati hanno sparato alla telecamera, poi sono andati anche sul retro e hanno incendiato le bobine delle registrazioni».

«Allora uno della banda era stato lì nei giorni precedenti per fare un sopralluogo e temevano che potessimo risalire a lui».

«Esatto, ma abbiamo pensato anche a una talpa tra i dipendenti del negozio. La cassaforte era ben nascosta ma l'hanno scovata e aperta in pochi minuti, senza esplosivo... sapevano già dov'era e che modello era».

«Sono d'accordo. Dagli altri dipendenti non è saltato fuori nulla?»

«No. Oltre a quelli ammazzati ce sono solo altri due che erano di riposo, ma hanno entrambi alibi a prova di bomba. Uno ha passato la mattina al Ventunesimo Distretto per denunciare il furto della moto subìto la notte precedente, l'altro era addirittura a fare volontariato in un ospedale... hanno centinaia di testimoni a favore».

«Il furto della moto può avere qualche attinenza con la rapina o è solo una coincidenza?»

«La moto non è stata ritrovata ancora, quindi non possiamo saperlo con certezza, ma non vedo una banda così numerosa cosa possa farsene di una moto».

«Già... mi sa che è solo una coincidenza... quindi dalla telecamera non abbiamo niente».

«Niente, tutto distrutto».

«Avete chiesto ai due dipendenti assenti se nei giorni precedenti alla rapina hanno notato qualche nuovo cliente aggirarsi con aria troppo curiosa nel negozio?»

«Sì, e non hanno notato nulla di particolare, quel drugstore è molto frequentato, e proprio qui sta la cosa più strana...»

«La scelta di rapinarlo in pieno giorno?»

«Esatto».

«E bravo Parker, vedo che le cattive frequentazioni di questi mesi senza di me non ti hanno rincoglionito del tutto!» disse Watts ridendo.

«E vedo con piacere che la vacanza non ha rincoglionito nemmeno te. Voglio dire: perché correre il rischio di fare tutto questo in pieno giorno? I drugstore sono aperti anche la notte».

«Però la notte molti si barricano dentro e ti passano le cose dallo sportello».

«Questo no. Sempre aperto, notte e giorno, senza sportello, mi sono informato».

«Forse hanno agito di giorno perché sapevano di trovare più soldi tra cassa e cassaforte rispetto alla notte».

«Sì, questa può essere una spiegazione. Oppure sapevano che lunedì scorso ci sarebbe stato qualcosa di grosso in cassaforte, qualcosa che poi sarebbe stato portato via».

«Lo sappiamo con certezza?»

«No, il proprietario è tra i morti e non abbiamo trovato nessun registro del contenuto della cassaforte».

«L'incasso della settimana precedente?»

«Solo in parte; i due dipendenti assenti hanno detto che veniva prelevato ogni giovedì e lunedì sera da un furgone portavalori. Nei giorni senza ritiro i soldi stavano in cassaforte».

«Quindi lunedì mattina in cassaforte c'era l'incasso di tutto il weekend, ecco trovato il motivo della scelta del giorno» sentenziò trionfante Watts, come se avesse risolto il caso.

«Sì, ma non quello per la scelta di correre questo rischio di giorno. Se avessero fatto la rapina nella notte tra domenica e lunedì avrebbero raggiunto lo stesso scopo con la metà dei rischi».

Watts guardò il collega indispettito, ma dopo un attimo di riflessione dovette annuire.

«C'è qualcosa che li faceva essere assolutamente tranquilli di poter fare tutto anche in pieno giorno, altrimenti non si spiega una cosa del genere. E poi c'è la carneficina...»

«Esatto. Uccidere senza motivo apparente quattro persone. C'è solo una cosa che può giustificare una strage del genere: qualcuno dei quattro morti e qualcuno della banda si conoscevano».

«Sì, sono d'accordo. E si conoscevano così bene da potersi riconoscere anche solo dalla voce, perché altrimenti sarebbe bastato un passamontagna, senza dover uccidere nessuno».

«Oppure qualcuno dei rapinatori deve avere qualcosa di particolare nella voce, qualcosa che lo distingue. Non so, un accento, un'inflessione particolare, la balbuzie... boh» disse Parker, aprendo infine le braccia in un gesto sconsolato.

«Perché li hanno portati nel seminterrato per ucciderli?»

«Probabilmente per evitare che il rumore degli spari si sentisse in strada o che qualcuno vedesse la scena attraverso le vetrine».

«Ora come vi state muovendo con Schuster e Jackson?»

«Jackson sta indagando sul passato del proprietario del drugstore, Jack Morris; vediamo se doveva dei soldi a qualcuno talmente pazzo da fare una cosa del genere per riprenderseli. Schuster sta sentendo i suoi informatori e sta tenendo d'occhio i due dipendenti di riposo».

«E tu?»

«E io... non avendo informatori, aspettavo che tornassi tu per andare a parlare con i tuoi!»

«Scroccone maledetto!» disse Watts, restituendogli il faldone e alzandosi.

«Aspetta Grady, c'è dell'altro» lo bloccò Parker, facendogli cenno di tornare a sedersi.

«Cazzo Parker, ti hanno affidato tutte le indagini del distretto?»

«No, non è un'indagine vera e propria... chiamiamola un'indagine preventiva, ok?»

«Sarebbe a dire?»

«Il titolare della cosa è Sanchez, ma siccome anche lui è da due settimane senza compagno...»

«Che è successo a Price?»

«Nulla di grave, l'hanno operato di appendicite quindici giorni fa, dovrebbe tornare tra una settimana».

«Ok, dicevi?»

«Dicevo che siccome Sanchez sta lavorando da solo e siccome io e lui siamo diventati buoni amici dopo la storia dell'omicidio Krample e della stazione...»

«'Fanculo, non ricordarmi quel giorno!»

«Comunque sia, Sanchez mi ha coinvolto in questa sua faccenda».

«Di che si tratta?»

«Sente una strana aria in giro tra le bande portoricane».

«Che tipo di aria?»

«Aria di tempesta. Intendiamoci, finora non è successo nulla di concreto, ma i suoi informatori e il suo fiuto ci suggeriscono di stare sul chi vive».

«Un po' poco per prendere iniziative... ne avete parlato al tenente?»

«Certo, sa tutto».

«E che vi ha suggerito di fare?»

«Valutare se qualche retata con accuse generiche può aiutarci oppure se è meglio dargli corda e stare pronti a intervenire».

«A dare corda a quegli stronzetti c'è sempre il rischio di finire strozzati; io sarei per le care, vecchie retate. Tanto qualcosa gliela troviamo sempre, che sia possesso d'armi o di stupefacenti o per qualche macchina rubata o per disturbo della quiete pubblica con i loro stereo del cazzo a tutto volume; li togliamo dalla circolazione per quarantotto ore, proviamo a farci raccontare qualcosa e gli facciamo capire che li teniamo d'occhio».

«La retata però non la farei così semplice. Pare stia nascendo una nuova gang portoricana, "Los Fantasmas": sono quasi tutti minorenni che abbandonano le loro poverissime famiglie a Porto Rico o che ne vengono prelevati a forza».

«E fin qui niente di nuovo...» ribadì Watts.

«La voce che gira è che si stiano armando fino ai denti».

«Con quali soldi?»

«Non si sa chi li finanzi, ma i "soffia" di Sanchez parlano di mitra, granate... armi da guerra, insomma».

«E tutto questo arsenale lo userebbero dei minorenni?»

«Sì, pare di sì. C'è qualcuno che li finanzia e qualcuno che li istruisce, ma il requisito principale è il loro essere minorenni».

«E appena compiono 18 anni che fanno? Li ammazzano?»

«No, ma pare che li tolgano dalla strada. Diventano pienamente perseguibili dalla legge e alla gang non servono più. Probabilmente li fanno tornare a Porto Rico con un bel gruzzolo in tasca».

«Uhm, è possibile. Si sa chi è il loro capo?»

«No, per il momento non sappiamo che faccia abbia nemmeno uno di loro. E' come se non esistessero. Anche Sanchez all'inizio era scettico sulla cosa, ma quando cinque o sei informatori diversi ti raccontano la stessa storia inizi a rifletterci su, no?»

«Certo. E poi Julian non è un novellino; si è fatto tanti di quei turni di notte da conoscere ogni palmo del Barrio anche bendato, e quando si parla di portoricani le migliori notizie ce le ha sempre lui. Piuttosto, con tutta quella roba chi dovrebbero attaccare Los Fantasmas?»

«Non lo sappiamo. Possiamo presumere che intendano dichiarare guerra alle altre gang per il controllo del territorio e del mercato dello spaccio, ma è solo l'ipotesi più plausibile, nulla di certo. Per quel che ne sappiamo potrebbero anche aver deciso di attaccare questo distretto e raderlo al suolo».

«E allora imbottiamo Sprewell d'esplosivo e glielo lanciamo contro appena si avvicinano!» disse Watts volontariamente a voce molto alta, vedendo passare il collega, che come risposta gli mostrò il dito medio.

«Permaloso! - poi, tornando serio, chiese - Immagino che queste voci abbiano scatenato il riarmo anche delle altre gang».

«Esatto, Grady. I prezzi delle armi sul mercato nero stanno schizzando alle stelle e la cosa più preoccupante è che anche gli altri ora non si accontentano più delle pistole che hanno, ma cercano mitra M-16, Kalashnikov e roba simile. Se le strade si riempiono di quella roba non le teniamo più».

Watts annuì pensieroso.

«Sai se qualcuno ne ha parlato col tenente Marino dell'Antidroga?»

«Sì, l'ha fatto Braxton, ma per il momento Marino e la sua squadra sono sotto pressione per un'operazione congiunta con l'FBI. Ci ha detto di tenerlo aggiornato sugli sviluppi, ma in mancanza d'indizi certi non è disposto a cederci neppure un uomo dei suoi».

«C'era d'aspettarselo, quelli dell'Antidroga ti dicono sempre di essere impegnati a salvare il mondo. Beh, Sanchez quando arriva?»

«Sabato gli ho detto di farsi vedere nel pomeriggio con un po' d'anticipo, così da poterci riunire anche con te e il tenente».

«Hai fatto bene. Ora che ne dici se ce ne andassimo un po' a spasso per informatori per la storia del drugstore?»

«Sì, avviso il tenente e andiamo».

L'abitacolo dell'auto, all'ombra del garage, era di una frescura meravigliosa, ma bastarono pochi minuti, in coda sotto il sole a picco, per trasformarlo in una fornace intollerabile.

«Sarebbe ora che il dipartimento smettesse di spendere soldi in cazzate e magari comprasse qualche macchina in più con l'aria condizionata» sbottò Watts, guardandosi la camicia gialla già sudata sul petto.

«Con questo caldo non ti danno fastidio i capelli così lunghi?»

«No, ormai ci sono abituato» e con una mano si accarezzò il lungo codino biondo legato con un laccio nero.

«Il braccio come va? Ti dà fastidio a guidare?»

«No no, ormai è a posto. Ci ho lavorato su tanto in palestra per riportarlo alla forza di prima, ormai è a posto. In Florida ho anche nuotato parecchio».

«A proposito, come siete stati laggiù tu e Gayle?»

«Divinamente. Tu sei mai stato in Florida?»

«No, mai».

«Allora sarebbe ora che ci andassi, da solo sarebbe l'ideale... » e si distrasse un attimo dalla guida per fargli l'occhiolino.

«Donne a pacchi?» chiese Parker, già certo della risposta.

«A vagonate! E che donne!»

«Ma tu ce l'avevi già...»

«Beh, certo... a parte qualche occhiata buttata qua e là mi sono comportato bene».

«Con Gayle va meglio?»

«Sì, mi pare di sì. Mi è stata molto vicina in questi mesi, perfino troppo, se capisci cosa voglio dire».

«No» rispose Parker con la gola improvvisamente secca, sforzandosi di sembrare il più tonto possibile.

«Voglio dire che da una come lei non me lo sarei aspettato... tutte quelle attenzioni sia in ospedale che dopo... sembrava come se si dovesse far perdonare qualcosa...»

In quell'istante Parker si sentì mozzare il respiro, terrorizzato dal solo pensiero che il suo collega potesse sospettare qualcosa.

«... ma probabilmente è solo la mia deformazione da poliziotto a farmi vedere le cose così».

Silenzio..

«Beh? Non dici niente? Con chi cazzo sto parlando? Prima mi fai le domande e poi non mi stai a sentire?»

«No, no, scusa, stavo riflettendo su quello che hai detto... non so, faccio questo mestiere da troppo poco tempo e al momento non devo ancora preoccuparmi della fedeltà di nessuno, ma penso che alla lunga possa deformare il modo di vedere le cose, come dici tu».

«Quindi non hai battuto chiodo neppure in questi mesi...»

«No di certo, visto che ho dovuto lavorare per due...»

«Ah ecco, mi pareva che non fosse colpa del vecchio Grady».

In realtà c'erano stati diversi incontri con Gayle Zampisi, durante la convalescenza di Watts. Incontri spesso difficili, in cui dopo il sesso si erano fatte largo discussioni amare che lei sembrava affrontare con una leggerezza e un fatalismo disarmanti. Parker, dal carattere molto più problematico, ne era uscito ogni volta devastato dai sensi di colpa, ma erano bastati pochi giorni di lontananza, di finto distacco sul luogo di lavoro, e la voglia di lei era sempre tornata a farsi sentire con una prepotenza insostenibile. Parker si stava via via convincendo che ognuno dei due usasse l'altro per un proprio scopo, ma era il non saperne uscire a sgomentarlo.

«Immagino tu stia per presentarmi un altro dei tuoi fantastici informatori» disse Parker per provare a riportare il discorso sul lavoro.

«Immagini giusto».

«Dovremo fare a pugni anche stavolta?» disse Parker ripensando ad alcuni dei loro trascorsi insieme.

«Non penso, Marvin Chandler è uno col cervello a posto e le orecchie ben aperte, anche se ha 80 anni. Un bel po' di quegli anni se li è fatti dietro le sbarre per rapine a benzinai e supermercati».

«Ha mai ucciso nessuno?»

«Sì, una volta c'è scappato il morto in una stazione di servizio e s'è beccato 25 anni».

«Come pensi che uno così anziano possa sapere qualcosa delle bande di oggi?»

«Beh, diciamo che ancora oggi, ogni tanto, offre qualche consiglio ai più giovani…»

«Consigli a pagamento?»

«Ovviamente. Si deve pure campare, giovane Parker».

«Già, si deve pur campare».

Quando Watts fermò la macchina erano arrivati ai limiti meridionali del Barrio. Chandler abitava in una brutta zona della città, ma la sua villetta era dignitosissima rispetto a quelle malmesse che le facevano da contorno. Il giardino era stato tagliato di fresco, a giudicare dall'odore, e le siepi basse che fiancheggiavano il vialetto d'entrata erano ben tenute. Watts bussò alla cornice della zanzariera, unico filtro tra interno ed esterno visto che la porta di casa era spalancata, probabilmente per far circolare un po' d'aria. Si affacciò una donna sui settant'anni, con addosso una sottile vestaglia di lino e ciabatte. Watts non ebbe neppure bisogno di presentarsi.

«Ciao Grady, che sorpresa».

«Ciao Rose, lui è un mio nuovo collega, Parker. – che fece un cenno di saluto con la testa – Cerchiamo Marvin, abbiamo bisogno di parlargli, c'è?»

«E dove vuoi che vada?»

La donna colse l'espressione interrogativa sul volto di Watts. «Non sai nulla?»

«No… è un po' che non ci vediamo…»

«Ha un tumore al fegato».

«Ma quanto…»

«Tre mesi. Massimo».

«Mi dispiace. Senti… se vuoi andiamo via… non voglio disturbarlo…»

Parker ebbe la netta impressione che l'improvviso scrupolo di Watts fosse dovuto, più che a un senso di umanità, al fatto che non gli andasse di vedere una persona in fin di vita. Rimase però in silenzio, lasciando all'altro ogni decisione.

«Immaginavo che non fossi venuto per una visita di cortesia… vi conosco, voi poliziotti, ormai».

«Ok, allora salutamelo tu».

«No, no, aspettate… penso che gli faccia piacere parlare un po' delle cose vostre, ormai qualsiasi cosa lo distragga un po' dal dolore è la benvenuta, qualsiasi cosa sia. Magari cercate solo di non stancarlo troppo» e spalancò la zanzariera per far entrare i due detective.

Parker si guardò intorno in pochi attimi; la casa era sorprendentemente ordinata, pulitissima, pur con mobili brutti e scadenti. Seguendo Watts che conosceva già la strada, arrivarono nella stanza in cui c'era Chandler, sdraiato sul letto con gli occhi socchiusi. Sentendo i loro passi, li aprì e la sua bocca si piegò faticosamente in una smorfia.

«Sbirri» disse semplicemente.

«Ciao Marvin» disse Watts.

«E' tutta la vita che mi date il tormento… ora avete deciso di non farmi nemmeno morire in pace? Vi serve il mio alibi?» e provò a ridere, ma ne nacque solo un tossire confuso.

Rose Chandler arrivò con due sedie, che depositò dietro i due detective.

«Sono Grady Watts, mi riconosci?»

«Certo che ti riconosco, sbirro. Ho saputo che ti avevano sparato».

«Già… ma non hanno mirato abbastanza bene» disse Watts abbozzando un sorriso.

«Eh… gli incerti del mestiere… e lui chi è?»

«Noah Parker, il mio nuovo compagno».

«Piacere, signor Chandler» disse un Parker molto imbarazzato.

«Ti hanno messo a fargli da balia eh?» disse Chandler provando ancora a ridere.

«E' così che va la vita, ognuno di noi ha bisogno di qualcuno più esperto che gli dica le cose giuste al momento giusto».

«E immagino che quella persona, in questo momento, sia io».

«Sì. Siamo venuti per chiederti se sai qualcosa su chi ha fatto la rapina al drugstore dietro la Madison una settimana fa. Rapina e quattro omicidi, per essere precisi».

«Ne ho sentito parlare alla tv, certo, ma so le stesse cose che sapete voi. Anzi, di meno».

«E quando hai sentito la notizia non ti sei chiesto chi potesse compiere una strage così sanguinosa in pieno giorno solo per l'incasso di un drugstore?»

«L'incasso di un drugstore come quello è un bel mucchio di soldi. Al giorno d'oggi trovi gente che sparerebbe alla madre per prenderle gli spicci dalla borsa, figurati».

«Sono organizzati, signor Chandler, - prese la parola Parker - non stiamo parlando di quattro tossici allo sbando. Sapevano dov'era la telecamera e l'hanno distrutta, così come hanno distrutto tutte le attrezzature di registrazione e le bobine dei giorni precedenti. Sapevano dov'era la cassaforte e l'hanno aperta in modo pulito».

«Gente in gamba, senza dubbio».

«Ma perché farlo in pieno giorno? E perché lasciarsi dietro quattro morti? Hanno qualcosa di riconoscibile?»

«Non ne so nulla, mi spiace. Ormai sono solo un povero vecchio che aspetta di morire».

«Sei certo di non poterci dire nulla stavolta?» disse Watts.

«Sì, Grady, mi spiace ma non ne so davvero nulla. Devono essere nuovi del giro o magari vengono da fuori. Tra le mie conoscenze, nessuno di quelli a piede libero sarebbe in grado di fare una cosa del genere».

Watts lo fissò ancora per qualche attimo, poi gli fece un cenno di saluto.

«Ok Marvin, pazienza. Continueremo a guardarci in giro. Tu intanto stammi bene».

«Bel modo di salutare uno che sta morendo, detective Watts».

«Oh, al diavolo! Forza Parker, andiamo via!»

«Arrivederci signor Chandler».

«Addio ragazzi».

Rose Chandler era sparita; i due detective tornarono all'auto in silenzio.

«Un tumore... 'fanculo i tumori» mormorò Watts mettendo rabbiosamente in moto.

«Ora dove andiamo?»

«Ho un altro paio di contatti, anche se Chandler era quello su cui contavo di più. Comunque, provarci non costa nulla. Uno dei due è in gabbia a Prescott, chiama per radio il tenente e digli di chiedere un colloquio urgente alla direzione del carcere».

«Ok. Il nome?»

«Wes Milton».

Parker stava per afferrare il microfono della radio quando questa lo anticipò, facendo gracchiare la voce asettica dell'operatrice del distretto.

«Auto Undici Sette qui Capo Undici, Auto Undici Sette qui Capo Undici, rispondete».

Parker guardò Watts sorpreso e si affrettò a rispondere.

«Qui auto Undici Sette, sono il detective Parker, avanti Capo Undici».

«Vi metto in contatto con il detective Jackson, è lui che ha chiesto di chiamarvi, attendete in linea, passo».

La radio gracchiò per alcuni secondi, quindi si udì uno scatto secco e l'inconfondibile voce di Jackson.

«Parker, sono Jackson, ci sei? Passo».

«Sì, dimmi, passo».

«Senti, ci sono delle novità importanti sulla rapina al drugstore, è il caso che torniate immediatamente al distretto, passo».

«Ah, certo Mike... che diavolo è successo? Passo».

«Finalmente è saltato fuori un testimone, tornate subito alla base, passo e chiudo» il tono di Jackson non ammetteva ulteriori domande.

«Ricevuto, torniamo immediatamente, passo e chiudo».

Mentre la mano sinistra di Parker riappendeva il microfono alla radio sul cruscotto, la destra scattò verso il lampeggiante magnetico agganciato accanto al sedile, attaccandolo al soffitto e accendendo subito dopo la sirena.

«Sentito? Abbiamo un testimone».

«Roba grossa, a giudicare dalla voce di Mike».

«Vai, vola».

Ora non avevano tempo da perdere nel traffico della città.

Watts e Parker fecero gli scalini di corsa, piombando come fulmini nella sala della Squadra Investigativa.

Entrambi sapevano che Jackson non era tipo da farli tornare in ufficio per una sciocchezza; doveva esserci qualcosa di grosso e loro erano ansiosi di saperlo.

Tutte le scrivanie erano deserte, eccezion fatta per quella di

Schuster, dove il legittimo proprietario era seduto al suo posto intento a battere a macchina, di fronte a un ragazzo sui vent'anni d'età, alto e con una foltissima chioma bionda. Jackson, accomodato di traverso sull'angolo del tavolo, stava parlando con il ragazzo ma quando vide i due colleghi s'interruppe e fece loro cenno di avvicinarsi.

«Signor Sapp, loro sono due colleghi che condividono con noi le indagini sulla rapina, i detective Parker e Watts» disse Jackson indicando i due nuovi arrivati.

Dopo due veloci cenni di saluto, Jackson riprese la parola.

«Dunque, il signor Darren Sapp ha delle novità importanti per le nostre indagini. Signor Sapp, mentre il mio collega batte il verbale che poi dovrà firmarci, lei dovrebbe essere così cortese da ripetere anche a loro quello che ci ha appena raccontato».

Il ragazzo annuì.

«Io lunedì scorso sono passato verso mezzogiorno davanti alla traversa sulla Madison dov'è avvenuta la rapina».

«Passato in macchina o a piedi?» chiese subito Watts.

«A piedi, ma non sono riuscito a entrare nella strada del drugstore perché una vostra auto bloccava l'accesso».

«Una nostra auto? In che senso?»

«C'era un'auto della polizia messa di traverso. Mi sono avvicinato lo stesso perché a piedi sarei passato ugualmente, ma l'agente seduto in macchina mi ha detto di allontanarmi perché era in corso un'operazione di polizia. E ce n'era un'altra messa allo stesso modo all'altro capo della strada».

Watts guardò Parker, poi Jackson, poi tornò a osservare il ragazzo. Mille domande gli si stavano affollando nella mente a velocità supersonica, ma su tutte si stava facendo largo la più tremenda tra le paure che possano capitare nella vita di un detective: dare la caccia a una mela marcia. In questo caso, il rischio era che fosse un intero cesto di mele marce e che la banda fosse interamente composta da poliziotti.

Il detective fece un profondo respiro, quindi riprese l'interrogatorio.

«Come mai ha atteso una settimana prima di venircelo a dire?»

«Quello stesso pomeriggio sono partito per tornare all'università, quindi non ho saputo nulla di quel che era successo fino a ieri, quando sono tornato a casa dai miei. Mio padre ha l'abitudine di conservare i giornali per almeno un paio di settimane, e così ho letto della rapina con i quattro morti, ho visto che luogo, giorno e ora combaciavano e ho deciso di venire da voi».

«Ha fatto benissimo, signor Sapp. Che università frequenta?»

«La Gooden, facoltà d'ingegneria».

«Cos'avrebbe dovuto fare nella strada del drugstore?»

«Ho un amico che abita lì, poco oltre il negozio».

«Il signor Sapp mi ha già dato le generalità di questo amico» aggiunse Jackson, immaginando cosa Watts stesse per dire. Watts annuì.

«L'agente che l'ha dissuasa dall'entrare nella strada che aspetto aveva?»

«L'ho visto poco perché era seduto dentro la macchina, quindi io da fuori e in piedi non gli vedevo il viso perché era coperto dal tetto. Era certamente bianco perché gli ho visto la pelle del braccio, aveva la camicia blu a maniche corte che portate di solito voi... ma di faccia non saprei proprio riconoscerlo».

«L'auto com'era?»

«Una normale auto della polizia».

«Provi a descrivermela lo stesso».

«Lo sportello bianco in mezzo al resto della fiancata nera, il simbolo della polizia al centro e il vostro motto scritto sotto».

«Aveva i lampeggianti sul tetto?»

«Sì... mi pare di sì... ma era tutto spento. Ah, dal finestrino abbassato si sentiva la vostra radio, con quel cicalino strano un po' fastidioso che usate voi».

«Non ha notato qualche sigla nella parte anteriore della fiancata, vicino al cofano?»

«No, magari c'era ma non ci ho proprio fatto caso».

«La targa?»

«Nemmeno. Dopo il richiamo dell'agente ho solo girato i tacchi e sono andato via. Mi sono fermato a una cabina solo per avvertire il mio amico che non avrei potuto raggiungerlo e me ne sono tornato a casa a preparare la borsa per la partenza e a studiare un po'».

Schuster nel frattempo aveva completato il verbale, e attendeva diligentemente che Sapp glielo firmasse al termine della seconda testimonianza.

Watts guardò ancora i colleghi; i suoi occhi esprimevano uno stato d'animo torvo, estremamente preoccupato. Erano bastati i dieci minuti di deposizione di Sapp a fargli sembrare lontane anni luce le sue vacanze.

«Bisogna parlarne subito al tenente» disse bruscamente a Jackson.

Congedarono con molti ringraziamenti ma in modo rapido Darren Sapp, lo fecero accompagnare all'uscita dal sergente MacGovern e tutti e quattro entrarono come un sol uomo nella stanza del tenente.

A Braxton bastò meno di uno sguardo ai suoi quattro detective per capire che era successo qualcosa di grave.

«Tenente, - disse Schuster chiudendo la porta dietro di sé - abbiamo novità sulla rapina al drugstore, e dobbiamo dirle subito che non sono buone notizie».

Schuster riferì al suo superiore ogni dettaglio della testimonianza appena ricevuta da Darren Sapp; quando terminò, nella stanza cadde un silenzio pesantissimo.

«Come prima cosa dobbiamo verificare che non ci fosse realmente una nostra operazione in corso, proprio a quell'ora e proprio in quella strada» disse Braxton dopo un profondo sospiro. Si era alzato dalla sedia e ora parlava dando le spalle ai suoi uomini, rivolto verso la vetrata. Non era sorpreso di avere probabilmente a che fare con cattivi poliziotti, gli era già successo altre volte nella sua carriera, ma arrabbiato sì. C'erano quattro uomini uccisi come bestie al macello e ora sembrava che la colpa di tutto questo fosse della polizia e, peggio ancora, del suo stesso distretto.

«Lo so che molto probabilmente non è così, - aggiunse guardando le facce perplesse dei suoi uomini - sarebbe una coincidenza assurda, ma dobbiamo iniziare escludendo la cosa più ovvia. Ora lasciatemi fare qualche telefonata e tornate a fare il vostro lavoro, vi chiamo io. Ah, sia chiaro che di questi sviluppi non dovete farne parola con nessuno nel distretto, neppure con i vostri colleghi dell'Investigativa. Non sappiamo di chi possiamo fidarci, al momento».

I quattro detective annuirono silenziosi e uscirono richiudendosi la porta alle spalle.

«Va' a prendere quattro panini» disse bruscamente Watts a Parker non appena furono tornati alle rispettive scrivanie.

Parker capì che non era il caso di dire nulla e annuì. Andò a chiedere le loro preferenze a Schuster e Jackson e uscì. Tornò una decina di minuti dopo, con una busta a testa per i tre colleghi.

«Tu non pranzi?» gli chiese Watts.

«Sì, ma mi sono portato un po' di frutta, ce l'ho nel frigo di là».

«Da quando abbiamo un frigorifero?»

«Da quando una nostra pattuglia ha sventato una rapina in un negozio d'elettrodomestici. Un tossico aveva puntato un coltello contro la moglie del proprietario, ma due nostri agenti hanno visto la scena attraverso la vetrina, sono entrati e l'hanno bloccato senza altri problemi. E così il tizio del negozio, per ringraziarci, ci ha regalato uno dei suoi frigoriferi».

«Cazzo, manco due mesi e ritrovo un distretto di eroi... e questa storia della frutta?»

«Me l'ha insegnato Sanchez. Se pranzo con la frutta elimino i carboidrati, non ingrasso, e il pomeriggio riesco a lavorare meglio, non mi sento pesante».

«Signore iddio, non bastavano i panini senza salse, ora anche questa follia».

«Dovresti provarlo anche tu, invece, è un'ottima cosa per pranzo».

Schuster e Jackson, intanto, se la ridevano silenziosamente.

«Non ci penso proprio, queste stronzate salutiste le lascio volentieri a te e a quell'altro scemo portoricano».

In quell'istante il telefono di Watts iniziò a squillare.

«Cazzo, non si può nemmeno mangiare in pace!» imprecò, quindi rispose con tono completamente professionale.

«Undicesimo Distretto, detective Watts».

«Ciao, sono Marvin» disse una voce evidentemente affaticata.

Watts rimase sorpreso. Non riceveva una telefonata di Chandler da anni.

«Ciao... che succede?»

«Quella cosa di cui mi hai parlato stamattina...»

«Sì»

«Beh, ho fatto qualche telefonata qua e là. Non mi andava giù di non saperne nulla».

«E ora ne sai qualcosa in più?»

«Poco, ma sempre meglio che niente».

«Allora spara».

«Ricordi quando, andando via, mi hai detto che avresti continuato a fare domande in giro?»

«Sì».

«Beh, ti consiglio di non fare troppa strada per quelle domande. Forse le risposte ce le hai in famiglia...»

"Porca puttana" pensò Watts un attimo dopo.

«Stai dicendo che c'è dentro qualcuno col distintivo?»

«Così si dice in giro».

«Tutta la banda?»

«Questo non lo so».

«A quale distretto appartengono?»

«Senti Grady, non so altro, ma penso che sia un buon aiuto no?»

«Sì, lo è».

«Ecco. Allora ricordati degli amici, appena puoi».

«Me ne ricorderò».

«Allora, ciao».

«Ciao».

Appena messo giù il telefono, Watts mollò il panino sul tavolo e andò di buon passo verso la stanza del tenente. Bussò ed entrò senza attendere risposta.

«Tenente, un informatore mi ha appena confermato che dobbiamo cercare i panni sporchi in casa nostra...»

Braxton sospirò con aria grave.

«Io ho appena finito di parlare con i tenenti delle altre squadre del distretto. Fai venire gli altri».

«La buona notizia è che non erano di questo distretto. - esordì il tenente, provando a trovare la metà piena del bicchiere - Ho parlato con i comandanti delle pattuglie, dell'Antidroga, della Buoncostume e per scrupolo anche con la Scientifica; risultato, zero. La cattiva notizia, ovviamente, è che potrebbe essere stato qualunque altro poliziotto della città».

«Quindi dovremo avvertire gli Affari Interni» disse Schuster, reso ben consapevole delle conseguenze dalla grande esperienza.

«Certo, non abbiamo nessun potere per indagare sui nostri colleghi degli altri distretti».

«Ci toglieranno l'indagine?» disse Parker.

«E' molto probabile, e non vi nascondo che forse è meglio così. Dalla deposizione di quel ragazzo in poi, questa storia sembra essere diventata un dannato campo minato, quindi non mi dispiace affatto che a camminarci dentro sia qualcun'altro, al posto dei miei uomini».

«Tenente, c'è un'altra possibilità che non abbiamo ancora preso in considerazione» disse ancora Parker.

«Cioè?»

«Che sia tutto finto. Le macchine, gli agenti, tutto. Solo un trucco per agire indisturbati e al tempo stesso depistare le indagini».

Schuster e Jackson annuirono.

«Non è un'idea sballata, quella di Parker. - disse Schuster, la voce della saggezza - Non sarebbe la prima volta che qualcuno commette un crimine fingendosi un poliziotto».

«Lo so, lo so... è che qui parliamo di una cosa su vasta scala, di una sfacciataggine incredibile. - rispose Braxton - In pieno giorno un gruppo di finti poliziotti blocca con delle finte pattuglie i due lati di una strada, rapina un negozio, uccide quattro persone e sparisce nel nulla. Se è così, questa è una banda con le contropalle».

«Però è comunque un'ipotesi che andrebbe verificata».

«Sì, Bob, assolutamente. Se questa ipotesi fosse vera, il filo da seguire è quello delle auto. Chiedete ai vostri informatori, ai carrozzieri più vicini alla malavita, controllate via telex se a qualche distretto sono state rubate delle autopattuglie. Ad avvisare il capitano Duvall e la divisione Affari Interni ci penso io. Se dalla pista delle auto non salta fuori nulla, bisognerà fare una riunione in piena regola».

I quattro detective uscirono dalla stanza del tenente, che li seguì.

«Esce a pranzare, tenente?» chiese Watts, sorpreso. Braxton era solito portarsi dietro in una gavetta militare, forse proprio quella con cui era sbarcato a Iwo Jima durante la Seconda Guerra Mondiale, il pranzo preparatogli dalla moglie.

«No, vado a prendermi la frutta che ho nel frigo, ormai pranzo con quella. Ho visto Parker e Sanchez che lo facevano e ho deciso di provarci anch'io. Sapevi che abbiamo un frigo, ora?»

Watts fu subito circondato dalle risa dei tre colleghi e non gli rimase che fare buon viso a cattivo gioco.

«Eh sì, ho sentito dire anch'io che la frutta a pranzo fa un gran bene...».

Poi, appena andato via il tenente, guardò in cagnesco Parker.

«Che leccaculo di merda che siete tu e il portoricano!»

Ma ottenne solo di far crescere di volume le risate nella stanza.

Si divisero i compiti per ottimizzare il tempo a disposizione. Schuster e Watts, i due più anziani, chiamarono i loro informatori più affidabili, Jackson si dedicò ai carrozzieri, mentre a Parker fu affidato il compito di inviare il telex di richiesta a tutti i distretti della città e attendere le relative risposte.

Era appunto davanti alle telescriventi, mezzo assordato dal rumore, quando si sentì toccare la spalla. Era il sergente MacGovern.

«Oh, Mac, che succede?»

«In sala sono tutti al telefono, allora sono venuto a chiamarti; c'è una donna che deve sporgere una denuncia per la scomparsa del marito».

«Ok, vengo io, grazie».

«Dovere».

Parker uscì dal frastuono delle telescriventi e si trovò davanti una donna bianca sui trentacinque anni, mora e con due splendidi occhi neri; un po' sovrappeso ma dai lineamenti affascinanti. I suoi abiti erano piuttosto modesti ma nel complesso dignitosi, solo le scarpe marroni sembravano davvero alla fine della loro vita. In braccio teneva una bambina piccola, di pochi mesi, mentre con la mano sinistra se ne tirava dietro un altro un po' più grande, di cinque o sei anni, a giudizio di Parker.

Il detective le fece segno di avvicinarsi, facendola accomodare dall'altro lato della sua scrivania.

«Salve signora, sono il detective Parker, in cosa posso esserle utile?»

«Salve, mi chiamo Dora Reilly e... ho bisogno che ritroviate mio marito».

Parker tornò a osservare il terzetto che aveva di fronte: i lineamenti della donna la identificavano chiaramente come un'italo-americana, a dispetto del cognome, mentre il bambino più grande aveva dei capelli rossicci irlandesi.

«Come si chiama suo marito?»

«Steve Reilly, fa l'operaio ai cantieri della superstrada sud».

«Da quando non ha più sue notizie?»

«Da sabato a pranzo. Nella pausa mi ha chiamato da una cabina per sapere come stavano i bambini. Cioè... ha chiamato dalla mia vicina, la signora Russell, noi il telefono non ce l'abbiamo».

«Ma lei ci ha parlato».

«Sì sì, voleva solo sapere se Mary aveva ancora la febbre».

«Mary è lei?» chiese Parker indicando la bambina che le dormiva in braccio.

«Sì, e l'ometto qui si chiama Joseph. E poi c'è John, che è a scuola. Lui ha otto anni».

Parker si sporse dalla scrivania per salutare Joseph, ma quello si ritrasse verso la madre.

«Tu hai la pistola?» gli chiese a bruciapelo.

Parker rimase sorpreso; non aveva nessuna dimestichezza con i bambini. Da figlio unico non aveva mai avuto a che fare con fratelli o sorelle, e quei pochi amici che aveva non erano ancora dotati di prole. Istintivamente si sentiva portato verso i bambini, ma la loro irrazionalità lo spiazzava ogni volta.

La signora Reilly lo tolse subito dall'impaccio, rispondendo in sua vece con una brusca frase in un dialetto, probabilmente italiano, che Parker non riuscì minimamente a capire ma che ebbe il potere di immobilizzare il bambino.

«Giuse', lascia sta' 'o signo' poliziott' ca' avimm ra fa'! - poi, di nuovo in inglese e col tono cortese di prima - Lo scusi...»

«Si figuri... è italiana, vero?»

«Sì, di Napoli, perché?» chiese la donna, improvvisamente sulla difensiva.

«Nulla, semplice curiosità» la rassicurò subito Parker. «Qual era il suo cognome da nubile?»

«Da nubile?»

«Da signorina, prima di sposarsi intendo».

«Ah... Raidero, Dora Raidero».

«Ok. Dunque, mi diceva che non ha notizie di suo marito dall'altro ieri... sinceramente non mi pare un tempo così lungo da preoccuparsi...»

«Steve è un uomo preciso, puntuale, che ama la famiglia e i suoi figli. Non sparirebbe mai così, senza nessuno motivo e senza avvisare. Io penso che gli sia successo qualcosa».

«Avrà già fatto delle ricerche per conto suo, immagino...»

«Certo! Sono stata al cantiere; dicono che è uscito alle quattro come al solito, poi non l'ha visto più nessuno».

«Dove abitate signora?»

«Ai palazzi di Baker Street, a quattro isolati da qui».

«Uhm, è un bel po' di strada fino al cantiere... Con che mezzo si sposta suo marito?»

«Non abbiamo l'auto, per tornare dal cantiere prende un autobus e poi la metropolitana».

«L'ha già cercato anche presso gli ospedali? Potrebbe aver avuto un malore improvviso».

«No, gli ospedali no. Ma mio marito stava benissimo, mai avuta neppure un'influenza... Gli è successo qualcosa, qualcosa di grave, me lo sento».

«Non era mai successo prima che si assentasse per così tanto tempo?»

«No, mai».

«O che dormisse fuori casa per qualche motivo?»

«Mai. E poi dove vuole che vada?»

«Signora Reilly, so che quella che sto per farle è una domanda dolorosa, ma so che lei capirà… - Parker guardò il piccolo Joseph, poi di nuovo la donna - voglio dire… È certa che suo marito non abbia un'amante?»

«Signor Parker, la vita mi ha insegnato a non essere certa di nulla, ma Steve è un ottimo marito, un bravissimo padre e un gran lavoratore; quando non è al cantiere passa tutto il tempo con noi…»

«Mi sta dicendo che anche volendo non avrebbe il tempo per un'altra donna?»

Dora Reilly accennò un sorriso, mentre con una mano scompigliava i capelli del figlio.

«Sì, almeno questo è certo».

«Ha con sé una foto di suo marito?»

«Sì, ho portato la più recente, il mese scorso aveva dovuto fare delle fototessere per i documenti».

La donna frugò nella sua borsa, quindi poggiò la foto sulla scrivania di Parker. Il detective la guardò con attenzione per qualche secondo: Steve Reilly era esattamente come se l'era immaginato, con un bel faccione voluminoso su un collo taurino, occhi celesti e capelli rossi a spazzola.

«Bene, diramerò la foto a tutte le nostre pattuglie, agli altri distretti e agli ospedali».

«Quanto ci vorrà per sapere qualcosa?»

«Se siamo fortunati meno di ventiquattr'ore, ma potrebbe anche essere che nessuno lo abbia visto, nel qual caso la ricerca si fa più complessa e lunga».

«Capisco…» disse la signora Reilly piuttosto sconsolata.

«Signora, non sia pessimista, nella maggior parte dei casi questo tipo di scomparse si risolvono in poche ore, anzi spesso sono gli scomparsi stessi a ritornare a casa da soli».

«Che il cielo l'ascolti…»

«Signora Reilly, mi scriva cortesemente su questo foglio le generalità complete di suo marito».

Mentre la donna scriveva, non senza una certa difficoltà, Parker riprese la parola.

«Lei è assolutamente certa che suo marito sia uscito dal cantiere sabato?»

«Sì, certo. Ho parlato con il capo cantiere, che mi ha fatto anche vedere il libro delle presenze».

«E c'erano le firme di suo marito?»

«Sì, due. Con gli orari d'entrata e uscita».

«Da quanto tempo lavora in quel cantiere?»

«Parecchio, ormai sono sei mesi».

«Sa dirmi il nome del capo cantiere?»

«Jeffrey Berkman, perché?»

«Ricontrolleremo anche presso di lui, se le segnalazioni non dovessero portare a nulla. - La donna gli restituì il foglio compilato - Un'ultima cosa, signora, suo marito potrebbe avere dei nemici?»

«Nemici?!»

«Sì, qualcuno con cui ha discusso negli ultimi mesi, anche per motivi futili, che so... piccole somme di denaro, o qualcuno che ha perso il lavoro per causa sua...»

«No no, direi proprio di no».

«Bene signora, per il momento è tutto. Si accomodi nelle sedie all'ingresso al piano terra, il tempo di battere a macchina il verbale di denuncia e glielo porto giù a firmare, così può andarsene».

La donna fece un cenno di assenso con la testa, quindi si avviò silenziosamente per le scale, seguita dal trotterellante Joseph.

A Parker occorse solo una decina di minuti per redigere il verbale completo. Era già sul pianerottolo della sala dell'Investigativa, pronto a scendere le scale, quando venne bloccato da Watts.

«Giovane Parker, mi deludi, stai già andando via?»

«Tranquillo Grady, non ti mollo, sto solo scendendo a far firmare un verbale e poi torno».

«Ah sì, la donna con i marmocchi... Che le è successo?»

«Non credo nulla di grave. Il marito è sparito da sabato, ma non sono ricchi né hanno nemici, quindi escluderei rapimenti o vendette. Secondo me ha solo un'altra donna...»

Watts rise di gusto e gli diede una pacca sulla spalla.

«E bravo Parker, vedo che cominci a intuire le bassezze dell'animo umano! Ti aspetto su».

Parker scese fino al piano terra, dove gli venne incontro il sergente Mac.

«Ah Parker, proprio te stavo venendo a cercare».

«Che succede?»

«Succede che se non ti sbrighi a mandare via quella donna, il figlio ci smonta il distretto... è un diavolo quello!»

Parker sorrise al collega e raggiunse la signora Reilly. Le fece firmare il verbale, cercò di tranquillizzarla ancora e fece per accompagnarla all'uscita, ma non avevano fatto i conti col piccolo Joseph; iniziò a urlare come un ossesso e si aggrappò al bancone del sergente per non farsi portare via dalla madre. Gli urli fecero accorrere perfino alcuni agenti dai vicini spogliatoi, convinti che il sergente Mac stesse scuoiando vivo qualcuno. In conclusione, furono necessari un poster e tutti gli adesivi della Polizia che riuscirono a trovare per farlo uscire dal distretto senza altri strepiti.

Tornato al suo posto, Parker preparò la segnalazione con la foto di Steve Reilly per le autopattuglie, poi il telex per i distretti e gli ospedali della città. Quando li affidò a un agente per la trasmissione, si ricordò di non aver più controllato le telescriventi riguardo l'eventualità che qualche distretto segnalasse di aver subìto il furto di proprie auto con i contrassegni. Nella sala trovò Jackson che lo aveva anticipato.

«Scusa, ho dovuto preparare un po' di cose per quella signora con i bambini che avrai visto prima di là».

«Sì, l'avevo immaginato, non preoccuparti».

Mike Jackson, l'unico detective nero del distretto, si portava dietro una straordinaria contraddizione, quella tra il suo aspetto estetico e il suo comportamento. L'altezza non era il suo forte ma aveva un fisico straordinariamente asciutto, molto muscoloso e compatto; queste caratteristiche, unite alla profonda ruga che gli attraversava in verticale la fronte quasi in mezzo agli occhi, contribuivano a dare un'impressione di grande cattiveria e pericolosità a chi lo incontrava, mentre il detective di secondo grado Mike Jackson era in realtà la bontà e la cortesia fatte persona. Tutto ciò a patto di non farlo arrabbiare, naturalmente. Nel suo lavoro l'aspetto cattivo aveva i suoi vantaggi, indubbiamente, ma in generale Jackson era infastidito dal vedere le persone stupite della sua gentilezza, solo perché il suo lato esteriore trasmetteva un messaggio errato. Parker aveva grande stima di lui, lo considerava uno dei più affidabili e seri della squadra, e intimamente ne aveva anche un po' invidia, visto che stava crescendo all'ombra di un ottimo maestro come Bob Schuster. Il detective di primo grado Schuster, un cinquantenne bianco quasi completamente calvo e con una pancia ben prominente, era ormai prossimo, a quanto si diceva, alla promozione a tenente e quindi in procinto di lasciare l'Undicesimo per comandare la Squadra Investigativa di qualche altro distretto della città. Parker ammirava moltissimo la sua saggezza: non che il suo, di maestro, fosse scarso dal punto di vista professionale, ma umanamente erano distanti anni luce. Lui si sentiva più simile a Schuster e Jackson, e la settimana precedente, in cui avevano lavorato tutti e tre sulla rapina al drugstore, gli aveva confermato l'innato feeling che lui sentiva di avere verso quei due colleghi. Ora, il ritorno di un prim'attore come Watts aveva rimescolato le carte, restituendogli quel senso di subordinazione che il compagno stendeva su di lui in ogni momento della giornata.

«Ci sono novità?» chiese Parker a Jackson, intento a sfogliare la carta uscita dalle telescriventi.

«No, a quanto pare nessun distretto ha subito furti d'auto negli ultimi sei mesi. Ma ancora non hanno risposto tutti».

«Sai se Watts e Schuster hanno avuto notizie dagli informatori?»

«A giudicare dalle facce che avevano, credo proprio che siano ancora al buio anche loro».

«Quindi escludiamo la pista dei finti poliziotti?»

«Purtroppo sì, e lasciamo la cosa agli Affari Interni».

«Li avrei voluti beccare io quegli assassini».

«Uno contro nove?» disse Jackson sorridendo.

«Hai ragione, che se la vedano i fenomeni degli Affari Interni».

«Amen».

Alle 15.30 arrivò Julian Sanchez, assonnato e mal curato come suo solito. Era l'unico detective della squadra cui era stato consentito di tenere i capelli ben più lunghi della norma, oltre a un abbigliamento molto più consono a una discoteca che a un distretto di polizia. Sanchez aveva scelto da anni di lavorare nel turno di notte, quello da mezzanotte alle otto del mattino, e sosteneva, a ragione, che il suo stile fosse essenziale per muoversi senza dare troppo nell'occhio tra la fauna notturna della città. In quel momento, però, con i sandali di cuoio ai piedi, pantaloni rossi a zampa d'elefante, camicia bianca quasi completamente aperta sul petto pieno di collane e ciondoli, ai suoi colleghi sarebbe venuto istintivo perquisirlo come uno spacciatore e mettergli le manette ai polsi.

«Fermi tutti, è arrivato il profeta della frutta!» fu la frase con cui lo accolse Grady Watts.

Il detective portoricano rispose dapprima con un grugnito poi, messosi comodo sulla sua sedia, disse: «scherza cabròn, scherza, tra dieci anni vedremo come ti avranno ridotto i tuoi panini di merda».

Parker, sorridendo, gli fece un cenno di saluto con la mano, cui Sanchez rispose col suo tipico "Hola niño", poi andò dal tenente ad avvertirlo dell'arrivo del collega.

«Ok, allora fallo venire qui insieme a Watts, così parliamo di quella banda portoricana» fu la risposta del tenente.

Quando furono tutti e quattro nella stanza, Parker chiuse la porta alle sue spalle. Il tenente Braxton, evidentemente quello con meno tempo a disposizione e più portato ad andare al sodo, prese subito la parola.

«Innanzitutto, ci sono novità di cui non sono a conoscenza?»

Sanchez scosse la testa.

«Allora, stamattina ne abbiamo parlato anche con Watts... Lui è per intervenire con qualche retata, tanto per fargli capire che gli stiamo col fiato sul collo. Che ne pensi?»

Sanchez tornò a scuotere la testa.

«In linea di principio potrei anche essere d'accordo, tenente, ma al momento non abbiamo neppure indicazioni precise su dove farle, le retate».

«Questi Los Fantasmas dove si riuniscono? Siamo riusciti a sapere se hanno una base, dei rifugi, un posto di riferimento?» intervenne Watts.

«No lo sè, non sappiamo chi sono i capi né dove si riuniscono né dove si riforniscono di armi e di soldi. Le loro origini, come quelle di quasi tutte le altre pandillas della città, sono negli slum, ma mentre le altre bande hanno ormai allungato le mani anche sul territorio cittadino, i Fantasmas pare siano ancora ben radicati in quelle baracche».

Nominare gli slum, l'enorme baraccopoli situata agli estremi margini ovest della città, in buona parte sotto la giurisdizione dell'Undicesimo, per tutti i poliziotti di quel distretto equivaleva ad evocare il diavolo.

«Fare una retata oggi vorrebbe dire muoverci alla cieca - proseguì Sanchez - e, a meno di clamorose botte di culo, ottenere il solo risultato di mettere in guardia i nostri veri obiettivi. È per questo che aspetterei. Cerchiamo di saperne di più, di avere qualche nome e qualche faccia, e poi li andiamo a prendere».

«Consideriamo anche l'aspetto pratico. - disse Braxton - Irrompere nel labirinto degli slum significa dover mobilitare almeno una trentina di agenti, meglio ancora se con il supporto dei reparti antisommossa della Centrale. E nessuno mi autorizzerebbe un tale spiegamento di forze senza neppure un mandato di cattura o un reato di primo grado ben circostanziato».

Nella stanza ci furono alcuni secondi di silenzio. Ognuno dei presenti stava soppesando i propri pensieri. Malgrado avessero ricevuto tutti lo stesso tipo di addestramento e facessero tutti lo stesso mestiere, quello era il genere di decisioni in cui entravano in ballo anche altri aspetti della persona: il temperamento, la razionalità, la capacità di dare ascolto al proprio istinto, ma anche l'età e l'esperienza.

«Proprio perché siamo così al buio dovremmo cercare di smuovere le acque. - disse Watts, quasi in tono di sfida verso Sanchez e l'intera città - Cazzo, perché dobbiamo essere sempre pessimisti? Non sarebbe la prima volta che pescando nel mucchio con qualche retata becchiamo il pesce grosso, no? E per entrare ce ne fottiamo dei reparti della Centrale, ci siamo noi, scegliamo una ventina tra i migliori dagli altri reparti del distretto e andiamo a smuovere un po' le acque!»

Sanchez e Parker incrociarono i loro sguardi per un attimo, e tanto bastò a ognuno dei due per capire di pensarla nello

nuti fu sotto la doccia. Sua madre aveva ragione, aveva completamente dimenticato quale uragano fosse sul punto di abbattersi sulla loro casa e sulle loro vite. La zia Mary, sorella maggiore di sua madre, aveva vissuto per tutta la vita a Philadelphia ma ora, vedova da sei mesi e con tre figli ormai grandi, aveva deciso di recuperare tutto il tempo perduto lontano dalla sorella. Le loro due famiglie non si erano frequentate molto nel corso degli anni, ma quel tanto era bastato perché Parker temesse l'arrivo della zia come la peste. Instancabile, generosa e molto giovanile, la zia Mary riequilibrava i suoi innegabili pregi con la cronica capacità di combinare guai; Parker se la ricordava come una donna distratta, pasticciona e con un talento straordinario nel fare cose assolutamente stupide. Nelle riunioni di famiglia, quando era bambino, il momento più comico era sempre stato rappresentato dai racconti, fatti dal suo defunto marito, delle sue imprese più recenti.

Quando sua madre gli aveva detto del suo arrivo, un paio di settimane prima, Parker aveva provato timidamente a protestare, ma aveva ben presto capito di non avere alcuna possibilità di vittoria. In più, aveva visto sua madre davvero felice della notizia, e questo gli aveva tolto ogni ulteriore velleità di rimostranza.

La sua unica, remota possibilità di sopravvivenza domestica risiedeva nella speranza che zia Mary, con l'età, avesse messo un po' di giudizio.

L'aeroporto, luogo deputato al frastuono e al caos, aveva almeno il vantaggio di essere un posto ventilato, per cui l'attesa cui li costrinse il ritardo dell'aereo della zia Mary fu almeno piacevole.

Parker e sua madre rimasero per più di un'ora a chiacchierare su un divanetto della zona degli arrivi, come non succedeva loro da tanto tempo. Con l'entrata in Accademia e poi con l'inizio del suo lavoro di detective, il tempo di Parker era stato come risucchiato in un vortice che raramente gli concedeva spazio libero per le sue passioni, i suoi peraltro pochi amici e sua madre. I suoi turni al distretto andavano nominalmente dalle 8 alle 16, ma erano rari i casi, come quel giorno, in cui riusciva a uscire con una certa puntualità. In realtà, aveva ben presto imparato come la fine di ogni turno fosse puramente teorica e affidata alla casualità. Quando uno stimato abitante della parte di Barrio sotto la giurisdizione dell'Undicesimo, ad esempio, pensava bene di commettere poco prima delle 16 un reato che richiedesse qualcosa in più dell'intervento di una pattuglia, ecco che le lancette del ritorno a casa di Parker si spostavano verso la sera, senza possibilità alcuna di fuga.

Noah e la madre parlarono di molte cose, su quel divanetto degli arrivi: del passato, perché la zia Mary ricordava loro i pranzi nel giorno del Ringraziamento quando c'era ancora Edward, suo padre. Parlarono del presente, in cui Parker vedeva l'ombra incombente di Watts dietro ogni sua azione, e in cui la madre vedeva soprattutto l'orgoglio di avere un figlio con la placca dorata di detective nel taschino della giacca. "Evidentemente mia madre è una donna di poche ambizioni" pensò tra sé il figlio, che non coglieva affatto il senso della sua realizzazione.

Aveva studiato molto, si era impegnato tanto per arrivare al distintivo, è vero, ma in ogni momento si sentiva pervaso da un'inquietudine profonda e indefinibile, da un senso di inadeguatezza che da una parte lo spingeva a fare sempre meglio, dall'altra però non lo faceva mai vivere tranquillamente. Tutto sommato, Parker si era convinto in questi primi mesi di lavoro all'Undicesimo Distretto di non aver sbagliato mestiere, ma da qui a sentirsi realizzato, come sosteneva sua madre, ne passava parecchio.

Finirono inevitabilmente anche a dare uno sguardo al loro futuro, momento in cui Parker sapeva sarebbe arrivata da sua madre la fatidica domanda: "Quand'è che ti trovi una brava ragazza da sposare?"

La risposta di Parker, un po' scorbutica e spazientita, stava per arrivare, quando dalla porta automatica del terminal sbucò la faccia allegra della zia Mary.

Fu sua madre a riconoscerla subito e a scattare su dal divano gridando "Mary! Mary!" finché quella non si voltò, mollando all'istante le due valigie in mezzo alla gente che usciva e correndole incontro ad abbracciarla. Le persone che ve-

stesso modo. L'occhiata venne colta anche dal tenente Braxton, che si rivolse a Parker.

«Tu che ne pensi?»

Parker rimase sorpreso: era il più giovane e il meno esperto in quella stanza e non si sarebbe mai aspettato che il tenente chiedesse una sua valutazione sulla questione. Poi cercò di dire le cose più sensate che gli venivano in mente.

«Non ho mai fatto una retata, quindi non ho elementi per essere ottimista o pessimista, ma non dobbiamo dimenticarci che quelli stanno comprando armi da guerra... ARMI DA GUERRA. Io non sono mai stato in guerra e non ho mai usato un mitra, ma sarei preoccupato all'idea di doverne affrontare uno. Penso che dobbiamo beccarli a colpo sicuro, quando meno se l'aspettano e senza dar loro la minima possibilità di usare quelle armi, perché in quel caso succede un casino. Grady, me l'hai insegnato tu che quando si mette mano alle pistole finisce sempre che qualcuno si fa male, giusto?»

Watts annuì e Parker riprese.

«Ecco, allora figuriamoci cosa succederebbe se noi facessimo un'irruzione e qualcuno ci aspettasse con un Kalashnikov o un M-16».

«Noi abbiamo i fucili a pompa» puntualizzò Watts.

«Pari potenza di fuoco ma volume molto inferiore» ribatté subito Sanchez, e Braxton annuì. Nel tempo impiegato per sparare tre o quattro colpi di fucile, un poliziotto si sarebbe visto scaricare addosso l'intero caricatore di un mitra.

«E c'è anche un altro rischio... - aggiunse Sanchez - che sentendosi minacciati decidano di accelerare i tempi e dichiarare guerra».

«A chi?»

«Alle altre bande, a noi, alla città intera, che ne sappiamo?»

Watts stava per ribattere, ma venne fermato da un gesto imperioso della mano destra del tenente.

«E' una storia su cui sappiamo ancora troppo poco per muoverci. Non dobbiamo affrontarla con superficialità finché non ne sappiamo di più, c'è il rischio che il Barrio diventi un campo di battaglia ed è un rischio troppo grosso. Sanchez, concentrati su questa vicenda e molla tutto il resto ai tuoi colleghi. Se ti serve aiuto chiedi a Watts e Parker, ma voglio informazioni. Qualsiasi cosa succeda, limitati a raccogliere informazioni con cautela e discrezione. Devono credere che non nutriamo alcun interesse verso di loro, che li consideriamo solo una delle tante pandillas nate nella nostra città. Avremo più in là l'occasione giusta per farci sentire. Tutto chiaro?»

Sanchez annuì vigorosamente. Il tenente li congedò con un altro gesto della mano e uscirono.

«Se non ti serviamo, noi finiremmo il turno» disse Parker a Sanchez.

«No niño, andate pure, ho del lavoro da sbrigare qui, se ci sono novità vi faccio sapere domani».

«Grazie del permesso, mammina» disse polemicamente Watts.

Sanchez fece finta di non aver sentito e fece un cenno di saluto a Parker.

I due detective smontanti imboccarono le scale in direzione dell'uscita, ma Parker venne bloccato dal collega sul pianerottolo a metà strada.

«Vedo che durante la mia assenza siete diventati culo e camicia tu e il portoricano. Sanchez ha fatto questo, Sanchez ha sentito quello, Sanchez mi ha consigliato la frutta...»

«Ti crea problemi?»

«I problemi potrebbe crearli a te, ti ricordo che Braxton ha messo me a farti da balia, non Sanchez. Quindi, fino a disposizioni contrarie, tu fai come dico io».

Parker lo osservò stupito. Lì per lì non riuscì a capire cosa avesse fatto di sbagliato per arrivare a contrariare a quel modo Watts, ma dopo qualche attimo di ragionamento la luce si accese.

«Ti rode perché dal tenente ho sostenuto la posizione di Sanchez, vero?»

«Mi rode perché è una posizione sbagliata. Qui non siamo a Langley, non siamo alla CIA, non giochiamo a fare le spie con i microfilm e i messaggi in codice; siamo la polizia metropolitana e quando qualcosa ci puzza di marcio andiamo lì con le luci blu e le sirene, sventoliamo distintivi, manette e manganelli e torchiamo chi di dovere finché non ci spiega l'origine della puzza che abbiamo sentito. Magari il giudice non ci convalida il fermo, ma ti assicuro che quarantott'ore in mia compagnia possono farti ricordare anche tutte le pippe che ti sei fatto».

«Non ne dubito Grady» rispose Parker, ora gelido.

«E' una stronzata stare fermi ad aspettare "informazioni", come dice il tenente, e voi l'avete convinto a fare questa stronzata!»

«Balle, il tenente pensa con la sua testa, e se ha detto così è perché anche lui la pensa così. Ma per te è troppo difficile tollerare che qualcuno la pensi diversamente, vero?»

«Non c'entra niente quello che io tollero o non tollero. Ti sto dicendo che mi aspetto da parte tua un po' più di sostegno alle mie idee, funziona così tra un poliziotto giovane e uno più anziano e superiore di grado».

«La tua è solo una stronzata nonnista, Grady. Quando dici cose che reputo giuste sono dalla tua parte, altrimenti no. E non ci vedo nessuna mancanza di rispetto o insubordinazione. Qui non stiamo parlando di ordini; il tenente ci aveva chiesto di esprimere i nostri pareri e io l'ho fatto. Penso che faccia bene anche a te confrontarti con qualcuno che non sia solo te stesso».

«Non tirare fuori queste stronzate psicologiche con me. Sei tu quello che sente solo la sua testa, sbattendosene dei pareri di quelli che hanno mangiato molta più merda di te in queste strade».

«Mi stai dicendo che dovrei darti ragione sempre e comunque?»

«Si chiama spirito di squadra».

«No Grady, per me si chiama dispotismo. E non mi pare che ci sia da aggiungere altro a questa discussione».

Parker si voltò e riprese a scendere le scale, prima di uscire fece un cenno di saluto al sergente MacGovern e infine si trovò in strada. Sui marciapiedi arroventati dal sole il caldo era atroce, e al pensiero di dover prendere la metropolitana Parker si sentì svenire, ma mise ugualmente in moto i suoi passi. Non aveva nessuna voglia di incrociare nuovamente Watts.

Per tutto il viaggio di ritorno Parker continuò a pensare al confronto avuto con Watts sulle scale del distretto; lui sentiva di essere nel giusto, ma provava rabbia per quel che gli aveva detto il collega, e ancora un moto d'invidia per Schuster e Jackson, per la loro placida convivenza. Anche questa volta, come spesso gli succedeva in questi casi, finì per ripensare a suo padre, chiedendosi come si sarebbe comportato al posto suo un uomo tutto d'un pezzo, sopravvissuto alla battaglia di Midway e a una vita nelle autopattuglie solo per poi finire ucciso da un maledetto tumore. Parker non seppe darsi una risposta precisa, accorgendosi con orrore come, a dieci anni dalla sua morte, i particolari più sottili dei comportamenti del padre stessero iniziando a sfuggirgli dalla mente. Avrebbe dato un pugno a Watts sul pianerottolo? Oppure avrebbe avuto quello spirito di squadra tanto invocato dal suo compagno e lo avrebbe sostenuto nell'ufficio del tenente? Fu a quel punto, sceso dal vagone con mille interrogativi nella testa, che decise di regalarsi un gelato.

Parker rientrò nella casa che divideva con la madre a North Banks con la camicia zuppa di sudore, la giacca in una mano e un gelato nell'altra, magra consolazione di fine giornata.

Varcata la soglia, sentì delle voci femminili provenire dalla sala da pranzo e ricordò che quel pomeriggio sua madre aveva invitato alcune amiche.

«Noah sei tu?» chiese ad alta voce la madre.

«Sì, certo. - si affacciò nella stanza - Salve a tutte».

Fu bersagliato da baci e abbracci che avrebbe volentieri evitato, e che neppure la camicia bagnata riuscì a tenere a distanza. Quando riuscì a divincolarsi disse: «scusate, vado a farmi una doccia».

«Ricordati che per le otto e mezza dobbiamo essere all'aeroporto».

Lo sguardo di Parker abbandonò per un attimo la stanchezza e divenne interrogativo, poi si batté il palmo della mano sulla fronte.

«Zia Mary!»

«Te n'eri dimenticato eh?» gli disse con dolcezza la madre.

Parker non disse nulla, uscì dalla sala da pranzo e in due mi-

nuti fu sotto la doccia. Sua madre aveva ragione, aveva completamente dimenticato quale uragano fosse sul punto di abbattersi sulla loro casa e sulle loro vite. La zia Mary, sorella maggiore di sua madre, aveva vissuto per tutta la vita a Philadelphia ma ora, vedova da sei mesi e con tre figli ormai grandi, aveva deciso di recuperare tutto il tempo perduto lontano dalla sorella. Le loro due famiglie non si erano frequentate molto nel corso degli anni, ma quel tanto era bastato perché Parker temesse l'arrivo della zia come la peste. Instancabile, generosa e molto giovanile, la zia Mary riequilibrava i suoi innegabili pregi con la cronica capacità di combinare guai; Parker se la ricordava come una donna distratta, pasticciona e con un talento straordinario nel fare cose assolutamente stupide. Nelle riunioni di famiglia, quando era bambino, il momento più comico era sempre stato rappresentato dai racconti, fatti dal suo defunto marito, delle sue imprese più recenti.

Quando sua madre gli aveva detto del suo arrivo, un paio di settimane prima, Parker aveva provato timidamente a protestare, ma aveva ben presto capito di non avere alcuna possibilità di vittoria. In più, aveva visto sua madre davvero felice della notizia, e questo gli aveva tolto ogni ulteriore velleità di rimostranza.

La sua unica, remota possibilità di sopravvivenza domestica risiedeva nella speranza che zia Mary, con l'età, avesse messo un po' di giudizio.

L'aeroporto, luogo deputato al frastuono e al caos, aveva almeno il vantaggio di essere un posto ventilato, per cui l'attesa cui li costrinse il ritardo dell'aereo della zia Mary fu almeno piacevole.

Parker e sua madre rimasero per più di un'ora a chiacchierare su un divanetto della zona degli arrivi, come non succedeva loro da tanto tempo. Con l'entrata in Accademia e poi con l'inizio del suo lavoro di detective, il tempo di Parker era stato come risucchiato in un vortice che raramente gli concedeva spazio libero per le sue passioni, i suoi peraltro pochi amici e sua madre. I suoi turni al distretto andavano nominalmente dalle 8 alle 16, ma erano rari i casi, come quel

giorno, in cui riusciva a uscire con una certa puntualità. In realtà, aveva ben presto imparato come la fine di ogni turno fosse puramente teorica e affidata alla casualità. Quando uno stimato abitante della parte di Barrio sotto la giurisdizione dell'Undicesimo, ad esempio, pensava bene di commettere poco prima delle 16 un reato che richiedesse qualcosa in più dell'intervento di una pattuglia, ecco che le lancette del ritorno a casa di Parker si spostavano verso la sera, senza possibilità alcuna di fuga.

Noah e la madre parlarono di molte cose, su quel divanetto degli arrivi: del passato, perché la zia Mary ricordava loro i pranzi nel giorno del Ringraziamento quando c'era ancora Edward, suo padre. Parlarono del presente, in cui Parker vedeva l'ombra incombente di Watts dietro ogni sua azione, e in cui la madre vedeva soprattutto l'orgoglio di avere un figlio con la placca dorata di detective nel taschino della giacca. "Evidentemente mia madre è una donna di poche ambizioni" pensò tra sé il figlio, che non coglieva affatto il senso della sua realizzazione.

Aveva studiato molto, si era impegnato tanto per arrivare al distintivo, è vero, ma in ogni momento si sentiva pervaso da un'inquietudine profonda e indefinibile, da un senso di inadeguatezza che da una parte lo spingeva a fare sempre meglio, dall'altra però non lo faceva mai vivere tranquillamente. Tutto sommato, Parker si era convinto in questi primi mesi di lavoro all'Undicesimo Distretto di non aver sbagliato mestiere, ma da qui a sentirsi realizzato, come sosteneva sua madre, ne passava parecchio.

Finirono inevitabilmente anche a dare uno sguardo al loro futuro, momento in cui Parker sapeva sarebbe arrivata da sua madre la fatidica domanda: "Quand'è che ti trovi una brava ragazza da sposare?"

La risposta di Parker, un po' scorbutica e spazientita, stava per arrivare, quando dalla porta automatica del terminal sbucò la faccia allegra della zia Mary.

Fu sua madre a riconoscerla subito e a scattare su dal divano gridando "Mary! Mary!" finché quella non si voltò, mollando all'istante le due valigie in mezzo alla gente che usciva e correndole incontro ad abbracciarla. Le persone che ve-

nivano dietro di lei quasi caddero inciampando sulle valigie e Parker dovette correre a toglierle di lì, prima che qualcuno si facesse male davvero. Fece per riportarle dov'erano la madre e la zia, ma fu superato da un uomo sulla cinquantina che con aria agitata gridava "Al ladro! Al ladro! Mi ha rubato la valigia!!", indicando zia Mary.

Parker alzò gli occhi al cielo, già tentato di rimettere sua zia sul primo aereo, treno o qualsiasi altro mezzo di locomozione diretto a Philadelphia.

«Ladra! Ladra! Dove hai messo la mia valigia?»

La zia Mary lo guardò senza scomporsi.

«Ma sta dicendo a me?»

«L'ho vista uscire con la mia valigia! Dove l'ha messa? Polizia!!»

La zia Mary scoppiò a ridere e tornò a voltarsi verso la sorella.

«Ma che simpatico scherzo di benvenuto, grazie! Ma questo signore chi è?»

La madre di Parker, che ovviamente non aveva organizzato alcuno scherzo di benvenuto, era invece serissima, e guardava sgomenta il figlio in cerca di aiuto.

Parker, cercando di darsi un contegno, si avvicinò con le valigie al terzetto, che stava per essere raggiunto da una coppia di poliziotti richiamati dalle grida dell'uomo.

«Mi scusi, sono il nipote della signora e sono anche un poliziotto. E' per caso una di queste la sua valigia?»

«Certo! E' quella di pelle marrone scura!» e si chinò ad afferrarla, ma Parker lo trattenne.

«Come si chiama?»

«Bob Reiner, può controllare sulla targhetta!»

«E' proprio quello che farò». Fu Parker a chinarsi verso la valigia, aprendo il porta targhetta anch'esso di pelle e scoprendo così che essa apparteneva effettivamente a Bob Reiner, 615 Kleiber Road, Washington DC. In quell'istante sopraggiunsero i poliziotti in divisa.

«Che succede qui?» chiese il nero.

«Scusate, c'è solo stato un errore di mia zia nel ritiro bagagli. Questa valigia è del signore».

«Lei chi è?»

«Mi chiamo Noah Parker, e sono un collega dell'Undicesimo» e nel dirlo tirò fuori il distintivo.

Rassicurati, i due poliziotti si rivolsero a Reiner.

«Ha ritrovato la sua valigia, allora?»

«Sì, tutto ok. Grazie. Posso andare?»

«Prego, buonasera».

«E ci scusi» aggiunse Parker per buona creanza.

I due poliziotti salutarono Parker portandosi una mano al cappello e ricominciarono il loro giro di ronda.

«Beh, quindi ora possiamo andare?» chiese la zia Mary con fare allegro.

«Zia, ora devi tornare dentro a cercare la tua vera valigia. Sarà ancora lì che gira» le rispose il nipote con infinita pazienza.

«Ma... ora che ci penso, io avevo imbarcato solo la valigia nera!»

Madre e figlio si guardarono sbigottiti.

«Ma allora perché ti sei portata via anche quella del signore?» le chiese la sorella.

«Assomigliava così tanto a un'altra valigia che ho, che mi era venuto il dubbio di averla portata. Che c'è di male?»

Parker sospirò.

«Nulla zia, hai ragione, non c'è nulla di male... ora andiamo all'auto, si è fatto tardi e abbiamo un bel po' di strada da fare prima di arrivare a casa».

Martedì 31 agosto 1971

La mattina seguente Parker, già normalmente mattiniero, si alzò ancora prima del solito, a causa del caldo che lo aveva tormentato per tutta la notte. Aperta la porta della sua stanza, si diresse in bagno per una doccia rinfrescante. La casa, com'era normale che fosse alle sei del mattino, era ancora immersa nella quiete più assoluta. La doccia fu più lunga del solito, ma assolse il suo ruolo; Parker ne uscì rinfrancato e pronto ad affrontare la giornata e la relativa calura.

Con l'accappatoio e le ciabatte si diresse in cucina, per accendere il bollitore elettrico per il caffè, ma la trovò insolitamente piena: sua zia si era alzata e sua madre, probabilmente per dovere di ospitalità, aveva fatto lo stesso. Il silenzio della casa vuota, quando si era alzato, gli aveva fatto dimenticare quale uragano fosse piombato nella sua vita. Il viaggio di ritorno dall'aeroporto, la sera prima, era stato un incubo, con sua zia che non la finiva più di parlare e una coda per incidente sulla West Freeway che aveva raddoppiato la durata del loro ritorno a casa. In alcuni momenti Parker, uomo schivo e tutto sommato di poche parole, era stato tentato di abbandonarle lì, sua madre e sua zia, scendere dall'auto ferma in coda e sparire a piedi nella notte, così, senza una sola spiegazione. Non avrebbero corso alcun rischio, anzi, prese dal loro chiacchiericcio com'erano, non si sarebbero probabilmente accorte di nulla fino al mattino seguente. Ma naturalmente non lo fece, e resistette stoicamente alle due sorelle, intente a raccontarsi le ultime vicende delle rispettive vite.

L'acqua stava già bollendo e la madre di Parker stava sciogliendo il caffè solubile in un bricco di metallo.

«Non c'era bisogno che vi alzaste anche voi così presto» disse addentando un pezzo di pane.

«Tua zia è mattiniera, non te lo ricordi? - gli rispose la madre, non senza una punta di polemica verso la sorella - Mentre eri sotto la doccia ha già avviato una lavatrice...»

«E che ci volete fare se non so stare ferma?»

«Che programmi avete per oggi?» provò a informarsi Parker, tanto per cambiare discorso.

«Tante chiacchiere, innanzitutto...» gli rispose la zia.

"Beh, allora mi sa che oggi dovrò fermarmi fino a tardi in ufficio" pensò Parker, sorridendo tra sé e sé.

«... e poi vediamo cosa vuole fare tua madre».

«Mary, con questo caldo io esco solo la mattina presto o nel tardo pomeriggio, quindi non farti venire strane idee».

«D'accordo d'accordo, vorrà dire che ci dedicheremo alla casa».

Parker incrociò lo sguardo preoccupato di sua madre, ma si limitò a finire il caffè e ad alzarsi di scatto dalla sedia.

«E' ora che mi levi di dosso questo accappatoio e che mi vesta, altrimenti farò tardi» disse, e uscì, mentre la zia toglieva la sua tazza dal tavolo.

Parker indossò uno dei suoi abiti estivi, completo di giacca e cravatta, sopra una camicia bianca di cotone sottilissimo e la fondina ascellare. Finito di prepararsi, aprì il cassetto dove custodiva la pistola quando era a casa e la prese con sé. Uscì dalla stanza, andò in cucina a baciare le sue donne, nell'ingresso afferrò la sua copia delle chiavi e poi, al momento di varcare la soglia, si bloccò. Si era ricordato di non aver preso il distintivo e il tesserino di riconoscimento dalla tasca della giacca che aveva indossato il giorno prima. Tornò nella sua stanza, ma non riuscì a trovare il vestito. Era convinto di aver poggiato la giacca sullo schienale di una sedia che aveva in camera, ma evidentemente ricordava male. Guardò nell'armadio, ma inutilmente. Stava iniziando a innervosirsi e, peggio ancora, a essere in ritardo.

«Mamma, scusa, ma il vestito di ieri dov'è?»

«In lavatrice» rispose in sua vece la zia Mary.

Lo sbigottimento di Parker generò qualche attimo di gelo nella stanza.

«E non hai frugato nella giacca prima di metterla a lavare?»

«Perché? C'era dentro qualcosa d'importante?»

«No, niente d'importante, zietta! Solo il mio distintivo!!»

«E che sarà mai! E' di metallo no?»

«Il tesserino è di carta! E il porta distintivo è di pelle! - senza dire altro, Parker si avventò sulla lavatrice, che si trovava in cucina - Come diavolo si apre?»

«Aspetta Noah! Che fai?» provò a bloccarlo la madre, vedendo il figlio strattonare con decisione la manopola dell'oblò. «E' piena d'acqua, non vedi?» insistette la madre, ma il suo richiamo arrivò troppo tardi. La vecchia lavatrice cedette agli strappi di Parker, l'oblò si spalancò e molti litri di acqua saponata invasero la cucina, bagnando innanzitutto i pantaloni e le scarpe dello scassinatore.

Parker non si mosse. Si guardò i pantaloni bagnati e i mocassini chiazzati di sapone, poi rivolse uno sguardo furibondo a sua zia e infine infilò il braccio destro dentro il cestello, afferrando con rabbia la giacca.

Frugò l'interno e pochi attimi dopo estrasse il suo porta distintivo. La pelle, in precedenza splendidamente lucida, rigida e nera, ora presentava degli aloni giallastri su entrambi i lati e il pellame, raggrinzito, si era ripiegato agli angoli. Parker lo guardò sconsolato, ma non era finita. Dentro, il tesserino si era completamente scolorito, divenendo illeggibile. Il distintivo, almeno quello, pareva intatto.

Entrò nella sala dell'Investigativa con l'orologio sulla parete sul punto di scoccare le nove. Sarebbe dovuto essere lì alle 7.45. Aveva dovuto cambiarsi completamente e asciugare col phon il tesserino e il porta distintivo. Quindi aveva dovuto aspettare il terzo treno per poter prendere la metropolitana, visto che i due precedenti era così pieni da non riuscire a salirci sopra.

Dei suoi colleghi, qualcuno lo ignorò, altri lo salutarono come se niente fosse, altri ancora, invece, lo stavano aspettando al varco.

«Beh? E' questa l'ora di presentarsi?» lo aggredì subito Watts.

«Lo so, scusatemi, ho avuto un imprevisto a casa, non si ripeterà più».

«Lo spero bene, cazzo!»

«Ok, Grady, ho capito. Scusa, scusatemi davvero».

Mortificato e oppresso dal senso di colpa, Parker andò nella stanza delle telescriventi, per assicurarsi che durante la notte non fosse arrivata qualche segnalazione riguardo Steve Reilly, il muratore scomparso.

Mentre era intento a scorrere velocemente i messaggi arrivati al distretto, gli si avvicinò Bob Schuster.

«Nessuna novità sul tuo muratore?»

«No, pare di no».

«Grady mi ha detto che la moglie ha già chiamato tre volte stamattina, ma voleva parlare solo con te».

«Ora la richiamo. E voi? Niente di nuovo sul drugstore?»

«No. Il tenente è al piano di sopra da un'ora, nell'ufficio del capitano Duvall, per parlare del caso e preparare la riunione con quelli degli Affari Interni per passare a loro la palla, oggi pomeriggio o domani ci sarà un'altra riunione, in cui penso sarà richiesta anche la nostra presenza...»

«Peccato però, forse avremmo meritato di avere un altro po' di tempo per scavare di più».

«Pazienza. Senti... riguardo al tuo ritardo di oggi...» Schuster poteva permettersi di affrontare l'argomento disciplinare in qualità di detective più anziano della Squadra, che lo rendeva anche il vice del tenente Braxton.

«Dai Bob, ho capito cosa vuoi dirmi, per favore... ti assicuro che è stata la prima e l'ultima volta».

«No, non hai capito, Parker. Ti sto dicendo di avvertire, la prossima volta, se ci sarà. Grady fa così perché è un orso, ma in realtà ci stavamo preoccupando. In questi mesi sei sempre stato puntualissimo, era molto strano tutto questo ritardo. Abbiamo chiamato a casa tua ma non rispondeva nessuno, abbiamo chiamato la società della metropolitana per sapere se c'erano stati incidenti sulla tua linea...»

Parker non aveva minimamente preso in considerazione questo aspetto della faccenda, e rimase totalmente spiazzato dalle parole del collega.

«Hai ancora poche indagini nella tua carriera, ma devi capire che questo è un mestiere in cui ci si fanno dei nemici, parecchi nemici, e quando si è in una squadra bisogna sempre avvertire qualcuno dei tuoi colleghi quando stai derogando dai tuoi orari normali».

Parker annuì.

«Si può fare tardi per mille motivi, succede, è la vita. Si può anche andare direttamente a interrogare qualcuno senza dover passare da qui, ma devi fare una telefonata a qualcuno di noi. Non serve che disturbi il tenente, naturalmente, ma al tuo compagno di coppia, a chiunque di noi, al limite al sergente Mac se qui non c'è nessuno, devi dire perché non sei qui alle 7,45».

«Ora è tutto chiaro, cazzone?» aggiunse Watts, affacciatosi nel frattempo sulla porta della stanza.

Parker li guardò entrambi. «Sì, perfettamente».

«Bene. Ora, che pensi di fare per quel muratore?» chiese Watts.

«E' scomparso da sabato, comincia a essere un po' troppo tempo per una scappatella».

«Magari l'amante è una ninfomane insaziabile...» ipotizzò Watts ridendo.

«Nel qual caso arrestiamo lei, giusto?» gli diede di gomito Schuster.

«E dai!»

«Ehi ehi, non scherziamo sul sesso con Parker eh!»

«Seriamente, secondo la vostra esperienza, non sembra anche a voi che i giorni comincino a essere un po' troppi?» Entrambi i colleghi annuirono.

«Dovremo fare un salto al cantiere dove lavorava, è l'ultimo posto dove pare che sia stato ed è l'unico punto di partenza che abbiamo» disse Parker rivolto al compagno di coppia.

«Io non posso muovermi, - ribatté Watts - il tenente ci ha detto di aspettarlo quando esce dal capitano per parlare anche con noi della riunione con quelli degli Affari Sporchi».

«Interni...» lo corresse bonariamente Schuster.

«Sporchi, sporchi, fidati. Per andare al cantiere prendi Jackson, ok?»

Schuster, abituale compagno di coppia dell'unico detective di colore dell'Undicesimo, annuì.

«Almeno sotto il sole del cantiere è l'unico di noi che non rischia di scottarsi!» disse Watts, e iniziò a ridere sguaiatamente, mentre Schuster e Parker lo osservavano perplessi. Il loro collega era tornato dalle vacanze in grande forma, non c'erano dubbi.

«Buongiorno, è la signora Russell?»

«Sì, sono io. Chi parla?»

«Sono il detective Parker, dell'Undicesimo Distretto. La sua vicina, la signora Reilly, mi aveva detto di chiamare lei per contattarla...»

«Sì, non hanno il telefono... attenda un attimo che gliela chiamo».

Si sentì posare la cornetta, poi qualche secondo di rumori di passi, porte che si aprivano e chiudevano, e finalmente la voce della signora Reilly.

«Signora Reilly?»

«Sì, sono io, buongiorno signor Parker» la voce della donna tradì subito il misto di speranza in buone notizie e l'angoscia di averne di cattive. In realtà, Parker non aveva nessuna notizia.

«Buongiorno a lei. Ho saputo che mi ha cercato diverse volte, stamattina. Suo marito è tornato a casa?»

«No. Volevo sapere se lei aveva qualche novità per me».

«No, signora, mi spiace. Ho mandato la segnalazione a tutti i distretti della città e agli ospedali, ma nessuno ne sa nulla».

«Mio dio...»

«Stia tranquilla signora, mi sto muovendo anche in prima persona per ritrovarlo, qualcosa salterà fuori».

«Volesse il cielo... quando posso richiamarla?»

«La richiamo io, signora. Appena ho notizie mi faccio sentire».

«La ringrazio, la ringrazio molto».

«Joseph come sta?»

La signora Reilly pensava che la telefonata fosse terminata e stava per mettere giù; rimase sorpresa dalla domanda.

«Oh, quel diavolo... sta bene, sta tormentando tutti i ragazzini dell'isolato con i racconti di lei e del suo distretto di polizia».

Parker sorrise. «Qualcuno che ne parla bene... meno male! Spero di avere presto buone notizie da darle, signora».

«Grazie, lo spero anch'io. Arrivederci».

«Arrivederci».

La South Freeway non era molto distante dall'Undicesimo Distretto, ma il cantiere dove si lavorava per l'aumento delle corsie era enorme e, una volta entrati e lasciata l'auto, Parker e Jackson dovettero camminare diversi minuti prima di trovare il capo di quell'area, Jeffrey Berkman.

Evidentemente avvisato via radio da uno degli uomini a cui i due poliziotti avevano chiesto informazioni, Berkman andò loro incontro nel piazzale di manovra davanti al container usato come ufficio.

«Ho saputo che mi stavate cercando! Beh, ora mi avete trovato!» esordì con aria gioviale.

«Lei è Jeffrey Berkman?»

«In persona» e allungò il braccio destro per stringere la mano ai detective.

«Salve, siamo i detective Jackson e Parker, dell'Undicesimo Distretto» disse Jackson, porgendo la mano.

Avrebbe dovuto aspettarselo da un capo cantiere che in più, dalle maniche arrotolate della camicia, lasciava intravedere due braccia molto muscolose: Berkman aveva una stretta di mano ferrea e Jackson, che non era certo un fuscello, dovette sforzarsi per non lasciarsi scappare un gemito di dolore.

Parker, intuito il rischio cui andava incontro, si guardò bene dall'avvicinare la sua mano destra alla tenaglia di Berkman, limitandosi a estrarre il distintivo dalla tasca della giacca.

«Oh, ma figuriamoci! - disse Berkman - Vi credo, vi credo, non c'è bisogno che mi mostriate i distintivi! Chi altro andrebbe in giro con questo caldo in giacca e cravatta? Detesto le formalità!»

Jackson, riappropriatosi della mano, osservò perplesso il porta distintivo di Parker, ridotto a un cencio dal bagno in lavatrice, ma naturalmente non disse nulla.

«Vorremmo da lei qualche notizia su Steve Reilly... è un suo dipendente, vero?» iniziò Parker.

«Sì sì certo, è scomparso da qualche giorno. Era venuta a cercarlo anche la moglie, ma non avendone più saputo nulla pensavo fosse tornato a casa».

«No, evidentemente no».

«Beh, io tutto quello che so l'ho già detto alla moglie».

«Non importa, le saremmo grati se ci ripetesse tutto...»

«Magari in un posto all'ombra...» aggiunse saggiamente Jackson, che stava iniziando a sudare copiosamente».

«Ah, certamente! Scusatemi... venite nel mio ufficio, lì c'è l'aria condizionata e possiamo sederci».

Mentre seguivano Berkman attraverso il piazzale, entrambi i detective, per deformazione professionale, lo osservarono più attentamente. Sui cinquant'anni ben portati, la muscolatura e il passo dinamico denunciavano una perfetta forma fisica; i capelli, pur abbondantemente brizzolati, erano tagliati cortissimi, come quelli di un marine, e da sotto i jeans sbucavano due stivali pieni di borchie metalliche piuttosto vistose.

A dispetto dello squallore esterno, l'ufficio contenuto nel container riservato a Berkman era davvero comodo ed elegante. Perfino troppo, per essere l'ufficio di un cantiere edile, notò Parker.

«Dunque, dicevamo di Reilly... cosa volete sapere?»

«Lo conosce bene?»

«Bene non direi, lo conoscevo e basta. Ho quasi duecento operai alle mie dipendenze, qui dentro, e non ho né il tempo né la voglia di conoscerli bene».

«Ci dica quel poco che sa di lui».

«Era irlandese, con una moglie e un po' di marmocchi da mantenere, non so nemmeno quanti di preciso...»

«Tre» puntualizzò Parker.

«Ecco, tre, mi ricordavo che erano tanti. Lavorava qui da circa sei mesi e prima di questa storia non mi aveva mai dato motivi di lamentarmi di lui. Mai un'assenza, mai un ritardo, mai un problema con gli altri nel cantiere».

«C'è qualcuno nel cantiere che lo conosce meglio di lei?»

«Brad, il suo capomastro».

«Ce lo può chiamare, per cortesia?»

«Purtroppo no, Brad è in ferie già dalla scorsa settimana e fino a tutta la prossima».

«Però il lavoro al cantiere va avanti, e Reilly stava continuando a lavorare, quindi ci sarà qualcuno che ha sostituito Brad, no?»

«Sì, certo. La squadra di Reilly in questi giorni è guidata da

Randy, l'operaio più anziano del gruppo».

«Bene, allora ci chiami lui».

«Subito».

Berkman afferrò la radio che teneva sul tavolo e chiamò più volte Randy, che alla fine rispose e confermò che in pochi minuti sarebbe stato lì.

«Ah, tanto per essere chiari, signor Berkman... - disse Jackson tirando fuori il suo taccuino dalla giacca - Brad il capomastro come fa di cognome?»

«Ah già... ehm... Brad Eldred».

«E Randy?»

«Lucas».

«Perfetto» disse Jackson scrivendo i due cognomi.

«Senta, signor Berkman, mentre attendiamo Randy, potrebbe farci vedere il libro firme che accerta le presenze di Reilly sul posto di lavoro?»

«Sì, certo». Parker notò che Berkman doveva aspettarsi quella richiesta perché scattò verso un mobiletto metallico alla sinistra della sua scrivania dove, spalancato uno degli sportelli, tirò fuori un registro dalla copertina rossa, consegnandolo senza indugi ai detective.

Jackson prese a sfogliarlo, dapprima distrattamente, poi con maggiore attenzione a mano a mano che i fogli, riportanti le presenze in cantiere a partire dal primo luglio, si avvicinavano al sabato precedente.

«Perché parte solo da luglio, questo registro?» chiese Jackson a Berkman.

«Sono trimestrali, questo è quello del terzo trimestre, arriva fino al 30 settembre».

«Può mostrarci anche quelli dei primi due trimestri del '71?»

«Certamente... dovete darmi solo qualche minuto per trovarli... sa, quello viene usato tutti i giorni, lo tengo sotto mano per quello...»

«Prego, non abbiamo fretta».

Berkman si alzò e iniziò a frugare negli scaffali più alti di un mobile in fondo alla stanza.

«Signor Berkman, a proposito di Steve Reilly non sa dirci altro?» domandò Parker, per nulla soddisfatto delle pochissime risposte che aveva ottenuto fin lì.

«In che senso?» rispose quello dando le spalle ai poliziotti.

« Non so, qualcosa di extra lavorativo... in fondo un cantiere, per quanto grande, è un piccolo paese in cui spesso si sa tutto di tutti. Non le è mai capitato di sentire Reilly parlare di un'altra donna, di qualche vizio segreto, di un altro lavoro... cose del genere».

«No, mai, mi spiace. Non ho molti contatti con la manovalanza, sinceramente. Devo occuparmi dei conti, dei permessi, dell'avanzamento lavori, dei rapporti con i fornitori... lavoro d'ufficio, insomma».

Berkman tornò alla sua scrivania con i due registri dei trimestri precedenti.

«Questo registro è tenuto molto bene, complimenti» disse Jackson, un frase che sorprese un po' Parker.

«Grazie, sa ci tengo molto al fatto che sia tutto a posto per eventuali controlli del Dipartimento del Lavoro, sono maniacale, in questo».

In quell'istante, bussarono alla porta del container.

«Signor Berkman, sono Randy Lucas».

«Vieni vieni, Randy!»

La porta si spalancò per qualche istante, lasciando entrare un calore infernale assieme a Randy Lucas, un bestione di 35-40 anni, sudato, sporco e anche piuttosto puzzolente, con una t-shirt piena di buchi e una cintura degli attrezzi stracolma, che gli pendeva dai fianchi come un pistolero.

«Dica, signor Berkman, c'è qualche problema?» Dal modo di parlare biascicato, i due detective intuirono come Randy non dovesse essere del tutto normale.

«No, Randy, non preoccuparti. Questi due signori sono della Polizia, e vogliono delle informazioni su Steve, Steve Reilly».

«Quello che non viene da tre giorni?»

«Proprio quello».

«Che volete sapere? Io non lo vedo da sabato».

«Questo lo sappiamo. - disse Parker - Tu lavori nella sua stessa squadra?»

«Sì».

«Da parecchio tempo?»

«Non saprei... quant'è parecchio tempo?»

Parker guardò per un attimo Jackson. "Bel testimone abbiamo in mano!" pensò.

«Diciamo da sei mesi?»

«Sei mesi, sì... sì, allora da parecchio tempo».

«E in questo tempo avete mai parlato di qualcosa fuori dal lavoro?»

«Tipo?»

«Donne, soldi, carte... cose così».

«Ma volete sapere se ne parlavo io o se ne parlava lui?»

"Cristo santo!" pensò Parker, alzando gli occhi al soffitto.

«Se ne parlava LUI...» disse, con gli ultimi scampoli di pazienza.

«No di donne e carte, solo di soldi».

«E che diceva dei soldi?»

«Che non bastavano mai, che erano troppo pochi per mantenere una famiglia».

«Bene. E non ti ha mai detto se faceva qualcos'altro per guadagnare più soldi?»

«Faceva gli straordinari».

«Straordinari? Dove? Qui o in un altro cantiere?»

«In un altro, ma non so dove. Qui non ci sono gli straordinari, quando suona la sirena noi usciamo e il cantiere chiude».

I due detective si voltarono a guardare Berkman, che annuì.

«E' così, è una precisa scelta della proprietà per contenere i costi. Non sono previsti straordinari dal contratto di appalto. Si lavora sodo nell'orario stabilito punto e basta».

«Quale sarebbe l'orario stabilito?»

«Dalle sette del mattino alle quattro del pomeriggio, con venti minuti di pausa pranzo alle undici e quarantacinque».

«Randy, non ha proprio idea di dove facesse gli straordinari Steve Reilly?»

«No».

«Un'ultima domanda, Randy: sa se Reilly aveva un'auto?»

«Sì, lo so». Seguì qualche secondo di silenzio imbarazzato da parte dei poliziotti.

«E quindi? Visto che lo sa ce lo dica».

«Ok, no, non aveva la macchina. L'ho sempre visto andare a prendere l 'autobus».

«Non sa se anche sabato scorso ha preso l'autobus?»

«No».

«Ok, grazie Randy, ci è stato molto utile».

«Prego, sono sempre molto felice di parlare con i poliziotti, anche se quelli con la divisa sono meglio».

Parker e Jackson abbozzarono due sorrisi di circostanza, mentre Berkman congedò definitivamente il suo ospite.

«Scusatelo, è un uomo semplice, ma sa fare il suo lavoro» disse Berkman, come per scusarsi.

«Nessun problema. Piuttosto, lei non ne sapeva nulla di questo secondo lavoro di Reilly?»

«No».

«Ha qualche idea su quale potrebbe essere il cantiere?»

«No».

«Qui vicino non ci sono altri cantieri?»

«No, non che io sappia. Ma non è detto che facesse gli straordinari in un cantiere, potrebbe averli fatti anche con una piccola ditta che ristruttura gli appartamenti o addirittura in proprio».

Parker annuì.

«Invece, a proposito del divieto di straordinari...» s'inserì Jackson.

«Mi dica».

«Non avete dei tempi di consegna prestabiliti?»

«Certo, assicurare il loro rispetto è proprio uno degli aspetti più importanti del mio lavoro!»

«E avrete quindi anche delle penali in caso di ritardo...»

«Mi spiace, ma questi sono aspetti contrattuali di cui possono parlare solo i dirigenti dell'azienda per cui lavoro, rivolgetevi a loro se volete saperli».

«Signor Berkman, andiamo... non voglio sapere a quanto ammontino queste penali, sto solo dicendo che in linea generale dovrebbero esserci...»

«Sì, in linea generale, sì».

«E quindi siete così certi di poter rispettare i tempi da non concedere nemmeno un'ora di straordinario?»

«Esatto. Sappiamo programmare bene il nostro lavoro».

Jackson non ribatté, rimanendo chiuso in un silenzio carico di perplessità.

«Beh, penso che per il momento abbiamo finito, signor Berkman. Tu che dici, Mike?»

«Sì, anche per me possiamo andare» rispose Jackson, rimettendo sbrigativamente i registri sulla scrivania del capo cantiere e alzandosi in piedi.

Questa volta nessuno dei due detective diede la mano al signor Berkman.

Nella loro auto, durante il viaggio di ritorno al distretto, Parker e Jackson fecero il punto della situazione. Gli incontri avuti sul luogo di lavoro dello scomparso avevano aggiunto qualche elemento in più sulla vita di Steve Reilly, ma certo non molta chiarezza.

«Che idea ti sei fatto?» chiese Jackson mentre guidava l'auto attraverso il cancello principale del cantiere.

«Boh... ho una confusione in testa che la metà basta. I registri erano a posto?»

«Sì, perfetti. Fin troppo a posto, mi verrebbe da dire. Reilly ha firmato fino a sabato, sia in entrata che in uscita, e le firme mi sembravano identiche a quelle dei giorni precedenti».

«Hai pensato a una falsificazione?»

«Era una delle ipotesi. In fondo quei registri sono dei documenti che attestano ufficialmente la presenza di una persona in quel cantiere dalle sette alle quattro, potrebbero anche essere un alibi perfetto».

«Sì, giusto».

«Ma ti ripeto, se non salta fuori altro quei registri sono inappuntabili».

«Io invece mi stavo chiedendo perché la moglie non mi ha detto degli straordinari del marito. Ci ha tenuto a precisare che tornava sempre puntualissimo a casa... voglio dire, non ci sarebbe stato nulla di male a dirlo, no?»

«Il secondo lavoro sarà certamente in nero, forse la moglie avrà pensato che poi le avresti mandato gli agenti delle tasse...».

«Mah... mi pare che noi siamo sempre gli ultimi a sapere le cose, mentre dovremmo essere i primi».

«Bella scoperta!»

«E comunque c'è un'altra cosa che non torna: gli sposta-
menti».

«In effetti, senza macchina...»

«Sappiamo per certo che Reilly non ce l'ha. Quindi, se in
quel cantiere straordinari non se ne fanno, se lì intorno non
ci sono altri cantieri...»

«E lì intorno non ci sono nemmeno abitazioni, cazzo siamo
praticamente ai confini della città!»

«Esatto. Anche posto che lavorasse in nero per una piccola
ditta di ristrutturazioni, come diavolo ci arrivava sul posto
di lavoro una volta finito al cantiere?»

«Lo passavano a prendere?»

«Ma Randy ce l'avrebbe detto...»

«Sì, figurati, buono quel Randy... il testimone ideale da portare in un processo».

«Strano finché vuoi, ma alla fine le cose ce le ha dette».

«Ok, allora diamo per buono che nessuno lo passasse a
prendere. Quindi?»

Parker si strofinò più volte il viso con le mani, cercando
un'idea che però non arrivò.

«Senti Mike, perché non torniamo a parlare con la signora
Reilly?»

«Vuoi vedere come reagisce alla storia del secondo lavoro
che non ti ha detto?»

«Già».

«Beh, allora avverti il distretto che stiamo andando da lei e
che non rientriamo subito».

Parker afferrò il microfono della radio e fece la comunicazione di prassi al distretto.

«Ah, senti... - riprese Jackson con un sorriso già abbozzato
sul volto - ma che t'è successo al distintivo?»

«Te ne sei accorto, eh?»

«Beh, sembra uno straccio...»

«E' il motivo per cui ho fatto così tardi stamattina... mia zia
me l'ha ficcato in lavatrice assieme al vestito che avevo addosso ieri».

Jackson rise di gusto.

«E io per tirarlo subito fuori ho aperto l'oblò e inondato
d'acqua saponata tutta la cucina».

Le risa di Jackson salirono di volume, placandosi solo di fronte all'aria sconsolata del giovane collega.

«Zia?! Ora hai anche una zia a casa?»

«Purtroppo sì, è arrivata ieri sera e si fermerà con noi per un po'».

«Un po' quanto?»

«Un po' tanto... è rimasta vedova, i figli sono grandi e quindi ha deciso di venire a far compagnia alla sorella, cioè mia madre. Ma per quanto poco si fermi, sarà sempre troppo».

«Cazzo Parker, stai mettendo su un harem della terza età!»

La definizione era divertente, e venne da ridere anche a lui.

«E' una brava donna, è anche simpatica, ma è un uragano che nemmeno t'immagini, e poi è distratta e mi sa anche un po' rimbambita con l'età».

«Secondo me sei tu che sei prevenuto».

«Mike, non è arrivata da nemmeno ventiquattr'ore e già mi ha rovinato il distintivo!»

«Ma dai, sono cose che capitano...»

«A te è mai capitato che tua moglie ti mettesse in lavatrice il distintivo?»

«No, veramente mai».

«E allora?»

«Beh, però mi ha stinto camicie, vestiti, ha bucato cravatte con il ferro da stiro...»

«Devo aspettarmi anche tutto questo?»

«Eh... penso di sì... e ancora non è niente, vedrai quando prenderai moglie!»

«Cercherò di non sposare mia zia...»

«E' inutile, tutte le donne, in fondo, sono come tua zia».

Parker rimase a riflettere sull'ultima frase di Jackson: era un complimento per sua zia o una minaccia per la sua vita futura?

Le due donne erano in giro per il quartiere già da un paio d'ore, quella mattina. Dopo aver ripulito e asciugato la cucina, la madre di Parker aveva insistito perché la sorella uscisse con lei e iniziasse a prendere confidenza con la zona che l'avrebbe ospitata per il prossimo periodo. La zia Mary, dapprima restia a mettere il naso fuori di casa, alla fine si era fatta convincere ed era uscita con lei, sfoggiando un vistoso cappello rosa a falde larghe per ripararsi dal sole. Ora, dopo due ore di entra ed esci da negozi e mercatini, la madre di Parker iniziava a sentirsi provata dalla passeggiata, dal caldo crescente e dalla sorella. Sembrava dovesse conoscere tutto l'intero quartiere in quella mattinata, vista la frequenza con cui attaccava chiacchiera con chiunque. E il cappello costituiva spesso il principale argomento di discussione, assieme all'aumento dei prezzi, al caldo soffocante e a banalità del genere.

«Mary, torniamo a casa?» disse a un tratto la madre di Parker, esasperata.

«Come, di già?»

«Abbiamo comprato tutto quello che ci serve e anche di più, e il sole sta diventando troppo forte. Che altro devi fare?»

«Volevo cercare un po' di pesce... che pesce piace a Noah? Volevo farmi perdonare del guaio che gli ho combinato stamattina preparandogli una bella cenetta».

«Oh Mary, è un pensiero molto carino ma ti avverto che con gli orari della cena di Noah non ci si azzecca mai, potrebbe tornare con largo anticipo come ieri o nel cuore della notte, e così tutta la tua cena andrebbe sprecata».

«Ha degli orari così sballati?»

«Non dipende da lui. Se succede qualcosa prima della fine del suo turno e lo chiamano lui deve intervenire, non può mollare tutto e andarsene. E' così che funziona».

La zia Mary rimase qualche secondo pensierosa all'ombra del suo cappello rosa, poi decise che avrebbe corso il rischio.

«Beh, non importa. Voglio provarci lo stesso. Voglio farmi perdonare».

«Quand'è così... vieni, tornando verso casa ti porto nella pescheria dove vado sempre, hanno del pesce meraviglioso».

La madre di Parker sorrise tra sé e sé; la generosità, la voglia di far stare bene le persone intorno a lei, erano sempre stati i suoi pregi migliori, e il tempo sembrava non averli scalfiti.

Dora Raidero in Reilly aprì la porta a Parker e Jackson e ai detective apparve lo stesso quadretto familiare già visto al distretto: la bambina piccola in braccio e l'uragano Joseph tenuto prudentemente al guinzaglio con l'altra mano ben stretta nella sua. La donna era visibilmente scossa dalla loro apparizione, ma li fece entrare senza indugi.

Si accomodarono in uno stanzone che in pratica costituiva l'intera casa: in un angolo la cucina, al centro un tavolo di legno, addossato a una parete un letto matrimoniale, su un'altra altri due lettini e accanto al tavolo una culla. Sulla parete destra c'era una porta, probabilmente conducente al bagno.

Alla vista di Jackson, Joseph sgranò gli occhi.

«Mamma! Mamma! Un poliziotto nero!! Hai visto?»

La madre annuì pazientemente, ma si vedeva che la sua mente era lontana anni luce dal colore della pelle del detective.

«Ci sono novità su mio marito?» chiese ansiosa.

Parker la guardò; aveva il cuore in gola e stava probabilmente dilaniandosi sul motivo della loro visita improvvisa.

«Novità non ce ne possono essere, signora, - attaccò Parker con voce grave - se lei non ci dice tutto sulla vita di suo marito».

«Non capisco... io le ho detto tutto...»

«Non mi ha detto del secondo lavoro di suo marito».

«Ma quale...»

«Signora, giochiamo subito a carte scoperte, d'accordo? Lei mi ha detto chiaramente che suo marito andava e tornava da quel cantiere con autobus e metropolitana, preciso come un orologio, dal lunedì al sabato, e che al di fuori di quello passava tutto il tempo con lei e la sua numerosa famiglia».

«E'... è così...»

«No, non è così. Ci è bastato fare qualche domanda di routine perché saltasse fuori un secondo lavoro in nero, che suo marito faceva sempre nel campo dell'edilizia per mantenere meglio lei e i suoi bambini».

«Non è vero, non è vero... Steve lavorava solo in quel cantiere».

«Signora Reilly, io devo avvisarla che se continua a mentirci o a nasconderci delle informazioni, il nostro interessamento per il suo caso si conclude qui. Potremmo naturalmente denunciarla per falsa dichiarazione e un paio di altre cosette, ma non abbiamo né il tempo né la voglia di farlo, visto tutto quel che abbiamo da fare al distretto. Quindi?»

Jackson, silenzioso fino a quel momento, toccò impercettibilmente il braccio di Parker e prese la parola in tono più conciliante.

«Signora... noi non ci occupiamo di riscuotere le tasse e non siamo tenuti a segnalare eventuali evasioni fiscali, se è questo che l'ha spinta a non parlarci del secondo lavoro di suo marito. Capisce cosa intendo?»

Dora Reilly annuì, abbassò gli occhi verso la figlia più piccola, poi scompigliò leggermente i capelli di Joseph.

«Sì, Steve faceva spesso degli straordinari, una volta finita la giornata al cantiere».

«Alla buon'ora, signora Reilly. - mormorò Parker in risposta alla confessione della donna - Questi straordinari li faceva al cantiere stesso?»

«No, lì non ne possono fare».

Gli sguardi dei due detective s'incrociarono per un attimo; i conti stavano per iniziare a tornare, finalmente.

«Steve è forte come un toro, non aveva problemi a lavorare più del normale, ma fin da quando ha iniziato con l'altro lavoro io gli ho sempre detto di lasciar perdere, che ce l'avremmo fatta anche senza quei soldi, in qualche modo. Ma lui non mi ha mai dato retta, diceva che nessuno portava tante sacche di cemento sulle spalle come lui, e che per questo era ricercato anche al di fuori da quel maledetto cantiere».

«Perché maledetto?»

«Parlava sempre di Berkman come di un bastardo, di uno sfruttatore, e lo stesso del suo capomastro, un certo Brad».

«Perché ne parlava così?»

«Non lo so, non mi raccontava mai granché del cantiere».

«E del secondo lavoro?»

«E' un piccolo gruppo di operai che fa lavoretti negli appartamenti a fine giornata, tutti quanti come secondo lavoro».

«Chi è il capo?»

«Non lo so di preciso, il soprannome è Shorty, è lui che lo chiamava quando c'era qualcosa da fare».

«Shorty è un po' poco, signora... lei non l'ha mai visto? Ce lo può descrivere?»

«No, mai visto. Però ogni tanto Steve lo chiamava "il nano polacco", magari questo può esservi utile».

Parker prese qualche appunto sul suo taccuino prima di rispondere.

«Chiederemo in giro. Un'altra cosa: dove stava lavorando attualmente con Shorty?»

«Non lo so. Erano fermi da un paio di settimane, poi giovedì scorso hanno ricominciato, ma non so dove».

«Come faceva Shorty a contattare suo marito quando ne aveva bisogno?»

«Lo aspettava all'uscita del cantiere, a fine giornata».

«E quando cominciava il lavoro, come faceva suo marito ad andare all'appartamento?»

«Shorty o qualcun altro del gruppo lo aspettava all'uscita del cantiere e lo portava all'appartamento».

«Fino a che ora proseguiva il secondo lavoro?»

«Le nove, le dieci di sera».

«E a quell'ora Steve come tornava qui? Sempre con un passaggio?»

«No, lo accompagnavano fino alla metro e poi lui proseguiva da solo fin qui».

«Quindi il sabato in cui è scomparso, lui doveva andare a lavorare con Shorty, una volta finito al cantiere».

«Sì, me l'aveva confermato anche durante la nostra ultima telefonata, a pranzo».

«Bene signora, per il momento abbiamo finito, ma dovrà passare domani nel pomeriggio dal distretto a firmare il verbale su questa chiacchierata».

«Va bene» mormorò la donna, che appariva stremata dall'interrogatorio.

«Quanto alle indagini, le faremo sapere se ci sono novità. Ma se le viene in mente qualcosa, qualsiasi cosa, non abbia più paura di dircelo, la prego».

«Va bene e... scusatemi, scusatemi davvero».

I due detective si alzarono, salutarono con cortesia e si diressero verso la porta. Erano già sul pianerottolo quando Parker si voltò di scatto.

«Mi scusi, signora Reilly, un'ultima cosa: suo marito non la chiamava quando usciva dal cantiere per andare a lavorare con Shorty?»

«No, me lo diceva la mattina prima di uscire oppure quando ci sentivamo a pranzo».

«E non chiamava neppure quando finiva con Shorty?»

«No, era troppo tardi per disturbare la signora Russell, e poi a quell'ora sto facendo addormentare i bambini».

«Ah già, dimenticavo. Ok, grazie, togliamo il disturbo».

Parker e Jackson avevano appena lasciato nel garage seminterrato del Distretto l'auto con cui erano stati in giro durante la mattinata, quando furono bloccati sulle scale dal sergente Mac.

«Parker e Jackson, proprio voi cercavo. Stavo per chiamarvi via radio».

«Che succede?» chiese Jackson, allarmato.

«Siete attesi con una certa urgenza nella stanza del capitano, a breve dovrebbero arrivare due degli Affari Interni... che cazzo avete combinato?»

Jackson poggiò una mano sulla spalla del sergente.

«Niente di cui preoccuparsi, Mac, tranquillo».

Parker non era mai stato nella stanza del capitano Duvall. Secondo la prassi, sarebbe dovuto essere il primo posto in cui mettere piede, il giorno del suo arrivo all'Undicesimo, per consegnare i documenti di presa servizio al proprio comandante. Ma quel giorno il sergente Mac gli aveva fatto capire che lì all'Undicesimo era diverso, che quella era una giornata no per il capitano e che sarebbe stato molto meglio per lui presentarsi al suo diretto superiore, il tenente Braxton. Ci sarebbe stata un'occasione migliore per conoscere il capitano, gli disse. E in effetti c'era poi stata, ma mai nella sua stanza.

Parker rimase affascinato da quello spazio: molto elegante, completamente arredato in legno, pieno di foto incorniciate, placche, premi, e dominata su un lato da una grande scrivania in radica, ai cui lati torreggiavano le due bandiere degli Stati Uniti e del corpo di Polizia. Solo un occhio particolarmente acuto, o un ospite a conoscenza della passione del capitano per l'alcool, avrebbe notato il piccolo mobiletto sistemato con discrezione alle spalle della scrivania, non troppo in vista ma sempre a portata di mano di Duvall. Il capitano era al suo posto, su una poltrona marrone dallo schienale molto alto; di fronte a lui, le facce serie di Braxton, Schuster e Watts. Con l'arrivo di Jackson e Parker la stanza iniziò a sembrare un po' piccola e lo sarebbe stata ancora di più da lì a poco, con l'arrivo dei due uomini mandati dalla Divisione Affari Interni su richiesta del tenente Braxton.

«Il sergente Mac ci ha detto che ci stavate cercando...»

«Sì, venite, prendetevi due sedie» disse il capitano Duvall, facendo gli onori di casa.

Appena i due detective si furono accomodati, il tenente Braxton prese la parola.

«Allora ragazzi, ho illustrato al capitano tutto il caso e naturalmente si è detto anche lui favorevole a chiamare in causa i colleghi della divisione Affari Interni, colleghi che saranno qui a minuti. Non so se richiederanno anche la vostra presenza alla riunione, visto che siete titolari anche voi due dell'indagine insieme a Schuster, ma nel caso in cui volessero ascoltarvi, vi ricordo di mantenere la massima aderenza ai fatti nella vostra esposizione, evitando qualsiasi illazione od opinione personale. Qualunque sia l'atteggiamento degli uomini che stanno arrivando, ricordo a tutti voi che il nostro spirito deve essere quello della collaborazione più completa, senza "se" e senza "ma". Non so se vuole aggiungere qualcos'altro lei, capitano».

In pieno contrasto con le facce tese di Parker e Jackson, Duvall sembrava un uomo in procinto di assistere alla recita di fine anno dei propri bambini. Comodamente allungato sulla sua poltrona, si stava accendendo un sigaro e quando Braxton ebbe finito iniziò ad annuire soddisfatto.

«Parli come un libro stampato Braxton, hai fatto davvero un discorsone, bravo».

Braxton, ben conoscendo le stravaganze del suo superiore,

non fu sorpreso più di tanto dalla chiosa di Duvall, e annuì in risposta al complimento.

«Ok, allora per il momento voi due e Watts potete tornare in ufficio, ma non lasciate per nessun motivo il distretto».

I tre detective tornarono in silenzio alle loro scrivanie. La sala dell'Investigativa si era animata: Zampisi e Sprewell stavano pestando sui tasti delle rispettive macchine da scrivere, Ross era impegnato nella dettatura telefonica di alcuni numeri di targa e Bowl stava interrogando un nero tenendolo ammanettato alla sedia.

Watts si guardò intorno e respirò a fondo.

«Giovane Parker, lo senti questo casino di voci e macchine da scrivere?» disse al compagno dandogli una pacca sulla spalla.

«Ecco, questo è il rumore più bello del mondo. Tra qualche anno te lo sentirai addosso come una seconda pelle, e quando sarai nel silenzio di casa tua ti sembrerà d'impazzire di noia».

Parker lo fissò. Era incredibile come quel bestione alternasse sprazzi di assoluta grettezza a pensieri tutto sommato sensibili, se non proprio filosofici.

«Per il momento non riesco a percepire la differenza, Grady, - gli rispose sorridendo - visto che anche a casa mia c'è un casino simile, e fatto tutto da una persona sola».

Rise anche Watts, poi passò a uno sguardo improvvisamente serio.

«Beh, ora devo andare a pisciare» sentenziò.

"Ecco, appunto" pensò Parker, guardando il collega dirigersi spedito verso i bagni.

Jackson, invece, era già al telefono della sua scrivania, chiedendo notizie all'archivio della Centrale di un polacco di bassa statura soprannominato Shorty, operante nel settore dell'edilizia, probabilmente con qualche precedente a carico. L'archivio della Centrale era in corso d'informatizzazione e, con un po' di fortuna, incrociando quei pochi dati il computer sarebbe stato in grado di dar loro un nome entro pochi minuti. Se invece si fosse trattato di un pregiudicato per reati molto vecchi o, peggio ancora, di un incensurato, la cosa sarebbe stata molto più lunga e difficile. Gli archivi dei singoli distretti, purtroppo, erano ancora completamente cartacei e, senza qualche elemento anagrafico sicuro, la ricerca avrebbe portato via giornate intere.

«Mi richiamano appena il computer tira fuori qualche nome» disse Jackson mettendo giù la cornetta.

«Bene, aspettiamo, allora».

Iniziarono a stendere insieme la deposizione che la signora Reilly sarebbe dovuta venire a firmare l'indomani, ma dopo pochi minuti il telefono di Jackson squillò nuovamente; stavolta era il tenente Braxton.

«Tu e Parker, venite su» disse in tono che non ammetteva repliche.

«Sissignore» scattò Jackson, cui bastò un cenno verso i piani superiori per farsi capire da Parker.

«Grady, stiamo aspettando una chiamata dall'archivio della Centrale, - disse Jackson a Watts, tornato dai suoi impegni fisiologici - se squilla il mio telefono rispondi tu e fatti dire tutto, noi siamo stati chiamati di sopra». Watts li guardò imboccare le scale.

«Una fottuta segretaria, ecco cosa sono diventato. Uno si fa sparare per loro ed ecco cosa diventa» mormorò tirando fuori una caramella da un cassetto della sua scrivania. Era quasi sciolta per il caldo ma Watts, dopo averla osservata un po' schifato, se la infilò in bocca lo stesso.

Nella stanza del capitano Duvall l'atmosfera era molto più formale e molto meno rilassata di quella che Parker aveva lasciato al piano di sotto. Assieme a Duvall, Braxton e Schuster, c'erano due uomini in completo nero, giacca, pantaloni, cravatta e scarpe, con l'unica eccezione del bianco della camicia; in un altro contesto, Parker avrebbe pensato a due becchini.

«I detective Mike Jackson e Noah Parker, titolari dell'indagine assieme al detective Schuster» disse Braxton.

Nessuno dei due becchini si alzò dalla sedia, limitandosi a un minimo cenno di saluto militare con la mano alla tempia, cui i due detective risposero con un saluto ben fatto.

«I due colleghi - proseguì Braxton - sono il sergente Couts e l'agente speciale Porter, degli Affari Interni».

Parker li squadrò: Couts era quasi completamente calvo e

stava scorrendo il faldone contenente i loro rapporti con l'ausilio di un paio di occhiali da vicino marroni dalle lenti piuttosto spesse, che gli conferivano l'aria di un topo da biblioteca. Porter, certamente più giovane, aveva l'aria di uno studente modello, ma di quelli che non passano mai i compiti ai compagni più scarsi. La sicurezza di fare la parte del lupo, in quel momento, conferiva al suo sguardo anche una certa sfrontatezza, quasi un invito a sfidare la sua intelligenza. Per un attimo, Parker si chiese se anche lui, quando interrogava qualcuno accanto a Watts, metteva su quella faccia, ma non ebbe il tempo di rifletterci su.

«Il detective Schuster ci ha già raccontato tutta la faccenda del drugstore, dei quattro omicidi e degli elementi che vi hanno portato a credere che ci sia un gruppo di nostri colleghi dietro questa storia. - attaccò Couts - Abbiamo letto i vostri rapporti, tutti molto ben fatti, devo dire. Per voi, invece, ho una domanda... sapete dirmi perché proprio nel territorio dell'Undicesimo?»

Parker fu sorpreso dalla domanda e, a giudicare dal silenzio, lo stesso doveva essere per Jackson, il quale però fu più pronto a riprendersi.

«Mi scusi sergente, ma che domanda è?»

«E' una domanda piuttosto elementare, che avreste già dovuto porvi voi. Ci sono zone molto più ricche di questa, con drugstore il cui incasso dev'essere prelevato dai portavalori quasi ogni giorno, e non due volte la settimana come questo qui. Perché quest'organizzatissima banda di poliziotti ha invece colpito qui, nel bel mezzo del Barrio?»

«Penso che la scelta sia caduta su quel negozio non per la zona ma per la via in cui si trova. Non ci sono altri negozi, non è una via di passaggio; hanno preferito un bottino più magro ma più sicuro».

La risposta di Jackson era stata perfetta, ma Parker sentiva che non era quello a cui il sergente Couts alludeva con la sua domanda. Ora sarebbe stato chiamato in causa lui, ne era certo, e la sua speranza era che il suo istinto si sbagliasse.

«Sì, questo può essere uno dei motivi, gliene do atto, detective. - disse Couts a Jackson - Ma penso ci sia anche un altro motivo... chissà se il suo giovane collega l'ha capito...»

«Se allude al diretto coinvolgimento di qualcuno di questo distretto, penso che sia fuori strada, sergente Couts».

«E bravo il nostro giovanotto. Sì, proprio a quello alludevo».

«Senta Couts, non le permetto...» provò a inserirsi Braxton, ma venne zittito dal capitano Duvall, che gli toccò un braccio e fece cenno a Parker di proseguire. Aveva ancora in bocca il sigaro, e un sorriso paterno come se stesse invitando Parker a salire su una sedia e recitare la poesia di Natale.

«Mi spiega perché sarei fuori strada, detective Parker? E non mi venga a dire che metterebbe le mani sul fuoco a proposito dell'onestà di tutti i suoi colleghi, eh!»

Couts accennò una risata cui subito si accodò, quasi scodinzolando, il fido Porter.

«Molti colleghi di questo distretto non so neppure che faccia hanno o come fanno di cognome, sergente, si figuri se metterei la mano sul fuoco per loro. No, non è questo il punto».

«E allora ce lo dica lei qual è».

«Innanzitutto penso che molti uomini di questo distretto siano conosciutissimi nel quartiere e nessuno di loro, se scegliesse di diventare rapinatore e assassino, lo farebbe nelle strade dov'è così conosciuto. Quindi la sua domanda andrebbe ribaltata: una banda può fare una cosa del genere solo in un luogo in cui le sue facce sono assolutamente sconosciute, a partire dai due poliziotti, veri o presunti che siano, che hanno bloccato le uscite della strada con le auto. Quelli non avevano maschere, e se fossero stati dei nostri avrebbero corso un altissimo rischio di essere riconosciuti».

Couts rimase in silenzio, mentre Porter ebbe il buongusto di spegnere il suo sorriso servile.

«E poi in questo distretto - proseguì Parker - mi pare che il lavoro di tutti sia continuamente controllato, mi sembra impossibile che in pieno giorno almeno due volanti e otto o nove agenti possano defilarsi dai loro compiti, coordinarsi perfettamente senza poter usare la radio e poi rimettersi a lavoro come se niente fosse».

«Il mondo è pieno di fatti apparentemente impossibili, Parker. - ribatté Couts - Lei da quanto è qui?»

«Tre mesi».

«E nella polizia?»

«Tre mesi».

«Ah, siamo al primo incarico! Bene bene. Allora potrebbe essere lei uno di quelli non tanto conosciuti che possono fare il colpo, no?»

«Sergente...»

Stavolta Couts aveva passato il segno, e prima ancora che Parker potesse rispondergli fu Duvall a intervenire.

«Signori, potete lasciarmi da solo con il sergente, per favore?»

Nella stanza ci fu un attimo di sbigottimento generale. Parker avrebbe tanto voluto rispondere per le rime alle insinuazioni di Couts sulla sua onestà, ma conoscendosi si disse che probabilmente era meglio così. Meglio lasciare il compito ai gradi del capitano Duvall, perché era quello il senso della sua improvvisa richiesta, ne era certo.

Braxton, Schuster, Jackson e Parker si scambiarono uno sguardo d'intesa e si avviarono all'uscita. L'agente Porter, convinto d'essere un tutt'uno con il suo sergente, era rimasto seduto, ma Duvall stroncò subito le sue speranze.

«Anche lei, agente Porter».

«Ma...» disse quello, guardando Couts perché intervenisse in sua difesa.

«Devo parlare a quattr'occhi con il suo superiore. Vada» rincarò la dose Duvall, indicando la porta con la mano con cui reggeva il sigaro.

Couts fece un breve cenno d'assenso col capo, e il suo sottoposto uscì mestamente dalla stanza. I quattro detective dell'Undicesimo, fermi nel corridoio, lo accolsero con dei sorrisi di soddisfazione.

Appena Porter ebbe richiuso la porta dietro di sé, Duvall rivolse a Couts uno sguardo gelido, forte di quegli occhi azzurri impenetrabili di cui Madre Natura l'aveva dotato. Couts deglutì impercettibilmente, sentendosi come un pugile chiuso in un angolo dal suo avversario. Era a quattr'occhi con un capitano di Polizia dall'aria dura, nella sua stanza, tra i suoi encomi, le sue medaglie al merito; si stava pentendo di aver dato aria ai denti con quei sospetti. Per deformazione professionale, dopo tanti anni negli Affari Interni, Couts aveva dato per scontato che il marcio di quella faccenda provenisse innanzitutto dal distretto di zona. Non era ancora detto che non fosse così, ma ora Couts temeva di aver trovato la persona sbagliata con cui parlare delle proprie ipotesi.

«Sergente Couts, lei conosce la mia storia, vero?»

«Beh, sì, per sommi capi...»

Aveva sentito dire di un capitano Duvall a cui avevano assassinato moglie e figlia per vendetta, un paio d'anni prima, ma non aveva mai voluto approfondire i particolari.

«Ecco, allora può credermi quando le dico che non ho più nessuna ambizione di carriera né alcun tipo di avidità di denaro. Non ho nessun interesse a difendere il buon nome del distretto che comando insabbiando responsabilità mie o dei miei uomini, non ho nessun bisogno di accumulare denaro extra, semplicemente perché non saprei a chi lasciarlo».

«Capitano, non mi sarei mai permesso di pensare che lei potesse essere in qualche modo coinvolto in questa storia. Ma sa benissimo che alcuni dei suoi uomini potrebbero essersi mossi a sua insaputa...»

Duvall sospirò e si allungò sullo schienale, dando una lunga tirata al sigaro.

«Vede Couts, è qui che lei sbaglia. I gradi su queste spalline non fanno di me un uomo perfetto. Tutt'altro. Ho le mie debolezze, i miei incubi, le mie paure. Quindi lei dovrebbe indagare cominciando INNANZITUTTO da me, ipotizzando che sia io a coprire una banda composta dai miei uomini più fidati. Ma andando avanti, dopo non aver trovato nulla su di me, le consiglierei di non perdere altro tempo sui miei uomini. Tra i pochi pregi che mi vengono riconosciuti c'è quello di essere un buon giudice di uomini, e allora mi creda quando le dico che non è qui dentro che troverà gli assassini del drugstore. In questi uffici lavorano dei poliziotti metropolitani, troppo impegnati per pensare un piano del genere, troppo conosciuti per sperare di farla franca nel loro quartiere. Quanto al ragazzo, Parker, per lui posso metterla io la mano sul fuoco. Deve ancora imparare tanto, ma suo padre è stato uno di noi e buon sangue non mente. E poi, tre mesi di servizio sono troppo pochi per diventare una mela marcia. Si guardi bene intorno; segua il mio consiglio, le farà risparmiare un mucchio di tempo e fatica».

«Ne terrò conto, capitano».

«Quest'indagine può essere un'occasione per lei, lo sa, Couts? Se ne viene a capo, può garantirsi la promozione e togliersi da quel posto scomodo che occupa».

Couts sorrise.

«Ah, un'ultima cosa. Magari la sa già, ma io gliela dico lo stesso: si guardi le spalle da quel Porter che le hanno messo dietro».

«Terrò conto anche di questo, capitano».

«Bene, allora è tutto. Prenda tutte le sue carte e ci faccia sapere se ci sono sviluppi. Buon lavoro».

«Grazie capitano, buon lavoro anche a lei».

I quattro uomini dell'Undicesimo che aspettavano nel corridoio rimasero sorpresi dall'espressione sul volto di Couts al momento della sua uscita dall'ufficio di Duvall. Avevano immaginato di sentire urla, discussioni accese, invece nulla, e ora questa: un sergente degli Affari Interni che esce sorridendo, dice "arrivederci" e fa un cenno brusco al suo compagno, invitandolo a seguirlo come fosse un cane da compagnia.

Parker e Jackson, tornati nella sala dell'Investigativa, aggiornarono subito Watts, curioso come una vecchia zitella, sulla riunione con gli Affari Interni, scambiandosi opinioni e commenti.

Quando ebbero esaurito l'argomento, Watts iniziò a chiudere a chiave i cassetti della propria scrivania, gesto tipico di chi sta per andarsene.

Jackson lo bloccò.

«La Centrale non ha più chiamato per me?»

Watts si batté la mano sulla fronte.

«Cazzo, me ne stavo dimenticando».

I due colleghi lo guardarono stupiti.

«Scherzo, scherzo. Non me n'ero scordato. - aprì un taccuino che teneva sulla scrivania - Allora, Shorty non è solo un soprannome, è soprattutto una necessità, visto che all'anagrafe il nostro amico ha un cognome impronunciabile, Matej Repzynsky, nato a Wroclaw, in Polonia, alias Terzo Reich nel 1941, ed emigrato qui da noi nel 1960. Ha sempre lavorato nell'edilizia, prima come semplice manovale poi come caposquadra in diversi piccoli cantieri».

«Ha precedenti?» chiese Parker.

«Certo, giovane Parker, altrimenti non l'avremmo mai beccato in così poco tempo. Roba di poco conto, però: una piccola truffa, aggressione a un suo datore di lavoro e qualche multa stradale non pagata. In tutto s'è fatto solo tre mesi di galera... un sant'uomo rispetto alla media del Barrio».

«Dove lo becchiamo?»

«Qui c'è l'indirizzo» e mostrò la parte finale dei suoi appunti.

«Ci andiamo subito?» disse Parker.

«Ma sì, finiamo la giornata in bellezza!» rispose Watts.

«Volete che venga anch'io?» chiese timidamente Jackson. Il titolare dell'indagine era Parker, che aveva raccolto la denuncia della signora Reilly, assieme a Watts, compagno di coppia designato. Ma, vista la sostituzione fatta quella mattina, Jackson aveva pensato molto correttamente di non abbandonare i due colleghi senza il loro permesso.

Parker e Watts si guardarono per un attimo e decisero che non c'era bisogno di tre detective per un nano polacco.

«No, grazie Mike, vattene a casa, - disse Parker - bastiamo e avanziamo noi due. Grazie per l'aiuto, a domani».

«Ok, ragazzi, a domani».

L'indirizzo dove risultava risiedere Matej Repzynsky era un palazzo di tre piani il cui ingresso, costituito da una minuscola porticina di metallo nero, dava su un oscuro vicolo ai margini occidentali di Chinatown, nella parte est della città. Come lo vide, un'ombra di preoccupazione passò sul volto di Parker, impegnato alla guida.

«Forse avremmo fatto meglio a portarci dietro anche Jackson» mormorò.

«Tranquillo, giovane Parker, sono entrato in posti peggiori, e da solo».

Parcheggiarono nel vicolo, proprio davanti al portone. Dall'altro lato della strada alcuni bambini erano riusciti a rompere una colonnina riservata ai pompieri e stavano giocando con gli spruzzi d'acqua. Parker li guardò e per un attimo ebbe il desiderio di strapparsi i vestiti di dosso e buttarsi anche lui sotto quei getti gelidi.

La porta del palazzo era aperta, e il suo interno era lurido come l'esterno, se non di più.

«Il signor Repzynsky avrebbe potuto iniziare ristrutturando il suo, di palazzo, tanto per far pratica» disse Parker, e Watts gli rispose con un grugnito d'approvazione.

Agli archivi della Polizia, Shorty risultava risiedere all'interno cinque, secondo piano, ma nel palazzo non c'erano buche per la posta, né cognomi sui campanelli a confermarlo. Trovarono una porta con un 5 dorato appeso al centro e bussarono.

«Chi è?» rispose una voce femminile, molto sguaiata.

«Polizia, dobbiamo parlare con Shorty» disse Watts.

«Oh cazzo!» disse la donna e immediatamente si sentì un po' di confusione di passi e mobili urtati.

«Il nano se ne sta andando dalla finestra!» disse Watts, che in un attimo spostò di lato Parker e assestò un calcio potentissimo alla serratura, che andò in mille pezzi.

Parker estrasse per prudenza la pistola ed entrò per primo, ma nel salone non c'era nessuno. Sentì dei rumori provenire dalla sua destra, dietro una porta aperta c'era un'altra stanza, con la luce accesa. Fece un cenno con la testa in quella direzione a Watts, che annuì. I due detective entrarono quasi contemporaneamente nella stanza: era il bagno, e sulla parete di fronte c'era una donna, inginocchiata in terra e con un braccio dentro al wc.

«Guarda il resto della casa, ci penso io qui» ordinò Watts a Parker.

Nella casa c'era ben poco altro da guardare. Sul salone c'era una sola altra porta, che dava sulla camera da letto. Stanza vuota, lenzuola del letto fredde. Parker guardò per scrupolo sotto il letto e dentro l'armadio, nulla. Si affacciò dalla piccola finestra della stanza; un microscopico davanzale e poi il vuoto, impossibile uscire da lì.

Tornò nel salone; qui la finestra dava sul pianerottolo esterno della struttura antincendio, ma neppure Parker riuscì ad aprirla, doveva essere rotta da chissà quanto tempo. Tornò in bagno.

La donna era seduta in un angolo e Watts stava tirando lo sciacquone.

«Beh?» chiese Parker.

«Stava buttando l'eroina che aveva in casa».

«E tu perché l'hai mandata via?»

«Perché non me ne frega un cazzo di portare dentro questa povera tossica. Mi accontento di averle distrutto la scorta».

«Stronzo» disse quella.

«Ehi ehi, sta a sentire bella! - le urlò Watts, voltandosi - Dovresti ringraziarmi perché non ti porto al distretto e da lì davanti al giudice, ma non tirare troppo la corda perché altrimenti ti giochi tutta la fortuna che hai avuto finora e allora divento stronzo per davvero!»

«Come si chiama, signorina?» le chiese Parker, più paziente del compagno.

La ragazza lo fissò per alcuni secondi, imbambolata.

«Molly» mormorò quindi.

«Molly come?»

«Molly».

Parker guardò Watts, che aprì le braccia.

«Senta, conosce Shorty?»

«Shorty?»

«Sì, un piccoletto di origine polacca, fa il muratore».

«Shorty... Shorty...» sembrava stesse facendo un proibitivo sforzo di memoria.

«Forza, cazzo! Quanti nani polacchi di nome Shorty potrai mai conoscere?!» sbottò Watts, sempre a corto di pazienza.

Dopo alcuni secondi, Molly sembrò ricordare.

«Sì! Shorty!»

«Lo conosce?»

«Sì!»

«Abita qui con lei?»

«Noooooo!! Mi ha affittato questa casa, punto e basta».

«Da quanto tempo?»

«Boh. In che mese siamo?»

«Agosto».

«Agosto... luglio... giugno... allora sono tre mesi».

«Non sa dove possiamo trovarlo ora?»

«No».

«E come glielo paga l'affitto?»

«In natura».

Parker rimase interdetto.

«Come... in natura?»

«Certo! Come cazzo dovrei pagarlo se no, con i soldi?»

«Beh, normalmente...»

«Senti bella, - prese la parola Watts - il tuo Shorty quando passa a "riscuotere" l'affitto?»

«Di solito una volta a settimana».

«In un giorno fisso?»

«Spesso passa il mercoledì mattina».

«Cioè domani mattina?»

«Sì».

«A che ora?»

«Sul tardi, verso mezzogiorno. Sa che prima dormo».

«Domani ci saremo anche noi».

«Volete fare una cosa a quattro?»

«Sì, proprio così, una cosa a quattro... ma se ti azzardi a dirgli qualcosa passi il resto della vita in una fogna peggio di questa, chiaro? Se invece ti fai i cazzi tuoi, noi ci dimentichiamo perfino che esisti».

Molly annuì timidamente.

«Non ho sentito nessuna risposta. E' tutto chiaro?»

«Sì... sì, tutto chiaro».

«Bene Molly. Ci vediamo domani per la cosa a quattro».

Parker l'aiutò ad alzarsi da terra.

I due detective erano sull'uscio quando Molly, seguendoli, vide la porta rotta.

«Cazzo, la mia porta!!»

«Manda una protesta scritta al comando, vedrai che un paio di dollari li rimedi» le rispose Watts senza neppure voltarsi.

Tornarono alla loro auto senza dire una parola.

«Faccio strada per il distretto, no?» chiese Parker mettendo in moto.

«Sì, così ce ne torniamo a casa. Hai da fare stasera?»

«No, sto a casa. Devo controllare che zia Mary non dia fuoco al quartiere...»

Risero entrambi.

«E tu? Vai da Gayle?» riprese Parker, con circospezione.

«No, stasera no. Doveva vedersi con un'amica, una logorroica che non farebbe altro che rincoglionirmi tutta la sera con i discorsi sull'ex marito che l'ha mollata. Per carità. Meglio una birra, il divano e una partita in tv».

«Pienamente d'accordo con te. Senti, domattina come ci regoliamo per fare... la cosa a quattro?»

«Ci veniamo a piazzare almeno un'ora prima, e se la cara Molly rompe i coglioni perché sta dormendo le butto giù pure il muro stavolta, oltre alla porta».

«Ci piazziamo tutti e due nell'appartamento?»

«Non è detto, vediamo. L'ideale sarebbe se uno di noi due riuscisse a piazzarsi al piano di sotto, nel caso in cui Shorty dovesse provare a fuggire verso l'uscita del palazzo».

«Perché dovrebbe scappare? In fondo non è accusato di niente, finora».

«Sì, ma questo lui non lo sa. E se, come sembra, è uno che traffica parecchio sottobanco, puoi scommetterci che non sarà felicissimo di vederci».

«Spero solo che sappia dirci qualcosa su Steve Reilly, sono stufo di girare la città a vuoto per dare la caccia a un muratore irlandese scomparso».

Appena aperta la porta di casa, Parker fu accolto da un profumo celestiale. Una sinfonia di pesce, sugo di pomodoro e spezie lo abbracciò, spingendolo a entrare direttamente in cucina, senza neppure togliersi la giacca e la pistola, com'era solito fare.

Zia Mary stava rimestando in una pentola e aveva ancora addosso il grembiule da cucina, pieno di schizzi di sugo. Non c'erano dubbi sulla maternità di quel capolavoro. La madre di Parker era seduta al tavolo della cucina, intenta a tagliare il pane in piccoli pezzetti. Evidentemente non si erano accorte del suo arrivo, visto che le sentiva continuare a chiacchierare serenamente di ricette e tempi di cottura.

«Ecco le mie donne!» esclamò entrando.

Entrambe si voltarono, sorprese, ma fu solo un attimo.

«Ehi, è tornato il nostro detective!» disse la zia.

Parker si chinò a baciare una guancia della madre.

«Guarda tua zia che cosa ha preparato per farsi perdonare».
Parker si affacciò sulla pentola, la sorgente del profumo celestiale. Una zuppa di pesce fatta come si deve, senza dubbio.

«Zia, mi dispiace per la mia reazione di stamattina, in fondo non era poi nulla di così grave».

«Noah, non sei certo tu quello che si deve scusare. Farti trovare qualcosa di speciale per cena era davvero il minimo che potessi fare» rispose zia Mary e, sul punto di commuoversi, lo abbracciò di slancio.

«Mary!» gridò allarmata la sorella, ma anche stavolta fu troppo tardi.

Parker, stretto nell'abbraccio affettuoso di sua zia, non capì il perché di quel richiamo materno finché i due non si staccarono e Parker vide il suo vestito pieno di macchie di sugo, gentili omaggi del grembiule di sua zia.

La madre di Parker iniziò a ridere, di un riso irrefrenabile, mentre la zia, inorridita alla vista dell'abito del nipote, si affrettò a togliersi di dosso il grembiule, come se questo gesto potesse far scomparire il danno fatto.

Parker, complici la stanchezza e l'inebriante profumo, non ebbe la forza di dire nulla al di fuori di un generico e sconsolato: «Vado a farmi una doccia».

Quando fu uscito dalla cucina, zia Mary guardò la sorella e anche lei non riuscì a trattenersi dal ridere.

A cena non si parlò più del vestito. Al contrario, fu una cena allegra, piena di storie divertenti sulla loro famiglia e di risate. Parker ricordava bene come sua zia sapesse essere protagonista a tavola, durante le riunioni di famiglia. La madre di Parker era dotata di ottima memoria, ma i suoi racconti finivano sempre con l'essere un po' freddi, distaccati. La zia Mary, invece, sarebbe stata degna di un palco nei teatri in centro; di ogni membro della loro famiglia sapeva imitare perfettamente il timbro di voce, i tic, le espressioni più caratteristiche e, in molti casi, anche il modo di camminare. Proprio per questo, durante la cena, si alzò diverse volte da tavola, mentre Parker e la madre ridevano fino alle lacrime. Nel vortice dei ricordi le due sorelle rispolverarono anche alcune situazioni di cui Parker non aveva mai saputo nulla o che erano andate perdute nella sua memoria. Si rese conto di quanto si fossero persi, lui e i suoi genitori, spostandosi da Philadelphia in quella città, da soli, spinti dalla necessità di Edward di trovare un lavoro degno di questo nome.

La zuppa di pesce della zia Mary mantenne le promesse che il suo profumo aveva sparso per la casa. L'unico effetto collaterale fu che, dopo averne presi due piatti colmi, Parker iniziò a sudare copiosamente, inzuppando la camicia pulita indossata dopo la doccia. La zuppa non era bollente ma piuttosto piccante, e il suo effetto, nella serata torrida, fu esplosivo, al punto che Parker dovette alzarsi per uscire a prendere un po' d'aria fuori casa, mentre le due donne sparecchiavano continuando a chiacchierare senza sosta.

Parker aveva appena preso qualche boccata d'aria quando squillò il telefono di casa. Istintivamente guardò l'ora: quasi le dieci. Rientrò in casa e, davanti al telefono, trovò sua madre, sul punto di alzare la cornetta.

«Aspetti qualche telefonata?» le chiese.

«No, proprio no».

«Allora lascia, credo sia per me».

Per un attimo pensò a Zampisi, che un paio di volte gli aveva fatto sorprese del genere, ma scartò subito l'idea; d'istinto sentiva che doveva esser successo qualcosa.

«Pronto».

«Parker, sei tu?» chiese una voce maschile. La linea era piuttosto disturbata e Parker non riuscì a riconoscerla subito.

«Sì... chi è?»

«Sono Julian... Julian Sanchez».

«Ah... ciao Julian... che succede?»

«Dovresti fare un salto qui... hanno ammazzato di botte due barboni».

«Non capisco Julian, devo venire per due barboni morti?»

«No niño, tu devi venire perché credo che Los Fantasmas abbiano iniziato il reclutamento della loro manovalanza, e quello è un nostro caso».

«Capito. Dove sei?»

«Argine ovest del Chain, poco prima del Mallory Bridge. Vedrai il mio lampeggiante».

«Mezz'ora e sono lì».

«Ti aspetto».

Nel mettere giù la cornetta Parker avvertì un senso di angoscia, di pericolo imminente, ma cercò di dissimulare visto che la madre era rimasta lì davanti e lo stava fissando.

«Problemi?»

«No, niente di particolare. Hanno trovato morti due barboni nel tratto del Chain sotto la nostra giurisdizione e siccome nel turno di notte siamo sotto organico allora hanno chiamato me».

«Non è tutto qui. Hai la faccia preoccupata».

«Ti sbagli, è tutto qui. Ora basta però, devo prepararmi subito».

All'arrivo di Parker le due barelle con i cadaveri stavano per essere caricate sul furgone della Morgue.

Fece per avvicinarsi, ma fu bloccato da un agente in divisa di guardia al perimetro delle indagini. Parker mostrò il distintivo e non poté fare a meno di notare l'occhiata perplessa dell'agente al suo portatessera stracciato. Qualche passo più in là, Sanchez gli fece segno di avvicinarsi. Parker lo osservò con curiosità; il suo collega portoricano meritava sempre uno sguardo più attento del normale, e anche stavolta non lo deluse. Aveva ai piedi un paio di ciabatte infradito, dei pantaloni larghissimi di lino bianco tenuti su da una sottile cintura di corda marrone e una canottiera arancione su cui spiccava la placca da detective appesa al collo con una catenina, un modo di portare il distintivo che stava prendendo sempre più piede tra gli agenti in borghese. Un modo che ovviamente Parker, sempre in giacca e cravatta, non aveva mai neppure preso in considerazione. In cuor suo, però, invidiava un po' il modo di vestire di Sanchez, anche se a una prima occhiata si sarebbe potuto scambiare per un evaso o per il capo stesso dei Fantasmas.

Parker fece appena in tempo a sollevare i lembi delle lenzuola bianche per dare uno sguardo.

«Non è un bello spettacolo» gli disse Sanchez mentre il furgone della Morgue inghiottiva le due barelle.

«No, proprio no. Li hanno ammazzati di botte».

«Quando siamo arrivati erano già morti, ma speravo che non arrivassi in tempo per vederli».

«Non preoccuparti, devo abituarmici, prima o poi. Ovviamente non abbiamo le generalità».

«Claro que no».

«Né testimoni».

«Claro que no, basta che ti guardi intorno, niño».

Il posto era illuminato solo dai fari delle auto della polizia; andate via quelle, sarebbe ripiombato nell'oscurità che lo aveva avvolto fino a un'ora prima, la miglior alleata delle nuove leve dei Fantasmas. Qualche curioso sporgeva la testa dalla balaustra metallica del lungofiume, molti metri sopra di loro, attirato dal riflesso dei lampeggianti blu sull'acqua lurida del Chain. L'argine dov'erano stati ritrovati i cadaveri era un lembo sterrato che le acque scoprivano in estate, quando il fiume si abbassava, mentre in inverno veniva ampiamente sommerso. Lì sotto, il caldo era ancora più soffocante, l'umidità intollerabile e le zanzare la facevano da padrone. Malgrado la temperatura esterna, Parker rabbrividì al pensiero che degli essere umani passassero la notte in quell'inferno, per tre o quattro mesi l'anno. Poco più avanti, sotto il Mallory Bridge, erano cresciuti spontaneamente degli alti cespugli; era certo che lì in mezzo ci fossero occhi impauriti intenti a osservarli.

«Chi ci ha chiamati?» chiese Parker, tornando a guardare Sanchez.

«Una donna che passava sul lungofiume; ha sentito delle grida di dolore provenire da sotto, ma non ha visto niente, tra il buio, la balaustra e la distanza. Però almeno ci ha chiamati. Le ho fatto qualche domanda e l'ho mandata via».

«Perché proprio Los Fantasmas? Non potrebbe essere stato qualcun'altro?»

«Non possiamo ancora esserne certi, ma è strano che qualcuno inizi a uccidere barboni con lo stesso metodo dei Fantasmas proprio quando la banda dovrebbe aver bisogno di nuova manovalanza».

«Sì, è strano».

«Comunque lo vedremo nei prossimi giorni, se ho ragione. Se sono loro, non si fermeranno certo qui».

Parker osservò le chiazze di sangue rappreso sul marciapiedi e sui cartoni, l'ultima casa dei due sfortunati barboni.

«Quindi è questo il rito d'iniziazione dei Fantasmas».

«Sì. Picchiare un barbone fino a ucciderlo, senza usare nessuna arma, solo mani e piedi. L'ho saputo da un informatore fidato».

«Bell'impresa uccidere un uomo indifeso e addormentato».

«Se consideri che a compierla è un minorenne... i Fantasmas vogliono vedere se ha il sangue freddo per andare fino in fondo».

«Quindi ad assistere al pestaggio ci sono dei membri della banda».

«Certo, ma intervengono solo in caso di problemi o interferenze esterne. Altrimenti devono solo osservare e testimoniare che la prova venga portata a termine».

«In pratica certificano la morte del barbone prima del nostro medico legale».

«Già, proprio così».

«Julian, dobbiamo fermare questi animali».

«Li fermeremo, niño, li fermeremo, ma dobbiamo muoverci senza fretta, altrimenti rischiamo di far esplodere tutto il quartiere, e se si aggiungono gli slum...»

«Senza fretta vuol dire che qualcun altro ancora dovrà lasciarci la pelle?»

«Sì, non c'è altra scelta. Se le morti dei barboni continueranno, allora sapremo che si tratta di quei bastardi».

«Non so davvero cosa augurarmi. Se muoiono altri barboni scendiamo sul piede di guerra contro i Fantasmas, se invece quello di stasera è stato solo un caso i portoricani continuano a comprare armi ma questi disgraziati salvano la pelle... mah».

Parker preferì riprendere a guardarsi intorno. Quel senso di attesa impotente, quell'usare come esche degli uomini già reietti della società, gli provocava rabbia mista a vergogna. Se il sangue di quella notte era stato versato per mano dei Los Fantasmas, la polizia avrebbe finito per muoversi in grande stile e qualcuno, nei piani alti della Centrale, avrebbe preso promozioni, medaglie e titoli sui giornali. E nessuno si sarebbe più ricordato da quale sangue era nato tutto. Fu grato a Sanchez di averlo chiamato, non gli importava poi più di tanto di essersi dovuto cambiare (l'abito con le macchie di sugo non si addiceva a un detective, neppure fuori servizio), né di aver lasciato di nuovo la madre e zia Mary. Era lì che la vita lo stava lentamente spingendo, sulla strada e qualche volta in mezzo al sangue. A casa soffriva il fatto di non poter parlare del proprio lavoro, e allora tanto valeva restarci, a lavoro: respirarlo, sentirlo intorno a te, avere accanto persone con i tuoi stessi problemi, che parlano la stessa lingua, che non corrono in bagno a vomitare se racconti loro l'aspetto di due barboni sorpresi nel sonno e ammazzati di botte da due minorenni.

Nel corso dei suoi pensieri, mentre Sanchez stava firmando i rapporti della Morgue per farla andar via con il suo macabro carico, Parker non aveva mai smesso di guardarsi intorno. Per il suo istinto c'era qualcosa fuori posto, un tassello sbagliato nel mosaico, ma non sapeva dire cosa. E poi poteva essere la stanchezza o semplicemente una sensazione sbagliata. All'improvviso smise di spostare lo sguardo da una parte all'altra della scena del delitto, su cui erano già all'opera due agenti della Scientifica; fissò brevemente una pozza di sangue e poi, qualche metro più in là, un carrello. Era un normalissimo carrello metallico, di quelli usati in tutti i supermercati della città, e la sua presenza in quella situazione non aveva nulla di strano, visto che di solito venivano usati dai barboni per trasportare tutti i loro pochi averi durante il giorno. Però...

Fece cenno in modo piuttosto brusco a Sanchez di avvicinarsi.

«Vedi quel carrello?» gli disse indicandolo.

«Certo. Era sicuramente di uno dei due barboni, è pieno delle loro cianfrusaglie».

«Appunto. Lo usano un po' come fosse la loro casa ambulante, no?»

«Sì. Dove vuoi arrivare?»

«Non ti sembra troppo lontano dal posto dove sono stati ammazzati?»

«Beh, insomma, proprio lontano non direi...»

«Sì, ma un barbone, quando dorme, non tiene la propria

casa a quella distanza, no? Sono tutti i loro averi, se li tengono ben stretti per paura che qualcuno gli rubi anche quel poco che hanno».

«Gliel'avranno strappato via i portoricani quando l'hanno aggredito, per evitare che ci si riparasse dietro».

«Potrebbe essere, ma è rimasto un po' troppo dritto per essere andata come dici tu. Se glielo avessero strappato via, lo avrebbero buttato direttamente nel fiume, sarebbe stato il modo più rapido per togliere di mezzo quel riparo di fortuna, senza rischiare di lasciarci sopra pericolose impronte».

«Ma anche il modo più rumoroso. Un carrello che cade in acqua fa rumore...»

«Ok, anche questo è plausibile. Ma io penso invece che uno dei due barboni morti lo abbia tirato verso i suoi assalitori, in un estremo e inutile tentativo di difesa».

«Mi stai dicendo che per evitarlo uno dei Fantasmas potrebbe averlo toccato?»

«Mi sembrerebbe un gesto istintivo e perfettamente naturale. E non ce li vedo quattro minorenni portoricani in giro con i guanti ad agosto...»

Sanchez sorrise, poi si avvicinò di qualche passo ai due agenti della Scientifica.

«Ehi, Mayer, - disse al più anziano dei due - avete già controllato quel carrello?»

«Sì, gli abbiamo dato uno sguardo» rispose quello, ancora chino sui cartoni intrisi di sangue.

Sanchez sapeva per esperienza che una risposta del genere equivaleva a un "no", solo un po' più cortese.

«Tornateci su, stavolta per bene, e cercate impronte sull'acciaio della parte frontale e laterale. E controllate bene se c'è qualcosa di strano tra quelle cianfrusaglie».

«Dobbiamo mettere le mani in quel letamaio?»

«E' esattamente quello che ti sto ordinando di fare. O devo tirare giù dal letto Spielman per fartelo dire da lui?»

Il tenente Spielman, responsabile della Squadra Scientifica dell'Undicesimo Distretto, non era proprio celebre per l'affabilità del suo carattere, e per tirarlo giù dal letto a quell'ora della notte sarebbe servita qualche faccenda ben più seria che l'assassinio di due barboni.

Mayer, borbottando in modo indefinito, si voltò verso il collega.

«Finisci tu qui, io vado a dare un'occhiata più da vicino a quel cesso su ruote».

Parker e Sanchez si poggiarono sul cofano dell'auto della Scientifica per iniziare a stendere il rapporto preliminare, ma dopo pochi minuti furono interrotti dalla voce di Mayer.

«Qui di impronte ce n'è una barca, impossibile distinguerle. Troppe ditate e troppo sporco sopra».

I due detective si rialzarono dal cofano e si avvicinarono.

«Vedete?» riprese Mayer indicando i profili del carrello con un dito. «E' un casino qui. Non ci può davvero cavare niente, mi spiace» disse, anche se nella sua voce di dispiacere non ce n'era neppure l'ombra.

«Ok, pazienza» disse Sanchez.

«Aspettate un po'... e questo cos'è?» esclamò Parker chinandosi. Iniziò a tirare via con le dita qualcosa rimasta incastrata nella ruota anteriore destra del carrello. Pochi attimi e si rialzò, trionfante, con una piccola striscia di pelle bianca in mano.

«E che cazzo è?» disse Mayer.

«Questa è una frangia, la frangia di uno di quegli stivali bassi che vanno tanto di moda oggi. E non ditemi che il barbone aveva ai piedi degli stivali di pelle bianca con le frange, eh!»

«Ma andiamo! Quel pezzetto di pelle potrebbe essere finito lì per un milione di motivi e chissà da quanto tempo!» ribatté stizzito Mayer, resosi conto che quella traccia avrebbe dovuto scoprirla lui.

«No, è ancora quasi perfettamente bianco. E' l'unica cosa pulita di tutto il carrello, non è qui da molto».

Sanchez lo guardò da vicino, poi ricontrollò la posizione del carrello.

«Il barbone l'ha spinto via per colpire uno dei suoi aggressori. Quello l'ha schivato, magari ha anche avuto la freddezza di non toccarlo, ma la ruota gli ha colpito di striscio uno stivale, strappandogli via quel pezzetto di pelle» ipotizzò Parker, mimando i movimenti.

«In ogni caso non ci porta a nessuno, quella roba lì» disse Mayer tornando dal collega, intento a richiudere tutta l'attrezzatura e a togliere il disturbo.

«Sarà... - disse Sanchez, infilando la frangia in una bustina di plastica trasparente per la catalogazione dei reperti - ma teniamola da parte, potrebbe esserci utile».

I due agenti della Scientifica caricarono sul loro furgoncino il carrello e i cartoni, quindi sparirono nella notte. I detective, rimasti soli, proseguirono nella compilazione del rapporto, quindi si salutarono, dandosi appuntamento per l'indomani al cambio del turno.

Prima di mettere in moto la sua macchina, Parker guardò l'ora: era mezzanotte ormai. Pensò di passare da Gayle, ma senza telefonarle. Mentì a se stesso dicendosi che era troppo tardi per svegliarla, ma in realtà sentiva di non avere voglia di lei, aveva solo voglia del pensiero di lei. Avrebbe semplicemente fatto un giro dalle sue parti con la macchina e poi dritto a casa, a dormire qualche ora prima di una nuova, impegnativa giornata. Guidando pensò a Shorty, al suo particolarissimo contratto d'affitto con pagamento settimanale in natura, pensò a Molly distrutta dall'eroina, ai due barboni e ai ragazzi portoricani che non avevano avuto pietà nel massacrarli. Per uscire da quei pensieri accese la radio: un conduttore stava tessendo le lodi dello speciale fascino notturno di quella città.

«Non immagini nemmeno quanto sia cattiva, di notte, la tua adorata città» disse Parker nell'abitacolo vuoto, e spense subito la radio.

Raggiunse ben presto la zona dove abitava Zampisi, passò davanti al palazzo ma decise di fare un giro dell'isolato prima di fermarsi. Fu dopo la seconda curva a sinistra che per poco non investì Watts.

Parker lo riconobbe subito attraverso il vetro mentre l'altro, accecato dai fari, impiegò qualche secondo in più, finché non si fu avvicinato dal lato del finestrino aperto del guidatore.

«Parker! Che cazzo ci fai qui a quest'ora?»

«Grady! Che sorpresa!»

«Sorpresa un cazzo, per poco non m'investivi!»

«Scusa, ma sei sbucato così all'improvviso!»

«Mi dici che cazzo ci fai qui a quest'ora?»

«Ti metti a fare il poliziotto con me?»

«Lo sai che qui sopra abita Gayle?»

«Ah, no, non lo sapevo» rispose spudoratamente Parker, spegnendo il motore e scendendo dall'auto.

«Quindi? Non dovevi startene a casetta con mamma e zia?»

«Ci stavo, poi mi ha chiamato Sanchez e sono dovuto uscire di nuovo. I Fantasmas hanno iniziato il reclutamento del loro piccolo esercito; la prova per entrare consiste nell'uccidere a calci e pugni un barbone, e guarda caso stanotte ne sono morti giusto due».

«Dove?»

Parker sapeva perfettamente quale sarebbe stata la conseguenza della sua prossima risposta, ma sapeva anche che, dal mattino seguente, Watts avrebbe scoperto la verità leggendo il rapporto fatto da Sanchez. Non aveva scelta.

«Sotto il Mallory Bridge».

«E dal Mallory Bridge per tornare a casa tua passi di qua? Sei ubriaco?»

«No, avevo solo voglia di andarmene un po' a spasso per la città. Finalmente si respira un po', di notte».

Watts non smise di guardarlo con sospetto. Ormai faceva il poliziotto da troppo tempo per credere ancora alle coincidenze, specialmente in una città grande come quella lì.

«E tu? - riprese Parker - Non avevi la serata dedicata alla tv?»

«Sì, ma la partita era di una noia insopportabile e allora stavo salendo da Gayle».

«E l'amica logorroica?»

«Pare che le si sia già seccata la lingua» disse Watts, ridendo della sua stessa battuta.

«Beh, allora non ti trattengo oltre e riprendo la strada di casa».

«Ecco bravo, piantala di andartene in giro».

«Buonanotte Grady».

«Buonanotte Parker».

Parker pensò per un attimo di porgere la mano al collega attraverso il finestrino, ma quello si era già allontanato di qualche passo e lo stava osservando in attesa che se ne andasse. Fece un gesto con la mano e ripartì. Nello specchietto retrovisore vide Watts fermo a osservarlo, poi svoltò a sinistra e riprese la strada di casa, immerso in uno strano stato d'agitazione e insieme di sollievo. Se Watts avesse scoperto la sua relazione con Zampisi sarebbero arrivate conseguenze pesanti e imprevedibili, certo, ma almeno si sarebbe liberato da quella catena di attrazione, dal senso di colpa, da tutto quello che gli pesava nell'animo.

Rientrato a casa, vide la luce della camera da letto di sua madre accesa.

«Noah, sei tu?»

«Certo, hai mai visto un ladro aprire con le chiavi?» rispose Parker, ironico, affacciandosi sull'uscio della stanza.

«Tutto bene?»

«No, ma nulla di grave, comunque».

«Che era successo?»

«Abbiamo trovato due barboni morti che potrebbero rientrare in un caso che sto seguendo io».

La madre lo guardò con orgoglio.

«E' bello che vi preoccupiate di proteggere anche quella povera gente».

Parker rimase a fissarla in silenzio, mentre ripensava al piano di Sanchez di usarli come esche per i Fantasmas.

«Già... per servire e proteggere... lo dice il nostro motto, no? Buonanotte, mamma».

«Buonanotte, Noah».

Mercoledì 1 settembre 1971

La mattina seguente, arrivato puntualissimo al distretto, Parker trovò Watts che, circondato da diversi altri detective della squadra, stava raccontando dell'appostamento che li attendeva, in agguato sotto il letto di una prostituta eroinomane intenta a pagare in natura il suo affitto di casa.

«Cazzo, ora che ci penso, una delle mie ex mogli ha affittato una casa a due sorelle, potrei farmi pagare con una cosa a tre!» esclamò Sprewell, ridendo sguaiatamente.

«Avranno pure settant'anni, come piacciono a te» aggiunse Ross, nell'ilarità generale.

Parker non si unì al gruppo. Notò Zampisi nella stanza delle telescriventi e decise di provare ad avvicinarla, temendo che il suo incontro notturno con Watts avesse portato conseguenze anche per lei.

«Ciao Gayle».

«Ciao» fu la risposta fredda.

«Problemi?»

«Tu che dici? Che cazzo ci facevi di notte sotto casa mia? Mi pedini, ora?» gli chiese polemicamente la detective, tenendo contemporaneamente d'occhio la porta d'ingresso della stanza.

«No, stavo solo facendo un giro».

«Senti, a me queste cazzate non le dici, capito?»

«Grady ha mangiato la foglia?»

«No, ma mi ha fatto un sacco di domande. Penso di averlo tranquillizzato, ma fa il poliziotto e non è uno stupido».

«Quindi?»

«Quindi lasciami in pace, per un po' è meglio se non ci vediamo. Non cercarmi e gira anche alla larga da casa mia» disse seccamente Zampisi, strappando un pezzo di carta da telex e uscendo dalla stanza.

Parker rimase fermo in mezzo alla sala, confuso per il comportamento di Zampisi e stordito dal frastuono delle telescriventi.

Andò in bagno a sciacquarsi il viso. Il contatto con l'acqua fredda aiutò la sua lucidità, appannata dalle poche ore di sonno e dal fulmineo incontro con Zampisi. Alla fine, asciugandosi, decise che forse era meglio così: Gayle aveva preso una decisione che lui avrebbe dovuto prendere, ma che almeno sembrava essere il preludio alla chiusura della loro relazione clandestina. Gli sarebbe mancata, gli sarebbe mancato il loro sesso, a dire la verità, ma era una cosa che prima o poi sarebbe dovuta accadere.

Tornò al suo posto, in fondo alla sala della Squadra Investigativa. La giornata vera e propria era iniziata; fine del comizio di Watts, arrivo di tre spacciatori fermati dalle autopattuglie, lo squillo inarrestabile dei telefoni sulle scrivanie.

Parker e Watts trascorsero l'ora seguente alle rispettive macchine da scrivere, alle prese con i rapporti sulle vicende del giorno precedente. Intorno alle 9.15 uscirono, diretti per la seconda volta a casa di Molly, salutati dalle battute a sfondo sessuale di Sprewell.

In auto, con Parker alla guida, il silenzio era rotto solo dalla radio. Watts sembrava immerso in chissà quali pensieri.

«Come ci regoliamo con Molly e Shorty?» disse Parker quando furono ormai in vista della loro destinazione.

Watts sembrò riaversi in quell'istante.

«Se tutto fila liscio Molly la fa franca, a noi interessa parlare con il nano».

«E se invece scopriamo che ha avvertito Shorty?»

«La portiamo in gabbia».

«Con cosa? La droga gliel'hai buttata via tutta ieri».

«Magari se n'è già procurata dell'altra. E se non se n'è procurata lei, gliela procuriamo noi...»

«Ma che dici?»

«Dai, sto scherzando... vediamo che succede e ci regoliamo sul momento. Ricordiamoci che stiamo solo andando a parlare con Shorty per avere notizie di quell'operaio scomparso... come si chiama?»

«Steve Reilly».

«Ecco, Steve Reilly. A meno che non ci punti contro un'arma o faccia cazzate simili, parliamo e basta, non ho voglia di compilare altri rapporti per il fermo di un nano polacco e di una zoccola piena di buchi. Abbiamo già perso abbastanza tempo dietro a questa storia».

«Sì, penso che dovremo chiuderla alla svelta, in un modo o nell'altro, prima che il tenente ce ne chieda conto».

Watts annuì, s'infilò in bocca un chewing gum e si sistemò il laccio nero che gli teneva insieme il codino biondo.

«Caldo fottuto...» mormorò.

Pochi minuti dopo salirono ancora una volta le scale del tetro palazzo di Molly. Stavolta la donna li aspettava e aprì al primo bussare di Parker. La porta scardinata da un calcio di Watts il giorno prima era stata rimessa insieme in qualche modo, con dei pezzi di nastro adesivo marrone che tenevano i cardini attaccati alla mostra dell'ingresso; una soluzione che non aveva l'aria di poter durare a lungo.

Molly, probabilmente a causa dell'astinenza causatale forzatamente da Watts, era molto pallida, tremante, con il terrore negli occhi. Parker provò a tranquillizzarla.

«Ha visto Shorty dopo il nostro incontro di ieri?»

«No, né visto né sentito».

«Quindi non è sicura che passerà».

«Ve l'ho detto, di solito passa il mercoledì, ma non sempre, potreste aver fatto un viaggio a vuoto».

«Correremo il rischio. Lei stia tranquilla e vedrà che non ci saranno problemi. Apra la porta con naturalezza, senza apparire preoccupata o agitata. Ricordi che dobbiamo solo parlare con Shorty, non arrestarlo o fargli del male, ok?»

Molly annuì, ma senza troppa convinzione.

I detective esplorarono per precauzione l'appartamento, trovandolo nelle stesse, luride condizioni del giorno precedente.

«Ok, io aspetto dentro il bagno, - disse Watts - tu invece fai un'altra mezza rampa di scale in su e aspetti lì. Appena lo senti arrivare, scendi e ti piazzi fuori dalla porta».

«Perfetto, vado».

Matej Repzynsky, alias Shorty, non tardò molto al suo appuntamento con la riscossione dell'affitto; era un padrone di casa molto scrupoloso, evidentemente.

Dopo quaranta minuti di attesa passati a sedere sugli scalini, Parker udì dei passi provenire dal basso e fermarsi davanti alla porta di Molly. Sentì bussare.

Curioso di vederlo, si sporse dalla balaustra. Il soprannome era davvero appropriato; indossava una camicia jeans troppo lunga e, visto dall'alto, sembrava che le scarpe da ginnastica bianche che aveva ai piedi fossero in realtà incollate ai lembi della camicia stessa.

Nell'attesa che Molly gli aprisse, guardò con interesse la porta della ragazza, tenuta insieme dal nastro adesivo. Interesse professionale da scrupoloso padrone di casa, pensò Parker.

Finalmente la sua inquilina aprì.

«Ciao tesoro, che è successo alla porta?» le chiese subito Shorty.

«No, niente, si è rotta...»

La risposta sciocca della ragazza e l'agitazione che portava dipinta sul volto misero subito sul chi vive Shorty, che tornò a guardare i cardini rabberciati alla sua destra.

«Che è successo al mio appartamento?»

«Niente Shorty, perché?»

«Hai qualcosa di storto... e poi la porta... è venuto qualcuno? Ti hanno rapinata?» insistette Shorty, rimanendo sulla porta.

«Ma no, dai, entra».

Shorty fece qualche passo dentro la casa, mentre Molly richiudeva la porta alle sue spalle.

«Vuoi metterti comodo?»

«No, aspetta... devo andare a pisciare» rispose Shorty e, prima che Molly potesse fermarlo, entrò in bagnò, dove trovò ad attenderlo Watts, seduto sul water ma con i calzoni al loro posto.

«Ehi, non si bussa prima di disturbare un gentiluomo nella sua intimità?» gli disse il detective, alzandosi.

Shorty non perse tempo nel trovare una risposta adeguata; in un attimo, favorito dalle sue leve cortissime, fece dietrofront e imboccò la porta. Riuscì a fare solo due passi sul pianerottolo, quando sentì la camicia jeans aderirgli improvvisamente al petto: Parker, in paziente attesa su un lato della porta, l'aveva agguantato per il collo della camicia e lo stava riportando dentro senza alcuno sforzo.

«No, no! Lasciatemi! Vi pagherò! Prometto che vi pagherò!» iniziò a urlare Shorty.

Parker ignorò il suo dimenarsi, lo perquisì rapidamente e lo spinse a sedere sul divano malconcio di Molly, Watts gli si piazzò davanti. Tra la piccolezza di Shorty, acuita dall'essere seduto, e la mole di Watts, sembrava di assistere alla sfuriata di un padre che ha appena sorpreso suo figlio a fumarsi uno spinello sul balcone.

«Prima entri in bagno senza bussare, poi te ne vai senza salutare... Shorty caro, tu l'educazione non sai nemmeno dove sta di casa eh!» esordì Watts.

«Vi ho detto che pagherò, cazzo!»

«Shorty... - s'inserì Parker – prima che continui a sprecare fiato o a dire cose di cui potresti pentirti, da' un'occhiata a questo qui...» e gli sventolò sotto il naso il suo malconcio distintivo.

«Porca puttana, due poliziotti! – disse quello spalancando gli occhi – Che cazzo volete da me? Io non ho fatto niente!»

«E infatti noi non ti stiamo accusando di niente. Rispondi a qualche domanda e te la cavi solo con uno spavento, ok? Se rimani in silenzio o provi a rifilarci balle cominciamo a incazzarci e per te cominciano i guai, visto che di cose poco chiare sembri averne parecchie...» disse Watts.

Shorty annuì, ormai completamente confuso per la situazione in cui era piombato.

«Conosci Steve Reilly?» iniziò Parker.

«L'irlandese?»

«Proprio lui».

«Che gli è successo?»

«Le domande le facciamo noi, bello, e poi sei tu che devi dirci cosa gli è successo».

«Ah, allora gli è successo qualcosa!»

«E' scomparso da sabato scorso. Vuoi farci intendere che tu non ne sapevi nulla?»

«Proprio così, saranno venti giorni che non ci vediamo!»

«Venti giorni? Così tanto?»

«Già».

«Ma non lavorate insieme?»

«Di tanto in tanto, quando ho qualcosa per le mani che non riesco a fare solo con i miei uomini».

«Cosa intendi con "qualcosa per le mani"?»

«Beh, io faccio piccole ristrutturazioni negli appartamenti, negli uffici, nei capannoni, cose piccole per cui le grandi ditte non si muovono nemmeno».

«E Reilly cosa c'entra con te?»

«L'irlandese è forte come un toro; lui un lavoro ce l'ha ma non gli basta. A fine giornata ha ancora tante energie e poi ha sempre bisogno di soldi, con tutte quelle bocche da sfamare che si tira dietro, e quindi di tanto in tanto fa dei giorni extra con me».

«Ma sono venti giorni che non lo vedi e non lo senti...»

«Proprio così. Con questo caldo la gente non ha nessuna voglia di farsi incasinare la casa dai muratori, per cui si lavora poco o niente».

«L'ultimo lavoro che hai fatto con Reilly dov'è stato?»

«Un'officina tra l'84ma e la Bromwich, aveva il tetto marcio e prima dell'inverno volevano rifare l'isolamento».

«E Reilly ha partecipato per tutto il lavoro?»

«Sì».

«Quanto?»

«Una settimana, più o meno».

«E lì stava bene?»

«Sì».

«Non ti ha raccontato niente di particolare, nessuna difficoltà, nessun problema, qualcosa che lo affliggeva, un litigio con qualcuno...»

«No, non mi pare proprio. Poi lì lavoriamo, non è che stiamo tanto a raccontarci i fatti nostri».

«Quando lavorate insieme, come funziona? Voglio dire, come lo contatti? Lo chiami a casa?»

«Non posso, non ha nemmeno il telefono. Lo aspetto fuori dal cantiere dove lavora, quello dove stanno costruendo la tangenziale sud».

«E dopo, quando iniziate il lavoro?»

«Uguale, quel cazzo d'irlandese non ha neppure la macchina, oltre al telefono. Qualcuno dei miei lo passa a prendere fuori dal suo cantiere e lo porta dove stiamo lavorando».

«E quando finite? Lo riportate a casa?»

«No, lo lasciamo alla metro più vicina».

«Verso che ora finite, di solito?»

«Le dieci».

Parker annuì, finendo di prendere appunti sul suo taccuino. Fin qui tutto coincideva con quanto avevano già saputo da Berkman e dalla signora Reilly. Tutto tranne una cosa.

«Bravo Shorty, stai andando bene...»

«Grazie. Non voglio guai, sono uno a posto, non ho problemi a dirvi quello che volete sapere».

«Va bene, va bene. Però Shorty, c'è qualcosa che non quadra».

«Cosa?» chiese Shorty, nuovamente allarmato.

«A noi risulta per certo che giovedì scorso avete iniziato un nuovo lavoro insieme».

Stavolta Shorty non riuscì a rispondere rapidamente; vagò un attimo con gli occhi nella stanza.

«Giovedì scorso?! No, no, è impossibile, non ho fatto nessun lavoro la scorsa settimana!».

«No, Shorty, non ci siamo... la mia non era una domanda, era un'affermazione: noi siamo CERTI che giovedì tu e l'irlandese avete iniziato un nuovo lavoro insieme. E guarda caso, due giorni dopo Reilly scompare nel nulla, e dovresti essere tu l'ultima persona ad averlo visto prima che sparisse».

«Io?!»

«La mattina è arrivato regolarmente al suo cantiere, così come ne è uscito il pomeriggio. Visto che stavate lavorando insieme, tu o qualcuno dei tuoi siete andati a prenderlo all'uscita, e da lì non ne abbiamo più tracce. Nulla negli ospedali, né una telefonata... da quel momento Steve Reilly è diventato un fantasma».

«Vi ripeto che sono venti giorni che non lo vedo e non lo sento, dovete credermi!»

«E dai, lasciatelo stare! Vi prego, lasciatelo stare!» gridò improvvisamente Molly, rimasta fin lì in silenzio, seduta sul pavimento in un angolo del salone.

Watts le fece un cenno perentorio di silenzio con la mano, poi si voltò a guardare il collega, che aveva condotto l'interrogatorio ora giunto a un punto morto, e prese lui la parola.

«Sai se Reilly lavorava anche con qualcun'altro oltre te, una volta finita la giornata al cantiere?»

«No».

«Da quanto tempo lavora per te?»

«Boh... un anno e mezzo, più o meno».

«Quanti lavori avete fatto insieme?»

«Una dozzina».

«Come vi siete conosciuti?»

«Tramite Brad Eldred. Avevo lavorato diverso tempo sotto di lui, poi Eldred era andato a lavorare al cantiere della tangenziale sud e lì aveva conosciuto l'irlandese. Siamo rimasti in contatto, e quando gli chiesi se conosceva qualcuno disposto a fare dei lavori fuori orario ci ha presentati».

«Brad Eldred è ancora il capomastro di Reilly, il capocantiere ci ha detto che era in ferie, quando sono andato a parlarci con Jackson» aggiunse Parker a beneficio di Watts.

«Dove lo troviamo questo Eldred?»

«So che vive dalle parti dell'aeroporto, ma l'indirizzo non lo so».

«Ok, penso che possa bastare, no?» disse Watts, guardando il compagno, che annuì.

«Shorty, devi venire con noi al distretto per firmare la deposizione».

«Ora?»

«Sì, ora, e senza discutere. Tornerai più tardi a riscuotere il tuo affitto...» gli disse Parker.

Shorty annuì di malavoglia ma li seguì, dapprima lungo le scale poi con la sua auto dietro quella dei detective, fino all'Undicesimo Distretto, dove venne fatto accomodare davanti alla scrivania di Parker.

Mentre il detective era intento a battere a macchina le dichiarazioni, Shorty si guardava intorno con aria circospetta: pur non avendo nulla da nascondere, questa volta, trovarsi circondato da poliziotti nella stanza di un distretto con le sbarre alle finestre lo faceva sentire comunque a disagio.

Parker colse con la coda dell'occhio Watts e Zampisi intenti a parlare in modo piuttosto agitato, nell'angolo della stanza vicino alle finestre. Vedeva la donna scuotere di tanto in tanto il capo in segno di diniego, ma non riuscì a cogliere neppure una parola dei loro discorsi, troppi rumori in quella sala, a cominciare da quello della vecchia macchina da scrivere che il distretto gli aveva assegnato al suo primo giorno di lavoro.

Ad un tratto entrarono Mike Sprewell e Jay Bowl, intenti a sfogliare dei rapporti; Sprewell vide Shorty, tirò per la camicia il compagno di coppia ed entrambi si avvicinarono.

«Ehi Parker, stai seguendo un'inchiesta sul circo?» disse Sprewell, ridacchiando.

Parker sospirò ancor prima di alzare lo sguardo sui colleghi.

«Ragazzi, per cortesia, ho fretta, le spiritosaggini lasciamole a dopo, ok?»

«Uh, che ragazzo serio che sei! Non capita mica tutti i giorni di avere un nano al distretto».

Shorty guardò Parker.

«Sprewell, davvero, facci finire in santa pace, dopo dobbiamo uscire di nuovo».

«Ma il nano parla o è solo un pupazzo sulla sedia?» insistette Sprewell, mollando uno schiaffo sulla nuca a Shorty, che a quel punto scattò in piedi.

«Ehi, si muove!»

«Mike! Ma che cazzo fai?! - disse Parker, alzandosi immediatamente anche lui - E tu, risiediti subito altrimenti ti ammanetto alla sedia!»

«Occhio Mike, - disse Bowl - che il nano potrebbe morderti le caviglie...» e rise anche lui.

«Oppure farmi un pompino, vista l'altezza!» rincarò la dose Sprewell.

Parker fece il giro della scrivania, afferrò per la camicia Shorty, come aveva già fatto quella mattina a casa di Molly, e lo spinse bruscamente sulla sedia, quindi si mise tra il polacco e i due colleghi.

«Ma non avete niente da fare?»

«Senti, non c'è mica niente di male a farsi due risate, hai capito stronzetto? Tu pensi solo a lavorare? Non ce l'hai una donna? Te la fai mai una pippa?»

«Ma figurati, vive ancora con la madre e secondo me è pure una checca» disse Bowl.

Parker non credeva alle sue orecchie. Rimase per qualche

attimo balbettante, con il cervello ottenebrato dalla rabbia che gli stava salendo, incerto se resistere o meno alla voglia fortissima di spaccare la sedia vuota accanto a Shorty sulle ginocchia di Sprewell. Non si era accorto, però, che Watts si era avvicinato alla sua destra e, cosa ancora più importante, alle spalle di Sprewell e Bowl, si era piazzato il tenente Braxton, richiamato dalle voci più alte del normale.

«Ragazzi piantatela, vi state ficcando in un guaio».

«Che culo che hai Parker, è arrivata la mammina bionda a difenderti!» disse Bowl.

«No, io sono quello buono dei due...» e con il pollice indicò le loro spalle.

I due detective si voltarono e videro a tre passi da loro la faccia furibonda del tenente, che li fissava in silenzio, con le mani sui fianchi e la sua postura tradizionale, sempre leggermente protesa in avanti, che gli dava un'aria naturalmente aggressiva.

«Porca puttana...» mormorò Bowl.

«Tenente, stavamo scherzando... stavamo sfottendo un po' Parker e questo nanetto qui» provò a difendersi Sprewell, ma Braxton non gli lasciò nemmeno terminare la frase. La sua pelle nera gli aveva attirato un'infinità di trattamenti di quel tipo, da ragazzo prima, poi da soldato e infine nei primi anni da poliziotto. Ora che era uno dei pochi neri in città a poter vantare i gradi di tenente nel taschino della giacca, Mike Braxton aveva l'autorità per fare in modo che quelle cose non accadessero più, mai più, almeno nel suo microcosmo, almeno fin che c'era lui a capo di quella squadra.

«Sprewell e Bowl subito nel mio ufficio» disse gelidamente, poi si voltò e tornò lui per primo nella sua stanza.

I due detective erano improvvisamente impalliditi.

«Andate, andate ragazzi... - li spinse Watts - il tenente ha detto subito...» e stavolta furono lui e Parker a ridere.

Ricevettero in cambio due sguardi carichi d'odio, poi Sprewell e Bowl si voltarono e andarono dal loro superiore, camminando con lo stesso piglio di un condannato a morte diretto al patibolo.

Parker ultimò in pochi minuti la deposizione di Shorty che, appena firmata, prese il volo come un fulmine, ansioso di lasciare per sempre quel luogo per lui pericolosissimo.

Watts lo bloccò solo un attimo all'uscita della sala.

«Shorty, un'ultima cosa...»

«Che altro c'è?»

«Cerca di rigare dritto. Piantala con l'affitto riscosso in natura, piantala di dare l'eroina a quella ragazza, piantala di fare lavori in nero e di avere soldi da dare a qualcuno che ti sta dando la caccia... per stavolta la passi liscia, ma ti teniamo d'occhio e ogni tanto verremo a farti visita, tanto per vedere come te la passi, se ti troviamo ancora vivo... ci siamo capiti?»

Shorty annuì e fuggì via per le scale del distretto.

Vistolo scomparire, Watts si sfregò le mani.

«Beh, giovane Parker? Che si fa? Ormai qui sei tu a dare gli ordini!»

Parker sorrise.

«Direi di trovare l'indirizzo di Brad Eldred e di andare a rovinargli le vacanze».

«Ottima idea! Mi stanno sul cazzo quelli in vacanza mentre gli altri lavorano...» e strizzò l'occhio verso il compagno, riferendosi ovviamente a se stesso fino a tre giorni prima.

Lasciarono la sala mentre la voce del tenente non smetteva di tuonare contro Sprewell e Bowl attraverso i vetri della sua stanza.

L'abitazione di Eldred era, come aveva detto Shorty, molto vicina all'aeroporto, situato ben oltre i margini meridionali della città.

Watts, ancora una volta passeggero, si guardava intorno perplesso. Durante il viaggio non aveva detto una parola, di nuovo, ma ora il suo volto sembrava più rilassato rispetto alla loro prima uscita mattutina.

«Ma guarda dove cazzo abitano questi qui» disse a un tratto, quando erano ormai entrati nel sobborgo in cui si trovava la casa di Eldred.

«Beh... non mi sembra tanto male... c'è parecchio verde e le case sono tutte basse, niente palazzoni...» rispose timidamente Parker.

«No, non intendevo quello. La distanza, parlavo della distanza... come fai a vivere qui e ad andare tutti i giorni fino in città a lavorare? Cazzo, noi siamo partiti dal distretto, quindi già a sud, e siamo in macchina da quasi un'ora!»

«Penso che le case costino abbastanza poco, sia per la distanza sia per il rumore degli aerei... lo senti?»

Già da qualche minuto la loro auto aveva iniziato a essere sorvolata continuamente da aerei di linea in partenza o in arrivo al vicino aeroporto.

«Porca puttana, un incubo! Però potresti venire a starci tu, qui. Visto che la notte anziché dormire te ne vai a spasso... che fastidio ti darebbero?»

Parker colse una certa punta di veleno nella battuta del collega, ma decise di limitarsi a un sorriso di circostanza, lasciando a Watts la decisione di riaprire o meno la questione del loro incontro notturno sotto casa di Zampisi.

Watts, però, la chiuse lì, e tornò nel suo silenzio, intento a osservare gli aerei dal finestrino aperto.

Poco dopo parcheggiarono davanti all'indirizzo che risultava essere quello di Brad Eldred.

Un uomo sui cinquant'anni, basso e con una pancia molto prominente, stava potando le siepi della casa con delle grosse cesoie. Un panama bianco gli riparava la testa dal sole, mentre una camicia a fiori gialli e blu e dei bermuda beige completavano l'abbigliamento.

Watts lo indicò al collega con un gesto della testa; aveva davvero l'aria di un muratore in vacanza.

Quando furono davanti al cancelletto chiuso, i due detective mostrarono i distintivi.

L'uomo si avvicinò brandendo le cesoie.

«E quindi?» disse, per nulla intimorito.

«E quindi cosa?» disse Parker.

«Dovete parlare con me?»

«Dipende. Lei è Brad Eldred?»

«Mi chiamano così da cinquantadue anni, dev'essere quello il mio nome».

«E allora sì, dobbiamo parlare con lei».

«Ma io ora non ho tempo per voi. Devo finire la potatura».

«Dobbiamo farle solo qualche domanda, signor Eldred, penso che non sia un problema per le sue siepi se interrompe dieci minuti».

«Non vengono bene. Se interrompo, poi non vengono bene, mi dispiace. E poi ce l'avete il mandato?»

Parker, fermo sotto il sole cocente in giacca e cravatta, stava perdendo la pazienza, e così anche Watts, ne era certo. A quanto pareva, lo scomparso Steve Reilly non voleva saperne di frequentare persone normali.

«Signor Eldred, non è necessario alcun mandato per farle delle domande, lei non è accusato di nulla e non dobbiamo perquisirle la casa, o almeno non ancora...»

«Che intende dire?»

«Il mio collega - s'inserì Watts - sta cercando di farle capire che se non ci fa entrare e se non ci fa sedere in un posto all'ombra e se non risponde più che cortesemente alle nostre domande, potremmo anche tornare con un mandato e perquisirle tutta la casa... e consideri che spesso nelle perquisizioni si rompe qualcosa...»

«E poi dovremmo perquisire anche il giardino, smuovendo la terra con una ruspa...» aggiunse Parker.

«Già, e smuovendo smuovendo potrebbe succedere che una sigaretta finisca per incendiare le sue siepi» completò l'opera Watts.

«O che la ruspa sbagli una manovra e gliele spiani...» sussurrò Parker.

«Siete solo dei bastardi prepotenti» disse a mezza voce Eldred.

«Come, scusi?» disse Parker, che in realtà aveva sentito benissimo.

«Niente, niente... entrate pure» e finalmente il cancelletto si aprì.

Eldred buttò in terra le cesoie e fece strada fino al salotto di casa, avvolto in un'afa insopportabile. I divani di velluto marrone completarono l'insostenibilità della situazione.

Watts alzò gli occhi al soffitto e vide un ventilatore fermo.

«Può accenderlo?» chiese, indicandolo.

«E' rotto» fu la secca risposta del padrone di casa.

Parker decise di andare al sodo; prima finivano e prima sarebbero usciti da quell'inferno.

«Lei conosce Steve Reilly?»

«L'irlandese?»

«Sì».

«Sì, lavora sotto di me al cantiere».

«Quello per la tangenziale sud?»

«Sì. Che gli è successo a quella testa di cazzo?»

«E' scomparso da sabato».

«Ah».

«Perché "testa di cazzo"?»

«Beh, niente di particolare... ho detto così per dire. Per me sono tutti delle teste di cazzo, in quel cantiere».

«Lei l'ha visto sabato scorso?»

«No, ero già in ferie».

«Da quando è in ferie?»

«Dal lunedì prima».

«Che ci può dire su Reilly?»

«In che senso?»

«Lo conosceva bene?»

«Abbastanza... abbastanza da sapere della sua passione per le donne...»

Parker guardò Watts; questa era una novità.

«Aveva un'amante?»

«Una sola?! Scherzate?! Quello lì era malato per le donne, non se ne faceva scappare una».

«E lei come fa a saperlo?»

«Era lui a raccontarlo a tutti al cantiere. Gli piaceva vantarsi, ogni conquista doveva raccontarla per filo e per segno».

Ancora uno sguardo tra i due detective.

«Sa chi frequentava in questo periodo?»

Eldred rifletté qualche secondo grattandosi l'enorme pancia.

«Nelle ultime settimane l'irlandese parlava spesso di una vedova all'East River».

«Il nome?»

«Susan».

«Susan e poi?»

«No, il cognome non lo so».

«Sa dirci qualcosa di più preciso sull'indirizzo?»

«Credo che sia nella parte ovest del quartiere, l'irlandese diceva sempre che per tornare a casa gli toccava attraversare a piedi il Monumental Park».

«Come si muoveva Reilly per andare dalla vedova e dalle altre? Non ci risulta che avesse un'auto».

Eldred sembrò sentire improvvisamente il caldo. Prese a guardarsi intorno, si alzò di scatto dalla poltrona in cui era seduto e fece per allungare la mano verso l'interruttore del ventilatore sul muro.

«Mi pareva fosse rotto, signor Eldred» gli disse Watts.

«Ah, già» rispose quello, ritraendo fulmineamente la mano, come se avesse preso una scossa.

«Quindi? Può spiegarci come si spostava l'irlandese una volta finita la giornata al cantiere?»

«Ora che ci penso... mi pare che la vedova venisse a prenderlo lei, all'uscita del cantiere».

«E le altre?»

«Non lo so di preciso... penso che facessero lo stesso anche le altre».

«Scusi signor Eldred, ma...» sbottò Parker, ma Watts lo fermò afferrandogli il braccio.

«Grazie signor Eldred, siamo a posto così, togliamo il disturbo, così può tornare a tagliare la sua siepe prima che si rovini».

«Ecco sì... sperando che non sia troppo tardi».

«Ma no, signor Eldred, sono certo che è ancora in tempo a salvarla. Le chiediamo solo di passare tra oggi e domattina al nostro distretto per firmarci la deposizione. Ecco, qui c'è scritto tutto» e gli allungò un biglietto da visita.

Watts si trascinò dietro un perplesso Parker, lasciando rapidamente Eldred alle sue cesoie.

«Guida tu» disse imperiosamente a Parker.

Watts risalì in auto sbattendo lo sportello.

«Quanto mi fanno incazzare quelli che pensano di prenderci per il culo!» sbottò subito.

«Ah, allora vedo che non sono stato l'unico lì dentro ad avere questa sensazione».

«Ehi, giovane Parker, pensi davvero che io sia così rincoglionito? Ci ha spiattellato la storia delle donne come prima cosa...»

«E quella della vedova come seconda» aggiunse Parker.

«Appunto. Sa di preparato. Tutta la manfrina che ha fatto in giardino era una sceneggiata, si aspettava una nostra visita e aveva già pronta la storiella delle donne e della vedova».

«Chi pensi che l'abbia avvertito? Shorty?»

Watts rifletté grattandosi il mento.

«No, non penso. Era troppo spaventato e appena l'abbiamo mollato dev'essere corso a nascondersi da quelli a cui deve i soldi, non ce lo vedo a prendersi la briga di avvertire subito Eldred, e poi non poteva sapere che saremmo venuti subito qui».

«Allora resta Berkman…»

«Hai fatto centro, stavo pensando proprio a lui».

«Perché l'avrebbe fatto?»

«Lui e Eldred devono avere qualcosa a che fare con la sparizione dell'irlandese, che altro?»

«Li pediniamo?»

«Calma, giovane Parker, andiamo con ordine. Prima chiediamo i tabulati del telefono di Eldred da sabato a oggi e vediamo cosa ci raccontano. Scommettiamo che in questo momento sta chiamando il compare al cantiere per raccontargli che l'abbiamo bevuta?»

«E con Berkman non facciamo nulla?»

«Lui si potrebbe pedinare… lo aspettiamo a fine giornata quando esce dal cantiere e vediamo dove va, se incontra qualcuno».

«Lo facciamo noi?»

«Beh, quando smonta lui smontiamo anche noi, ma se hai voglia di fare qualche straordinario…»

«Certo, non c'è problema, Grady».

«E bravo Parker, questo sì che è parlare da detective!»

«Torniamo in ufficio?»

«Sì, ma fermiamoci a mangiare qualcosa lungo la strada, questo caso sta diventando interessante e mi ha messo una fame da lupo».

«Non chiami il tenente per farti autorizzare la richiesta dei tabulati?»

«No, parliamogli di persona e poi facciamo tutto sotto i ventilatori dell'ufficio».

«Ok, allora andiamo a mangiare qualcosa».

«Oh, Parker, sia chiaro, niente frutta eh? Voglio qualcosa che abbia smesso di muggire non prima di stamattina».

Parker rise scuotendo la testa e con una mano allargò il nodo della sua cravatta, davvero soffocante con quel caldo.

Avuto senza problemi l'ok dal tenente Braxton, Watts si mise al telefono, attentamente osservato da Parker, che non aveva mai avuto occasione di fare quella procedura. Watts chiamò dapprima la società dei telefoni per avere il numero dell'utenza corrispondente all'indirizzo della casa dov'erano appena stati; risultava intestato proprio a Bradley Eldred, quindi non c'erano dubbi sull'esattezza delle coordinate fornite dal gestore telefonico. La seconda telefonata fu ancora per la medesima società, ma questa volta per l'ufficio preposto al collegamento con le forze di polizia. Qualunque detective della città, fornendo semplicemente il proprio nome, grado, numero di matricola e il numero di suo interesse, poteva richiedere i tabulati di tutte le chiamate uscenti ed entranti su quella linea per un periodo di tempo compreso negli ultimi tre mesi. La società, una volta fornito il tabulato, avrebbe mandato al distretto d'appartenenza del detective richiedente una segnalazione della richiesta ricevuta, che l'ufficiale responsabile, in questo caso il tenente Braxton, avrebbe controfirmato per presa visione. Questo metodo, per quanto un po' farraginoso, era stato pensato per evitare che i detective potessero richiedere dei tabulati a titolo personale, magari per controllare presunte mogli infedeli o roba simile. Per ascoltare e registrare le conversazioni, invece, occorreva essere autorizzati dal procuratore responsabile del caso e, in seguito, trovare il modo d'inserire un radiomicrofono dentro la cornetta dell'apparecchio sotto controllo oppure inserirsi sul cavo della centralina telefonica di riferimento.

Watts spiegò a Parker tutte queste cose durante l'attesa dei tabulati che, malgrado le promesse dell'impiegato, impiegarono oltre un'ora ad arrivare.

I due detective stavano bevendo un caffè mentre osservavano Sprewell e Bowl andarsene mestamente a casa, con l'aria di due cani bastonati. La sala era piena di detective, tra quelli a fine turno e quelli che stavano per iniziarlo, e tutti indistintamente avevano già saputo della sfuriata del tenente grazie ai racconti del sergente Mac, che non faceva altro che ripetere a tutti di come le urla di Braxton si fossero sentite fino al piano terra.

A un tratto sentirono una delle telescriventi partire con il suo caratteristico gracchiare e si precipitarono a vedere; erano i loro tabulati, finalmente.

L'attesa non andò delusa. Due numeri spiccavano per frequenza, uno sia in entrata che in uscita, l'altro solo in entrata, cosa che incuriosì non poco i due detective.

Il passo successivo fu ovviamente quello di chiamare nuovamente la società telefonica per fare in modo che a quei numeri corrispondessero dei nomi e degli indirizzi. Lo fece ancora Watts, mentre Parker studiava le frequenze delle chiamate e gli orari in cui erano avvenute.

Il primo numero, quello che appariva più spesso, risultava assegnato a una linea temporanea di servizio richiesta dalla società Building Proof.

«Sa dirmi l'indirizzo a cui corrisponde la linea?» chiese Watts.

«No, mi spiace, detective. – rispose l'impiegata – Le linee temporanee hanno proprio la particolarità di poter essere spostate mantenendo sempre lo stesso numero, purché rimangano allacciate allo stesso quadrante per cui è stata fatta la richiesta».

«E qual è il quadrante, in questo caso?»

«Sud».

«Signorina, visto il nome della società mi pare evidente che si occupi di edilizia, no?»

«Sono d'accordo con lei» rispose quella, iniziando a sentirsi un po' lusingata dal partecipare alle riflessioni su un'indagine di polizia.

«Quindi la Building Proof potrebbe aver richiesto questa linea per un cantiere?»

«Sì, è uno degli usi più comuni di questo tipo di contratto».

«Perfetto, grazie. – Watts fece cenno a Parker di avvicinarsi e scrisse "Fottiamo Berkman" su un foglietto – Dell'altro numero che le ho dettato prima, invece, cosa mi dice?»

«Oh, beh, questo è molto più semplice. E' un contratto ordinario di vecchia data, utenza abitativa intestata a Jeffrey Berkman, 1751 Oregon Drive».

Watts scrisse tutto rapidamente.

«Ci è stata preziosissima, signorina, la ringrazio molto».

«Prego, è stato un piacere aiutarla, detective Watts».

Watts mise giù la cornetta del suo telefono con un'espressione trionfante dipinta sul volto.

«Parker, solo una curiosità: quando sei stato da Berkman al cantiere, avete parlato nel suo ufficio?»

«Sì, certo».

«E hai notato se sulla sua scrivania c'era un telefono?»

«Sì, mi pare proprio di sì».

«Ti pare o sei sicuro?»

Parker ruotò sulla sedia e chiamò a voce alta Jackson.

«Mike! Ti ricordi se sulla scrivania di quel tizio con cui abbiamo parlato al cantiere c'era un telefono?»

Jackson ci pensò su solo un attimo.

«Sì, me lo ricordo».

«Perfetto, grazie!»

«Allora l'abbiamo beccato, Parker. Da sabato a oggi Eldred e Berkman non hanno fatto che telefonarsi continuamente come due piccioncini in calore. Il primo numero è intestato a una società edile, la Building Proof, ed è una linea temporanea mobile. Scommettiamo che se faccio quel numero squilla il telefono che avete visto sul tavolo di Berkman?»

«Non resta che provare…»

«Chiamalo tu, che sai che voce ha».

Parker fece subito il numero e, puntualmente, a rispondergli fu la voce di Berkman.

«Salve signor Berkman, sono il detective Parker, dell'Undicesimo Distretto, si ricorda di me?»

«Certo! – la voce si stava sforzando di essere cordiale, ma traspariva un certo grado di sorpresa – Mi dica!»

«Volevo solo sapere se aveva avuto qualche notizia di Reilly…»

«No, non si è presentato neppure oggi».

«Il suo capomastro, invece… come si chiama?»

«Eldred, Brad Eldred».

«Ecco, Eldred è tornato dalle ferie?»

«No, dovrebbe tornare la prossima settimana».

«Ok, allora magari faremo un salto la prossima settimana per parlare anche con lui. Sempre che nel frattempo Reilly non sia riapparso».

«Naturalmente, è quello che ci auguriamo tutti, no? A sua completa disposizione, detective».

«La ringrazio, a presto signor Berkman».

«Arrivederci».

«Berkman sa qualcosa che noi non sappiamo» sentenziò Parker appena messo giù il telefono.

«Ovvio».

«E il secondo numero di chi è?»

«E' il numero di casa di Berkman».

«Perfetto, finalmente qualcosa inizia a combaciare in questa storia».

«Era ora, sono tre giorni che ci sbattiamo per un muratore scomparso».

«Aspetta, aspetta... qui la cosa strana è un'altra... - disse Parker riprendendo a esaminare i tabulati - Il numero di Berkman, quello del cantiere, compare in entrata anche in ore serali, quando il cantiere dovrebbe essere chiuso... guarda qua» disse Parker porgendo un foglio al collega e indicandogli con un dito la riga a cui si riferiva.

Watts annuì.

«Stai a vedere che il signor Berkman è l'unico a fare straordinari lì dentro...»

«A questo punto mi pare che il signor capocantiere meriti davvero qualche ora di straordinario per stargli dietro».

«Già, penso che potrebbe regalarci delle soddisfazioni».

«Vieni, andiamo ad aggiornare il tenente sulle novità e a farci autorizzare il pedinamento».

Il grande cancello d'entrata e uscita del cantiere era pensato per l'accesso dei grandi mezzi da lavoro, più che per quello delle auto, e aveva quindi davanti un ampio spiazzo sterrato per le manovre. Senza nessun riparo dietro cui nascondersi, per non dare troppo nell'occhio, Parker e Watts parcheggiarono la loro auto davanti a una cabina telefonica situata sul lato dello spiazzo opposto al cancello, all'ombra. Parker andò nella cabina e si poggiò la cornetta all'orecchio, tanto per sembrare impegnato in una conversazione. Watts, invece, rimase in macchina come in attesa dell'amico. Entrambi, però, non distoglievano neppure per un attimo il loro sguardo dal cancello. Di lì a poco sarebbero dovuti iniziare a uscire gli operai a fine giornata e, probabilmente per ultimo, Berkman, colui che con ogni probabilità era in possesso delle chiavi del cancello stesso e che con esse avrebbe chiuso il cantiere.

Alle cinque in punto i due detective sentirono risuonare una sirena; cinque fischi brevi ma molto potenti.

Pochi minuti e i primi operai iniziarono ad attraversare il cancello. Parker notò come la stanchezza regnasse sovrana tra quegli uomini; camminando a testa bassa verso l'uscita, tutti si salutavano con un breve cenno della mano. Il silenzio era assoluto, si sentiva solo il rumore degli scarponi trascinati sulla terra dello spiazzo. Lavorare con quel caldo assurdo doveva essere una tortura quotidiana capace di fiaccare anche uomini dalla forza straordinaria come quelli lì. Quando la tangenziale sud sarebbe stata completata (e lo sarebbe stata presto, a giudicare dallo stato di avanzamento dei lavori), Parker promise a se stesso di ripensare a quella scena, a quegli uomini, ogni volta che l'avrebbe percorsa con la sua auto. Se a lui sembrava tanto faticoso il suo, di lavoro, voleva dire che i suoi orizzonti sul mondo avevano ancora molto bisogno di essere allargati. Finiti gli operai, però, non uscì più nessuno, e il cancello rimase aperto.

Attraverso i vetri luridi della cabina, Parker fece un cenno interrogativo con la testa a Watts, che gli rispose con un gesto calmo della mano. Dovevano avere pazienza.

Trascorsero quasi trenta minuti, durante i quali Parker si vide riflesso implacabilmente come un idiota silenzioso intento ad ascoltare una cornetta muta. Watts gli aveva appena fatto cenno di risalire in macchina quando entrambi udirono in lontananza un rumore in avvicinamento. Parker tornò al suo posto, Watts sistemò al meglio lo specchietto retrovisore dell'auto per poter vedere il cancello senza voltarsi.

Un fuoristrada pick-up verde, con il vano scoperto sul retro, stava uscendo con una certa fretta, a giudicare dalla grossa scia di polvere che stava lasciandosi dietro. Frenò subito dopo aver sorpassato il cancello. Ne scese Jeffrey Berkman, che accostò di gran carriera le due ante di acciaio e le bloccò con una catena e un grosso lucchetto. Quindi risalì in macchina e ripartì velocemente, senza badare in alcun modo ai due poliziotti.

Come il pick-up ebbe attraversato lo spiazzo, Parker schizzò fuori dalla cabina e risalì nell'auto che Watts aveva già rimesso in moto.

«Quello era Berkman» sentenziò Parker.

«Il capocantiere?»

«Sì, lui».

«Allora fin qui nulla di strano. E' uscito per ultimo e ha chiuso il cantiere».

«Già. Lo seguiamo lo stesso?»

«Sì, ormai ho la serata libera» disse Watts partendo di gran carriera.

Il vantaggio che avevano concesso a Berkman era fin troppo, ma fortunatamente le strade di quella zona erano pressoché deserte e per i due detective fu facile individuare a distanza la sagoma del pick-up.

Il pedinamento proseguì per quindici minuti, quando videro l'auto di Berkman imboccare il vialetto privato di una villetta a due piani.

«Tiro dritto per non attirare la sua attenzione, - disse Watts - ci fermiamo all'incrocio successivo. Tu, intanto, vedi di capire dove cazzo siamo».

Mentre passavano davanti alla villetta, Parker notò la piastra dell'indirizzo ben in vista sopra la buca della posta.

«1751 Oregon Drive» disse seccamente.

«E' casa sua, è l'indirizzo da cui venivano le chiamate solo in uscita verso il telefono di Eldred».

«Beh, tutto come previsto. Finita la sua giornata di lavoro torna a casa» disse Parker con una vena di delusione nella voce.

«Stai pensando di fare lo stesso anche tu, eh?» gli disse Watts sventolandogli l'indice destro sotto il naso.

«Tu no?»

«Col cazzo. Ormai siamo in ballo e balliamo».

«Dobbiamo stare ad aspettare che Berkman ceni, guardi un po' di tv e poi vada a dormire?»

«Non preoccuparti, non sarà un'attesa lunga. I muratori sono gente che va a nanna presto» disse Watts ironicamente.

Parker scosse la testa.

«Pazienza, giovane Parker, nei pedinamenti ci vuole pazienza. Accontentati di aspettare che il tuo uomo faccia un passo falso, prima o poi; non puoi pretendere anche che lo faccia in cinque minuti, no?»

«D'accordo, pazienza, pazienza».

«Questo però non vuol dire che noi si debba rimanere digiuni eh!»

«Ci facciamo invitare a cena da Berkman?»

«No, ha l'aria di uno che mangia pesante, entra piuttosto in quel drugstore e vedi che c'è di commestibile».

«Perché tu invece sei uno che ci va giù leggero, vero?»

«Vai».

«Ok».

Parker scese dall'auto all'incrocio, mentre Watts faceva inversione e accostava sul lato opposto a quello della casa di Berkman, così da avere sotto controllo sia il pick-up che la porta. Parker uscì poco dopo dal drugstore, con una grossa busta di carta tra le mani e la coscienza che già gli rimordeva per quel che aveva appena comprato. La sua fame e il fatto che il negozio avesse solo cibi confezionati erano diventati un binomio troppo difficile da sconfiggere, e fu così, con immensa soddisfazione, che Watts tirò fuori dalla busta i suoi tanto amati panini sigillati nel cellophane, i suoi adorati biscotti burro e cacao, gli snack al cioccolato che gli facevano venire l'acquolina in bocca e, infine, una celestiale bottiglia di Coca Cola ghiacciata.

Allineò tutto sul cruscotto, quindi guardò il collega con occhi ricolmi di gioia.

«Parker, con questa cena ti sei meritato una statua all'ingresso del distretto, proprio davanti al bancone del sergente Mac».

«No, con questa cena ci siamo tolti due anni di vita, ma pazienza...»

Watts stava già sbranando il primo panino, tacchino in salsa Caesar, e Parker lo seguì a ruota.

«Com'è che hai comprato tutta 'sta roba?» gli chiese Watts masticando rumorosamente.

«Perché avevo fame, perché non c'era molto altro da scegliere e perché sapevo che avresti apprezzato. Non si vive di sola frutta, in fondo».

Watts gli diede una pacca sulla spalla.

«Giovane Parker, ogni giorno che passa mi diventi sempre più un vero detective».

«Quali altri esami devo passare, maestro?»

«Vincere una scazzottata, uscire vivo da uno scontro a fuoco e scoparti una collega».

Parker stava per rispondere ma rimase gelato dal terzo elemento.

«Intendiamoci, - riprese Watts - non collega della stessa squadra... anche perché l'unica che c'è è la mia ragazza! - e giù una risata delle più sguaiate - Per collega intendo una donna poliziotto!»

«E' questo sarebbe uno dei passaggi fondamentali per diventare un vero detective?»

«Puoi giurarci! Non puoi immaginare che puttanaio diventi la polizia quando finiscono i turni... devi solo buttartici dentro. Alle volanti c'è una bionda, per esempio, che non è davvero niente male ed è giovane come te; si chiama O'Neal, o qualcosa del genere».

«Me ne ricorderò, grazie della dritta».

«Prego, ora però basta con queste stronzate e passami quell'altro panino lì... com'è?»

Parker aprì il cellophane e lo annusò.

«Sembrerebbe un lontano parente del salmone».

«Uhm, buono, dai qua».

In dieci minuti spazzarono via tutto il contenuto della busta, mentre dalla casa non veniva nessuna novità. Le luci della sala da pranzo erano accese, nessuno era entrato o uscito dalla porta.

Due ore dopo, con il buio oramai incipiente e l'orologio che segnava le otto meno un quarto, la pazienza tanto predicata da Watts stava scemando dall'auto dei due detective. Watts, più esperto, si era portato una rivista sportiva, mentre Parker, a furia di fissare la porta di Berkman, si sentiva come ipnotizzato da quel rettangolo bianco.

«Tu tifi per gli Yankees, vero?» disse Watts, come se stessero davanti alla tv del bar.

«Sì, e tu?»

«Il baseball mi serve solo per addormentarmi, a me piace il football».

«Pensa che io m'addormento con il football...»

«Ci avrei scommesso, a uno che mangia frutta non può piacere il football».

Parker stava caricando l'ennesimo sospiro quando da quella porta uscì Berkman.

«Occhio» disse Parker.

Watts alzò lo sguardo, quindi gettò subito la rivista sui sedili posteriori.

Berkman salì nuovamente sul suo pick-up e, dopo una breve retromarcia, ripartì nella direzione da cui era venuto. Watts mise in moto, ma accese i fari solo dopo che Berkman ebbe svoltato dietro la curva.

Dopo alcuni minuti di silenzio, fu Parker a prendere la parola.

«Ma non stiamo facendo la stessa strada di prima?»

«Così pare».

«Sta' a vedere che ha dimenticato qualcosa in ufficio e sta tornando a prenderlo».

Rimasero in silenzio per buona parte della strada, concentrati come se ci fosse stato qualche rischio di perdere la loro preda, visibilissima nelle strade deserte.

«Non so se è per il motivo che dici tu, ma che questo coglione stia tornando al cantiere mi pare sicuro, ormai. Siamo quasi arrivati» disse a un tratto Watts.

Quando videro il pick-up svoltare nella via che portava solo allo spiazzo antistante il cantiere, non ebbero più dubbi. A quel punto Watts, per non essere tradito dai fari, spense tutto e fece cenno al suo compagno di scendere; avrebbero proseguito a piedi.

Arrivarono rapidamente all'ingresso del piazzale e, sporgendosi dall'ultimo angolo, videro un capannello di gente, una ventina di uomini circa, fermi intorno al pick-up in attesa che Berkman riaprisse il cancello. Appena sciolta la catena, Berkman aprì con aria circospetta una sola anta, giusto lo spazio necessario per far passare, uno alla volta, gli uomini che lo stavano aspettando. Quindi tornò alla sua auto, la parcheggiò su un lato del piazzale ed entrò nel cantiere a piedi, richiudendosi il cancello alle spalle.

«Dimmi cosa stai pensando» disse Watts a Parker.

«Che la storia del divieto degli straordinari era una balla».

«Sì, ma non penso sia solo farina del sacco di Berkman».

«Cioè?»

«Dev'esserci qualcuno sopra di lui, a livello di dirigenza aziendale, che lo autorizza in via informale a fare gli straordinari notturni non previsti dal contratto».

«Per recuperare un ritardo di consegna?»

«Probabile, ed evitare così di dover pagare salatissime penali al Comune. Si saranno fatti due conti e avranno capito che gli costa meno pagare in nero una ventina di operai notturni piuttosto che sborsare le penali».

«Ma secondo te perché un'azienda inserisce in un appalto l'assenza di straordinari notturni?»

«Per poter fare il prezzo più basso dei concorrenti e vincere. Forse i dirigenti lo sapevano fin dall'inizio che sarebbe stato necessario organizzare questa roba di nascosto, o forse hanno semplicemente sbagliato i conti all'inizio e ora stanno cercando di rimediare. Tutto questo sempre che lì dentro Berkman e compari stiano realmente facendo i muratori e non altro».

«Altro?!»

«Sveglia Parker, per quel che ne sappiamo potrebbero anche averci messo una raffineria di droga là dentro».

Parker annuì, dandosi dello stupido per non esserci arrivato da solo.

«Entriamo?» chiese ansioso.

«Puoi giurarci, sono stufo di fare il guardone da fuori».

«Niente mandato?»

«Non ci serve. Durante un pedinamento regolarmente autorizzato abbiamo seguito Berkman all'interno del suo posto di lavoro, cosa che, vista l'ora, ci è sembrata quantomeno curiosa».

«Hai ragione».

«Certo che ho ragione, altrimenti perché cazzo ti avrebbe messo con me il tenente?»

Parker annuì sorridendo.

«Ora occhio, però, - disse Watts, tornando serio - entriamo dal cancello, visto che Berkman non l'ha richiuso con la catena. Poi una volta dentro ci dividiamo ma restando sempre in vista l'uno con l'altro. E, mi raccomando, facciamo attenzione. Non sappiamo cosa stanno combinando là dentro e potrebbe anche esserci gente armata. Tu che ci sei già stato, da che parte è l'ufficio di Berkman?»

«Dopo il cancello a destra, poi sempre dritto. Faccio strada io, comunque».

«Ok, io ti guardo le spalle».

«Se troviamo qualcosa che facciamo?»

«Nulla, stiamo entrando solo per vedere se troviamo qualche traccia che ci porti a Reilly. A meno che non stiano scannando qualcuno sotto i nostri occhi, ce ne restiamo buoni buoni a vedere e ascoltare».

«Tutto chiaro».

«Perfetto, andiamo».

Attraversarono il piazzale correndo, aprirono il cancello solo il minimo indispensabile per passare, quindi Parker si diresse per primo lungo la strada che conduceva all'ufficio di Berkman, illuminata da alcuni fari montati su piazzole provvisorie. I fari erano tutti alla loro destra, quindi Parker decise di passare da quel lato, sotto i fari, decisamente meno illuminato dell'altro. La loro avanzata proseguì molto lentamente a causa del gran numero di cavi a terra da scavalcare, ma si svolse nel più assoluto silenzio. Fu prima di giungere a una leggera curva a sinistra che i due detective cominciarono a sentire voci ben distinte e rumore di attrezzature in movimento. Parker raddoppiò le precauzioni a ogni passo, poi vide che dopo la curva le luci erano piazzate tutte sul lato opposto e, voltandosi, fece cenno a Watts che avrebbero dovuto attraversare.

Watts lo raggiunse in pochi passi.

«Perché?» sussurrò.

«I fari sono di là, se proseguiamo su questo lato saremo in piena luce dopo la curva».

«Ok, qui dovremmo essere ancora abbastanza lontani. Andiamo».

Watts partì per primo, correndo basso come gli avevano insegnato nei Marines, e Parker lo imitò subito dopo. Scivolarono silenziosamente oltre la curva passando dietro una ruspa parcheggiata, ma dopo pochi passi si accorsero che sarebbe stato impossibile proseguire senza essere visti. In quel settore, infatti, il cantiere era in piena attività e c'erano operai in continuo movimento su e giù per la strada, oltre a quelli sulle impalcature che avrebbero potuto vederli dall'alto. Ora potevano vedere chiaramente il container che ospitava l'ufficio di Berkman, ma raggiungerlo senza dare nell'occhio era fuori discussione.

Parker vide negli occhi di Watts i suoi stessi pensieri e fece cenno al compagno di tornare dietro la ruspa.

«Andare avanti è impossibile, Grady, o ce ne andiamo o ci facciamo riconoscere e proviamo a giocare a carte scoperte».

«Nessuna delle due. Rimaniamo qui e aspettiamo».

«Aspettiamo cosa?»

«Non lo so. Vediamo dov'è Berkman, vediamo che lavori fanno, vediamo a che ora finiscono».

«Ok... pazienza innanzitutto, giusto?»

«Bravo, giovane Parker, pazienza innanzitutto».

Si rannicchiarono dietro la ruspa, nascosti dietro le sue grandi ruote, con le orecchie pronte a cogliere qualsiasi rumore in avvicinamento o a sentire la voce di Berkman.

Trascorsero quasi tre ore in quella posizione, ascoltando solo normali rumori e conversazioni da cantiere, senza nessun riferimento a Steve Reilly. Per quattro volte riconobbero la voce di Berkman, impegnata a incitare al lavoro i suoi operai. Verso le undici, la udirono ancora, questa volta per annunciare la fine degli straordinari.

«Ragazzi, va bene, basta così per stasera. Venite a prendere i soldi, poi andatevene a casa a riposare un po', visto che domattina si ricomincia».

I rumori s'interruppero tutti di colpo. Parker si sporse leggermente dalla sua posizione e vide un capannello di uomini radunati intorno al container di Berkman. Tornò subito da Watts.

«Stanno ritirando la paga per stasera, ora passeranno di qua per tornare al cancello!»

«Non facciamo in tempo ad allontanarci, saremmo troppo allo scoperto. Infiliamoci sotto la ruspa; quelli sono stanchi morti, nessuno si prenderà la briga di guardare quì sotto. Aspettiamo che siano usciti tutti e poi troveremo un modo per andarcene».

Parker fece un cenno di assenso.

«E togliti questa cazzo di giacca, - proseguì Watts - altrimenti rischi che ti si impigli nella ruspa».

Parker ubbidì e prese posizione, subito imitato dal compagno.

Videro una quarantina di piedi avvicinarsi e sorpassarli. Parker notò che calzavano tutti scarponi da lavoro, nessun paio di mocassini come quelli indossati da Berkman. I passi si allontanarono sempre più fino a scomparire, dopo qualche secondo si spensero anche tutti i fari, lasciando i due detective nel buio più profondo. Parker decise che era il momento di scivolare cautamente fuori dalla pancia della ruspa e lo fece in pochi attimi; appena fu di nuovo in piedi, notò con sorpresa che nel container c'era ancora la luce accesa.

Aiutò Watts, più grosso e pesante, a uscire anche lui, quindi gli indicò la luce.

«Il topo è ancora nella tana» disse Watts.

«Che facciamo? Sempre del parere di ascoltare solamente?» gli chiese Parker con il sorriso di chi già conosceva la risposta.

«Ascoltare? Un cazzo! Ci avviciniamo in silenzio, e gli chiediamo gentilmente di fare due chiacchiere».

«Gentilmente, mi raccomando».

«Scherzi? Sai che sono la gentilezza in persona, no?»

Parker si avviò con passo cauto verso il container, subito seguito dal compagno. Arrivarono indisturbati e si chinarono sotto l'unica finestra della struttura; dall'interno proveniva, indubitabilmente, la voce di Berkman.

«Sì, proprio così... sì... domani fai come ti ho detto...»

Mancava la voce dell'interlocutore. Parker fece a Watts il segno della cornetta del telefono con il pollice e il mignolo della mano, e quello annuì.

«Brad, non ci sono problemi, è inutile che ti agiti tanto. Domani vai da quei rompipalle di poliziotti a firmargli il loro verbalino del cazzo, così li fai contenti, loro si gettano sulla pista della bella vedovella e tu gli fai vedere che non hai nulla da nascondere».

Silenzio.

«No, non ci arriveranno mai. Gli hai detto il nome, no?... Esatto, come avevamo concordato... avergli detto "Susan dell'East River" è come non avergli detto nulla... non ci arriveranno mai, ti dico. E poi figurati se gli sbirri hanno tanto tempo da perdere per un coglione irlandese morto...»

Parker spalancò gli occhi e si voltò verso il collega: aveva sentito anche lui, evidentemente, ma gli fece cenno di stare calmo e aspettare la conclusione della telefonata.

«Sì... ok... ci sentiamo domani quando torni dal distretto, così mi dici com'è andata... mi raccomando, chiamami qui al cantiere eh, non a casa... ok, ciao».

La telefonata era finita, e con ogni probabilità Berkman si stava apprestando a lasciare anche lui il cantiere. Si spense una luce all'interno, mentre fuori Watts si piazzava su un lato della piccola porta del container. Parker, intuite le intenzioni del compagno, gli andò dietro. Pochi attimi e si spense anche l'ultima luce, poi si aprì la porta. Berkman fece per allungare il piede verso il primo dei tre gradini, ma la porta, spinta in direzione contraria da una forza poderosa, gli tornò contro, ributtandolo all'interno.

Watts salì i tre gradini in un lampo e gli fu addosso prima che quello avesse il tempo di capire cosa gli fosse accaduto. Pur nel buio totale riuscì comunque a distinguere la massa del detective che lo bloccava senza lasciargli via di scampo, le sue mani che lo afferravano per la camicia e lo sollevavano di peso dal pavimento.

«Brutto pezzo di merda, adesso hai finito di raccontarci balle! - gli gridò in faccia Watts - Parker, trova la luce e accendila!»

Parker si mosse a tastoni verso la direzione in cui ricordava essere la scrivania di Berkman, la trovò e accese la lampada da tavolo.

«Ma che cazzo...»

«Jeffrey Berkman dei miei coglioni, stavolta siete finiti, tu e quell'altro stronzo del tuo compare».

Il capocantiere, tra la sorpresa, l'urto e la consapevolezza di essere nei guai, era senza parole. Gli occhi schizzavano da Watts a Parker e viceversa; a Parker fece quasi pena.

«E' inutile che ci guardi, è la lingua che devi usare, non gli occhi. Che fine ha fatto Steve Reilly?» gli urlò a un palmo dal naso.

«L'irlandese? E io che cazzo ne so?»

«Senti Berkman, forse non ti è chiara una cosa: nessuno sa che sei qui. Io posso spaccarti in due, osso per osso, e poi buttarti sotto la tua cazzo di tangenziale sud senza che nessuno possa aiutarti o possa risalire a noi due. E' tutta la sera che ti stiamo addosso, abbiamo visto che gli straordinari li fai fare eccome, e abbiamo sentito la tua telefonata a Eldred. Il suo turno verrà domani, il tuo è ORA! Che fine ha fatto Steve Reilly?»

«Non ho niente da dirvi, e voglio un avvocato! Voglio subito un avvocato!!»

Watts lo buttò sulla sedia più vicina, fece cenno a Parker di avvicinarsi e iniziò a frugare la scrivania.

Parker lo ammanettò dietro la schiena; pensò per un attimo di recitare al sospettato il Miranda, l'avviso che tutti i poliziotti dovevano far comprendere ai loro custoditi prima che avesse inizio qualsiasi forma d'interrogatorio, ma poi rinunciò. Non c'era nessun avvocato nei paraggi, e quel che aveva fatto Watts superava di gran lunga il consentito: in quella situazione il Miranda avrebbe avuto il valore di una barzelletta. Parker preferì andare al sodo; che almeno le pressioni del compagno portassero a qualcosa.

«Abbiamo sentito la sua telefonata, Berkman, e lei dava già per morto Steve Reilly. – disse Parker – Come fa a esserne certo? Cosa è successo a Reilly? Cos'avete da nascondere lei e Eldred, al punto da inventare la storiella della vedova amante?»

«Storiella? Che storiella? L'amante esiste davvero!»

«Che Reilly avesse un'amante è l'ultima cosa che ci interessa. Perché ha detto che è morto?»

«Ma che morto e morto… mi sarà sfuggito, così tanto per dire… manca ormai da diversi giorni, la sua morte mi pare l'ipotesi più credibile, ma solo un'ipotesi eh…»

Parker, nella sua testa, aveva fatto decine di ipotesi durante le tre ore di attesa dietro la ruspa, ma solo dopo aver origliato la telefonata di Berkman a Eldred i tasselli erano andati a posto.

«Allora gliela faccio io un'ipotesi… lei ha dato per morto Reilly perché sa cosa gli è successo, forse perché la morte è avvenuta proprio qui, in questo cantiere, durante gli straordinari notturni che lei fa fare ai suoi operai più fidati».

«Ma qui si lavora, non ci sono assassini!»

«Questo potrebbe anche essere vero. Diciamo che sabato sera Reilly cade da un ponteggio; magari la stanchezza, la fretta di finire… senza l'aiuto di nessuno, cade e muore… forse solo lei e Eldred vi accorgete dell'accaduto, o forse costringete al silenzio gli altri operai ricattandoli con la perdita del lavoro. Lei e Eldred sapete bene che, chiamando subito la polizia e un'ambulanza, come avreste dovuto fare, i lavori serali fuori contratto verrebbero inevitabilmente fuori e con essi una montagna di guai, guai per voi due e magari anche per la Building Proof, che ve li ha ufficiosamente autorizzati per non incorrere nelle penali per i ritardi».

«Ma lei è pazzo!! Voglio un avvocato!!»

«Aspetti, aspetti Berkman, non inizi a strillare, non è finita. Lei e il suo compare vi fate scudo del registro delle presenze perfettamente a posto e, prevedendo l'ipotesi di una nostra visita, ci indirizzate prima su quel povero diavolo di Shorty, che però non vede Reilly da venti giorni perché non ha uno straccio di lavoro, e poi sulla vera o presunta vedova, facendola sembrare una banale storia di corna e di abbandono del tetto coniugale».

«Vi dico che non lo so dov'è finito Reilly! Magari la moglie ha scoperto che aveva un'amante e gli ha fatto la pelle!»

«No, non credo proprio. I movimenti di Reilly, che non ha la macchina, non tornano e poi il suo socio non ha proprio la stoffa dell'attore; è qui che è debole la sua storia, Berkman. Collabori, Berkman, collabori, perché quando domani questa storia salterà fuori, lei verrà scaricato dalla sua ditta e, probabilmente, anche dal suo amico, che cercherà di addossarle tutte le colpe. Collabori e ci dica come sono andate le cose…»

«Io non ho proprio niente da dirvi e voglio un avvocato, capito? Conosco i miei diritti!» gridò Berkman.

Parker si sentì toccare la spalla dal collega.

«Scostati» gli disse Watts, che ora aveva nella mano destra, arrotolato, l'elenco telefonico della città.

«Lo sai cos'è questo?» chiese a Berkman, brandendo il grosso tubo di carta.

Non ottenne risposta, ma gli occhi del capocantiere tornarono a spalancarsi dal terrore.

«Lo sai cos'è questo??? E' il tuo avvocato, pezzo di merda!» gridò Watts, assestando un violento colpo sul fianco sinistro di Berkman, che si piegò in due dal dolore. Parker, sorpreso, fissava impietrito la scena.

«Non volevi il tuo avvocato? Sai quanti ce ne sono qui dentro? Prendili tutti, bastardo!» e giù un altro colpo sull'altro lato del costato. Berkman rotolò giù dalla sedia e cadde bocconi sul pavimento.

«Grady! Ma che cazzo fai?! Fermati! Basta!»

Watts si chinò su Berkman, e prese a sussurrargli.

«Ti consiglio di rispondere alle domande del mio amico, e di rispondergli con la verità… ho tutta la notte per andare avanti così, e con l'elenco del telefono non lascio tracce. Collabora e te la cavi con poco; prova a rifilarci balle e, parola mia, ti riempio di botte e ti butto vivo nella betoniera».

Poi, rivolto a Parker. «E' tutto tuo».

Berkman sollevò la testa.

«Che volete sapere?»

«Che è successo a Reilly?»

Silenzio.

«Allora? Che fine ha fatto Steve Reilly?» gridò Parker dritto in un orecchio di Berkman.

Ancora silenzio. Watts fece qualche passo in avvicinamento, poi Berkman parlò.

«Non ha visto una trave in movimento... l'ha presa addosso, s'è sbilanciato ed è caduto su uno spuntone d'acciaio, infilzandosi il petto».

«Questo accadeva sabato notte?»

Berkman annuì.

«Nessuno degli altri operai si è accorto di nulla?»

«No, stava lavorando insieme a Brad, che è corso qui a chiamarmi».

«Del corpo che ne avete fatto?»

«Abbiamo mandato via tutti, poi abbiamo visto che non c'era niente da fare, lo abbiamo calato in un pilone ancora vuoto e l'abbiamo riempito di cemento».

L'ufficio divenne improvvisamente silenzioso come tutto il resto del cantiere.

«Poi Brad ha avuto una specie di crisi di nervi... mi ha detto di non avere il coraggio di ripresentarsi lunedì mattina al cantiere come se niente fosse, e così gli ho dato una settimana di ferie. Lunedì è venuta la moglie di Reilly, poi è venuto lei con l'altro suo collega, quello negro... avevo sistemato tutto, mi aspettavo che veniste a chiedermi conto dell'irlandese».

«E pensava di depistarci con Shorty?»

«Il polacco non è uno facile da trovare, è sempre in giro, non ha nemmeno una casa fissa, che io sappia».

«In compenso ci sa fare con gli affitti... - mormorò Parker, strappando un sorriso a Watts – continuì».

«Pensavo che non riuscendo a trovarlo subito avreste mollato il caso. Ho sentito dire che ogni anno centinaia di persone scompaiono nel nulla senza lasciare traccia... Reilly sarebbe stato solo uno in più nell'elenco, sarebbe rimasto un fantasma».

«E la storia della vedova?»

«Non è una storia, vi dico che esiste veramente. L'irlandese se la faceva con lei già da un po' di mesi; con la moglie usava la scusa di dover lavorare con Shorty dopo il cantiere».

«La stessa scusa che usava per venire a fare gli straordinari qui?»

«Sì».

«Ma Reilly non tornava a casa a cena come ha fatto lei

oggi...»

«No, qualche volta ne approfittava per vedersi un paio d'ore con la vedova, altre andava a dormire un po' sugli autobus».

«Cioè?»

«Prendeva un autobus qua vicino, faceva un paio di volte tutto il tragitto dormendo e poi scendeva di nuovo alla stessa fermata».

«E poi la sera? Come ci tornava a casa?»

«Sempre con l'autobus, così ne approfittava per dormire un altro po'. Diceva sempre che a casa sua c'era troppo casino, con tutti quei bambini».

«Come si chiama questa vedova?»

«Susan».

«Sì, questo lo sappiamo, Susan dell'East River, l'ha detto anche a Eldred al telefono, prima. Vogliamo sapere il resto: cognome e indirizzo».

«Non li so. Quello che sappiamo di lei è solo quello che ci raccontava Reilly».

«L'ha vista qualche volta quando veniva a prendere Reilly?

«Sì».

«Saprebbe descrivercela?»

«Vagamente, ero sempre piuttosto lontano e lei sempre seduta in macchina... ha i capelli rossi, mi pare. E molte lentiggini sulle braccia».

Parker fece un sospiro, guardò Watts, che annuì.

«Venga Berkman, si alzi e ci faccia vedere dove avete sepolto Reilly».

I detective presero due torce dall'ufficio e uscirono, tenendo in mezzo a loro lo smarrito capocantiere, ammanettato dietro la schiena.

«Senta Berkman, - chiese Parker mentre camminavano – come mai vi siete sentiti così spesso con Eldred in questi giorni?» Berkman lo fissò un istante, capendo che i poliziotti avevano anche i tabulati delle loro telefonate.

«Ve l'ho detto, Brad era andato fuori di testa. Erano più o meno tutte telefonate come quelle di stasera, per rassicurarlo».

«E perché Eldred poteva chiamarla solo qui e non a casa?»

«A casa c'è mia moglie e... lei ha già avuto un infarto due

anni fa… non volevo che mi sentisse fare discorsi strani. A proposito… se potessi passare a salutarla stasera…»

«E' fuori discussione, Berkman, mi spiace. – rispose Parker, gelido - Quando avremo finito qui, lei verrà con noi al distretto, dove resterà rinchiuso finché il sostituto procuratore non avrà deciso cosa fare di lei».

«Quanto mi daranno?»

«Non siamo i giudici, signor Berkman, possiamo solo garantirle che nei nostri rapporti riporteremo la sua confessione. Ma i capi d'imputazione a suo carico sono piuttosto gravi, non stiamo parlando di un divieto di sosta».

«Ma non l'ho mica ammazzato io l'irlandese... era già morto quando siamo arrivati».

«Questo lo stabilirà il medico legale, e in ogni caso c'è l'occultamento di cadavere e l'ostacolo alle indagini sulla scomparsa di Reilly. Se aveste denunciato subito l'incidente le cose sarebbero state ben diverse».

Berkman annuì e dopo pochi passi indicò con la testa un punto davanti a loro.

«E' quello lì».

Watts si avvicinò al pilone indicato, uguale a tanti altri intorno a loro.

«Questo?»

«Sì, è quello».

Watts raccolse da terra una matassa di filo elettrico rosso, la avvolse attorno al pilone e ne fermò le estremità con un doppio nodo.

«Così non rischieremo di sbagliarci quando torneremo con la Scientifica».

«Ok, torniamo indietro, dobbiamo chiamare i rinforzi e il procuratore, qui c'è da mettere tutto sotto sequestro» disse Parker.

Di nuovo in ufficio, Watts ammanettò Berkman con una sola mano alla sedia mentre chiamava il distretto e il tribunale. Parker, nel frattempo, tornò a riprendere la loro auto e la condusse davanti al container.

«Ah, Berkman… - disse Watts al suo prigioniero mentre erano soli – non abbiamo ancora parlato degli straordinari notturni… erano un'idea tua o agivi su ordine della Building

Proof?»

Berkman sorrise per la prima volta quella sera.

«Secondo lei? Gli operai li pagavo con i soldi miei?»

«Benissimo, non occorre che mi dici altro, per il momento».

Alzò nuovamente il telefono e compose un numero che ben conosceva.

«Undicesimo distretto».

«Clayton, sono ancora Watts». Ruben Clayton era il sergente di servizio che solitamente sostituiva MacGovern durante il turno di notte.

«Dimenticato qualcosa?»

«Sì, dovresti rintracciare l'ispettore Mike Alexander, dell'Ispettorato Centrale del Lavoro».

«A quest'ora?»

«Sì, a quest'ora. Digli che chiami da parte mia e che deve venire subito qui al cantiere della tangenziale sud, è una cosa grossa che lo riguarda».

«Va bene, ok, ci penso io».

«Grazie Clayton, ciao».

«Ciao».

Dopo aver messo giù, notò che Berkman lo stava fissando.

«Beh? Che cazzo vuoi?»

«Mi avrebbe picchiato davvero con quell'elenco?»

La bocca di Watts si contorse in un ghigno.

«Sarei andato avanti fino all'alba, se necessario. Faccio il poliziotto da troppo tempo per avere ancora pietà della gente come te».

Giovedì 2 settembre 1971

Com'era prevedibile, il disbrigo di tutte le formalità al cantiere richiese buona parte della notte. Berkman venne sottoposto a un nuovo interrogatorio formale e arrestato; poi venne effettuato un approfondito sopralluogo attorno al pilone in cui sarebbe dovuto essere il cadavere di Steve Reilly. L'agente della Scientifica intervenuto sul luogo in via preliminare prese nota di tutto, scattò delle foto e redasse un primo verbale; i suoi colleghi sarebbero intervenuti la mattina seguente per rompere, con le dovute cautele, il pilone ed estrarre il corpo di Reilly. In attesa di questa operazione, l'intero cantiere venne posto sotto sequestro, al cancello furono apposti i sigilli della polizia e una volante venne lasciata di guardia sul piazzale antistante, in attesa dell'arrivo degli operai il mattino seguente, per provare a spiegar loro perché erano rimasti improvvisamente senza lavoro. Durante la notte giunsero anche dei giornalisti, avvertiti da chissà chi, cui i detective decisero di non rispondere; c'erano ancora dei sospettati a piede libero, e nessuno voleva che sapessero dalla radio che la polizia stava salendo le scale delle loro case per andarli a prendere. Il procuratore concesse a Mike Alexander i mandati d'arresto per i vertici della Building Proof, visto che i loro reati erano confinati alla legislazione sul lavoro, e quelli di comparizione per tutti gli operai che svolgevano abitualmente gli straordinari notturni. Brad Eldred, invece, essendo accusato di omissione di soccorso, occultamento di cadavere, falsa testimonianza e intralcio alle indagini, era ancora di competenza dell'Undicesimo Distretto, con grande gioia di Parker e Watts.

«Mandiamo qualcun'altro? Vuoi dormire qualche ora prima di riprendere servizio?» chiese provocatoriamente Watts al compagno, ma quello in risposta gli lanciò le chiavi della macchina.

«Guida tu, la strada per la casa di Eldred la sai...».

«Ma strada facendo due minuti per un caffè e qualcosa da mangiare me li concedi, irrefrenabile giovanotto?»

«Sì, te li concedo, collega anziano».

Watts sorrise e mise in moto.

«Quando parti sei peggio di un treno, eh?»

«Tu invece scherzi, vero? Quelle due legnate che hai mollato a Berkman con l'elenco telefonico erano uno scherzo, giusto?»

«Se proprio devi farmi il pistolotto moralista, ti chiedo solo di rimandarlo a domattina».

«No, nessun pistolotto, tranquillo».

Watts lo guardò sorpreso.

«Ehi! Questa sì che è una sorpresa!»

«Io non avrei avuto il coraggio di farlo, ma devo ammettere che senza quella forzatura non ne saremmo mai venuti a capo».

«Già... probabilmente saremmo ancora chiusi dentro quel container del cazzo a sentire quello stronzo che strilla per avere un avvocato».

Parker si riempì i polmoni dell'aria fresca della notte che entrava dal finestrino.

«Capita spesso?»

«Cosa?»

«Di dover ricorrere a una cosa come quella?»

Watts si prese qualche secondo per riflettere.

«No, spesso no. Sono stronzate che non puoi fare negli interrogatori al distretto, né se ci sono altri testimoni, né sulle donne... e comunque ne vale la pena solo se sei a caccia di un grosso bastardo come quello lì. Per i ladri di banane io non corro il rischio di farmi togliere il distintivo».

«Saresti davvero andato avanti se quello non fosse crollato?»

«Ora basta con questi discorsi, lì c'è un drugstore notturno. Andiamo, ho una fame da lupo».

Parcheggiarono davanti alla casa di Brad Eldred con l'orologio che segnava le cinque del mattino. La strada doveva ancora svegliarsi, così i colpi robusti di Parker alla porta della casa risuonarono come cannonate per tutto l'isolato. Com'era prevedibile, dovettero insistere diverse volte prima che qualcuno venisse loro ad aprire.

«Ma che cazzo volete a quest'ora?» esordì Eldred non appena li ebbe riconosciuti.

«Lei è in arresto, signor Eldred; questo è il mandato firmato dal procuratore. - gli porse il foglio e iniziò la litania del Miranda - Ha il diritto di rimanere in silenzio, ma da questo momento qualsiasi cosa dica potrà e sarà usata contro di lei in tribunale. Durante l'interrogatorio cui verrà sottoposto al nostro distretto avrà diritto alla presenza di un avvocato. Se non può permettersene uno, o se non riesce a contattare il suo, la procura gliene assegnerà uno d'ufficio. Ha capito tutto quello che le ho detto?»

Eldred, sconvolto, lesse velocemente il mandato, poi rimase a fissare inebetito i due detective.

«Signor Eldred, ha capito quello che le ho appena detto? Sono i suoi diritti, li ha compresi?» insistette Parker.

Quello annuì distrattamente.

«E ora?»

«Le possiamo concedere due minuti per vestirsi, poi dovrà seguirci al distretto».

«Solo due minuti?»

«Cos'è? Deve ancora finire di potare la siepe?» gli rispose sarcasticamente Watts.

«D'accordo, due minuti».

Parker guardò Watts, che intuì le sue intenzioni e gli fece un lieve cenno d'assenso con il capo.

«La seguo» disse Parker.

Eldred non rispose neppure ora, si era già voltato per rientrare in casa. Parker lo seguì su per le scale, lo vide parlottare sottovoce con la moglie che lo attendeva allarmata nel letto e rimase rispettosamente sul pianerottolo. Rialzatosi dal bordo del letto, Eldred afferrò dei vestiti da una sedia e passò davanti a Parker, diretto al piccolo bagno che si apriva di fronte.

«Il tempo di vestirmi...».

«Si sbrighi, e non chiuda a chiave la porta» gli rispose Parker. La porta venne solamente accostata, si sentì lo sciacquone, poi venne aperto un rubinetto. Parker si voltò a osservare la moglie di Eldred, singhiozzante con il volto tra le mani, tra le lenzuola. Aveva i capelli in gran parte bianchi, con ancora qualche filo biondo nel mezzo, avvolti in una retina per la notte, come faceva anche sua madre.

All'improvviso un forte rumore di vetri infranti lo fece voltare di colpo; Parker spalancò la porta del bagno, Eldred era scomparso, la finestra era aperta ma integra, non erano quelli i vetri che aveva sentito rompersi.

«Parker! Parker!» gridò Watts dal giardino.

Parker si affacciò dalla finestra e vide il corpo riverso di Eldred incastrato tra le lamiere e i vetri della sua auto, parcheggiata nel vialetto che costeggiava quel lato della casa. Tornò precipitosamente di sotto e trovò Watts accanto all'auto, che come lo vide scosse la testa.

«E' venuto giù come un sasso... ha sfondato perfino il tetto della macchina, porca puttana».

Parker osservò in silenzio il corpo senza vita di un uomo con cui aveva parlato fino a un minuto prima. Alcune parti dei montanti dell'auto avevano passato da parte a parte il corpo di Eldred, i vetri esplosi sotto il peso del suo corpo erano sparsi tutt'intorno, il suo sangue stava colando copiosamente dentro l'abitacolo.

«Era entrato in bagno per vestirsi... io... è stato un attimo» disse Parker, quasi balbettando.

«Ha ancora addosso il pigiama, non aveva nessuna intenzione di cambiarsi. Non preoccuparti, succede» disse Watts, facendo appello a tutto il suo cinismo.

Sentirono delle grida isteriche, era la moglie di Eldred che, attirata dal trambusto, si era affacciata anche lei dal bagno.

«Corri su e bloccala. - ordinò Watts - Ci penso io a chiamare il distretto».

Quando Watts e Parker rimisero piede nella sala della Squadra Investigativa erano ormai quasi le otto e mezzo. Evidentemente le voci sugli avvenimenti della nottata avevano già fatto strada, visti gli sguardi dei colleghi che accompagnarono il loro ingresso. Parker notò la presenza di Sanchez, fuori orario rispetto al suo turno, impegnato in una telefonata piuttosto agitata mentre Zampisi e Ross lo ascoltavano interessati, ma subito dopo si trovò davanti il tenente Braxton.

«Abbiamo avuto una nottataccia, tenente» disse Watts.

«So tutto, Grady, ma voglio risentirlo dalle vostre voci, in attesa dei rapporti. Ora però andate di sotto a farvi un paio d'ore di sonno e a darvi una ripulita, siete due stracci. Vi faccio chiamare appena è pronta la squadra della Scientifica per andare ad aprire quel pilone».

«Grazie tenente... ne abbiamo bisogno».

«Ok, a dopo».

«Grady, io faccio una telefonata a casa e arrivo» disse Parker al collega, quando il tenente si fu allontanato.

«Ok, ci vediamo di sotto».

Parker si lasciò cadere sulla sua sedia, alzò il telefono e compose il numero di casa sua.

«Pronto» disse la madre.

"Finalmente il calore di una voce familiare" pensò Parker.

«Mamma, sono io».

«Noah! Oddio, quanto mi hai fatto stare in pensiero! Io e Mary siamo sveglie dall'alba in attesa che telefonassi! Che è successo? Stai bene?»

«Sì mamma, sto bene, stai tranquilla. Scusa se ti ho fatta stare in pensiero, ma abbiamo fatto un appostamento e non potevo chiamarti. E' stata una cosa lunga, sono tornato ora in ufficio, mi faccio una doccia, dormo un paio d'ore su una brandina e ricomincio il turno».

«Ma... non ripassi da casa? Non ti metti un vestito pulito?»

«No, mamma, mi rimetto quello che ho. Per un giorno non succederà nulla».

«Ma finirai per puzzare!»

«Pazienza, non credo che i delinquenti se ne avranno a male. - disse ridendo - Ora vado a riposarmi un po', mamma, ci vediamo stasera. Saluta la zia Mary».

«Va bene, a stasera, ciao».

«Ciao».

Parker non avrebbe mai pensato di provare tanto sollievo da una doccia quasi fredda fatta nello spogliatoio maschile, piccolo e piuttosto sporco, dell'Undicesimo, ma dovette ricredersi. Si avvolse nell'asciugamani che gli aveva gentilmente concesso il sergente Mac e raggiunse Watts in una delle celle vuote. Erano tutte vuote, a dire il vero, eccezion fatta per quella occupata da Berkman. Si sdraiò su una panca accanto al suo collega già addormentato e crollò anche lui in pochi secondi.

Quando Parker venne svegliato, circa due ore dopo, si trovò davanti agli occhi i capelli rossi del sergente Mac.

«Sveglia giovanotto, sveglia!»

«Uh... sergente, che succede?»

«Succede che è ora di alzarsi, hai visite».

«Visite?»

«Sì, una sventola ti sta aspettando fuori sul pianerottolo, non farla aspettare».

«Una sventola?! Mac ma... sei sicuro? Guarda che se mi hai svegliato per uno scherzo...»

«Nessuno scherzo, in piedi. E poi Watts è già di sopra che sbraita, non vorrai mica dargliela vinta no?»

«Un attimo, mi devo rivestire».

«Non disturbarti, penso che tu possa andarci anche con l'asciugamani» disse il sergente ridendo.

Fu con sua enorme sorpresa che Parker si trovò davanti zia Mary. Sembrava una turista perduta nella grande città tentacolare, ma con un abito a fiori, grandi occhiali da sole bianchi e scarpe ugualmente bianche con tacco piuttosto alto, dimostrava effettivamente almeno dieci anni meno. Magari la definizione di "sventola" usata dal sergente Mac era un po' esagerata, ma nel complesso Parker dovette ammettere che la zia Mary sapeva sorprendentemente emanare un certo fascino. In una mano teneva un abito da uomo, perfettamente appeso a una stampella, nell'altra un sacchetto di carta che aveva tutta l'aria di contenere vettovaglie.

«Zia! Ma che ci fai qui?»

«Pensavi forse che tua madre ti avrebbe lasciato indossare per due giorni gli stessi vestiti sporchi e sudati?»

«Siete venute tutte e due?»

«No, lei non se la sentiva di fare tutto il viaggio in metro con questo caldo, e così sono venuta io».

«Quello è per me?»

«Certo, un vestito pulito e la camicia, e dammi quello di ieri che lo riporto a casa».

«Ok, un minuto e sono pronto».

Parker tolse la stampella dalla mano di sua zia e tornò nella cella a cambiarsi, poi risalirono insieme le scale del distretto.

«Zia... volevo ringraziarti... sei stata gentilissima a venire fin qui e... mi dispiace che la mamma ti abbia costretto a fare questo viaggio».

«Ehi, tua madre non mi ha costretto a fare proprio un bel nulla! Sono o non sono la tua zietta?»

Quando furono al piano stradale, vicini al bancone del sergente Mac troneggiante di fronte al portone d'ingresso, la zia si ricordò anche del pacchetto di carta.

«Ah, anche questo è per te! - guardò il sergente sorridendo - Per te e per i tuoi colleghi, naturalmente...»

«Che altro hai portato?» disse Parker aprendo il sacchetto.

«Ciambelle... anche se ormai saranno fredde».

«Non importa, signora, vanno benissimo lo stesso! E' il pensiero che conta, no?» disse il sergente, che nel frattempo si era avvicinato e stava infilando una mano tra le ciambelle.

Parker gli allontanò il sacchetto, lasciandolo con la mano a mezz'aria.

«Grazie zia, sei stata un angelo, davvero. E ringrazia ancora la mamma, ma non era proprio necessario che facessi tutta questa strada».

«Non preoccuparti, nipotone. Ora però offri le ciambelle, capito?»

Zia Mary lo baciò sulla guancia, fece un cenno di saluto al sergente e uscì, svolazzante così com'era arrivata.

«Hai sentito tua zia? Ha detto di offrire!»

«Maledetto squalo irlandese» lo apostrofò Parker, porgendogli il sacchetto.

Parker riuscì a mangiare solo una della dozzina di ciambelle che zia Mary gli aveva portato fin lì. La sua scorta, infatti, non riuscì a sopravvivere allo spietato assalto contemporaneo di Mac, Watts, Jackson, Ross, Sprewell e Sanchez, che le arraffarono senza pietà; gli unici a rifiutarle furono il tenente Braxton, impegnato in una telefonata, e Zampisi, che le guardò con aria schifata e gli restituì il pacchetto tenendolo con la punta di due dita, come fosse stato esplosivo.

«Uhm, bel vestito niño... - disse Sanchez quando Parker si avvicinò alla sua scrivania - Era in regalo con le ciambelle?»

«Sì, era ripiegato nel sacchetto...»

«Beh? Non volete sapere le novità?»

«Ce ne sono?»

«Sì, Los Fantasmas non sono stati a guardare nemmeno stanotte».

Parker e Watts si accomodarono sugli spigoli della scrivania di Sanchez, visto che le due sedie erano già occupate da Ross e Zampisi.

«Visto che stanotte eri a spasso con Watts, ho dovuto svegliare loro due» disse Sanchez, indicando i due colleghi.

«Addirittura due?» disse sorpreso Parker.

«Beh, due... una e mezzo!» s'inserì Watts, dando una pacca sulla spalla a Ross, che ricambiò spostandogli bruscamente la mano lontano da sé.

«Stanotte i barboni morti sono stati sei, ecco perché li ho tirati giù dal letto tutti e due».

Ci fu qualche secondo di silenzio. Era un numero che né Parker né Watts si aspettavano.

«Cazzo, sei...» mormorò Watts, pensieroso.

«Tutti con lo stesso metodo?»

Sanchez annuì.

«Ammazzati di botte a calci e pugni, niente armi».

«Tutti nel Barrio?»

«No; tre da noi, due sotto il Washington Bridge e il sesto... - Sanchez sfogliò rapidamente i rapporti che aveva sotto le mani - ...il sesto ce lo ha segnalato la Stradale sotto un cavalcavia della statale 289».

«Quella che porta agli slum» aggiunse Ross.

«Lo sappiamo» ribatté subito Watts, acido.

«Si sono allontanati abbastanza dalla loro zona» disse Parker.

«Sì, probabilmente perché hanno una certa fretta di aumentare la loro manovalanza».

«Ne hai già parlato col tenente?»

«Sì, sa tutto».

«E che ne dice?»

«Dice che è ora di muoversi, ma di una retata negli slum non ne vuol sentire parlare. Non potremmo farla da soli e non può chiedere i reparti speciali alla Centrale solo sulla base di qualche barbone morto».

«Sui giornali è già uscito qualcosa?»

«Sì, ma siamo ancora alle supposizioni... pensano sia un serial killer, e noi non lo smentiamo, naturalmente. Anche i Fantasmas leggono i giornali, e meno si sentono osservati meno precauzioni prenderanno in futuro».

«Quindi? Che facciamo?»

«Ci ho riflettuto un po', anche con loro due; pensiamo che l'unica soluzione possibile sia tendergli una trappola».

«Con qualcuno dei nostri travestito da barbone?»

«Esattamente».

«Potrebbe anche funzionare».

«Sì. Possiamo gestirla noi, e se funziona catturiamo qualcuno dei loro. Naturalmente ci interessano solo marginalmente i nuovi adepti, quelli non hanno quasi niente da dirci sull'organizzazione; dobbiamo puntare a prendere i controllori, gli affiliati che sono lì per controllare che l'allievo superi la prova».

«Il tenente ha detto sì?»

«Se trovo gli uomini necessari alla copertura possiamo iniziare stanotte stessa».

«Bene. Allora siamo noi cinque?»

«Sì, ma nessuno di noi mi pare che possa trasformarsi in un barbone in dodici ore. Tu e Ross siete troppo giovani, Zampisi è una donna, io e Watts siamo troppo conosciuti in quegli ambienti. Ci manca l'attore protagonista».

«Jackson» disse Watts di getto.

«Ecco, il solito razzista del cazzo» commentò subito Ross. «Rifletti prima di dire cazzate, stronzo».

«Ehi, ehi! Perché non vi date una calmata? - intervenne Zampisi - Hai detto Jackson solo perché è nero?»

«Proprio per quello, ma non è questione di razzismo. Non è colpa mia se il 90% dei barboni di questa fottuta città ha la pelle nera. Lui potrebbe passare per barbone anche senza lasciarsi crescere la barba; gli mettiamo quattro stracci addosso, gli versiamo un po' di vino sui vestiti per farlo puzzare e ci siamo».

«Ok, parliamoci subito, così me ne vado a dormire» sentenziò Sanchez.

«L'ho visto uscire poco fa con Schuster» disse Zampisi, indicando le loro scrivanie vuote.

«Cazzo!» disse Sanchez stizzito, vedendo allontanarsi la so-spirata fine del suo turno, iniziato a mezzanotte.

«Parker! Parker!» gridò in quel momento un agente della Scientifica fermo all'ingresso della sala.

«Sì, sono io, - rispose il diretto interessato scattando in piedi - che succede?»

«Noi stiamo partendo per quel cantiere che avete seque-strato tu e Watts, muovetevi».

Parker guardò il collega.

«Vai tu, - gli disse Watts - è inutile stare lì in due. Io inizio a scrivere i rapporti di stanotte e quando arriva Jackson gli parlo del nostro piano insieme a Sanchez».

«Ok, ti faccio sapere cosa trovano in quel pilone».

«Ok, ciao».

«Ciao».

Tornare davanti al pilone segnato durante la notte diede una strana sensazione a Parker. Improvvisamente tutti gli acca-dimenti notturni, la confessione e l'arresto di Berkman, gli sembravano impossibili, ma così non era. Davanti al can-tiere c'erano stati alcuni inevitabili problemi con gli operai al momento del loro arrivo; trovare il cancello sbarrato, una pattuglia della polizia di traverso e il proprio lavoro sotto sequestro non doveva essere facile per nessuno, ma alla fine le proteste si erano placate e i lavoratori erano tornati a casa. Parker si avvicinò ai due colleghi di guardia, mostrò il di-stintivo e indicò anche il furgoncino che lo seguiva.

«Anche loro sono colleghi, è la squadra della Scientifica».

Entrarono e arrivarono con le auto fin quasi al pilone indi-cato da Berkman come la tomba di Steve Reilly.

«E' questo?» chiese il sergente a capo della squadra.

Parker annuì.

«Mi raccomando, fate piano; se veramente c'è un corpo den-tro, dobbiamo poterlo riconoscere».

«Non preoccuparti, conosciamo il nostro mestiere».

Parker li osservò con attenzione, e dovette ammettere che il capo sembrava davvero sapere il fatto suo. Diede degli or-dini immediati e precisi ai tre uomini che erano con lui, e quelli piazzarono delle piccole cariche esplosive a metà dell'altezza del pilone.

Dopo pochi minuti ci fu una piccola esplosione controllata. Non appena il fumo e la polvere si furono dissolti, gli uomini della Scientifica si avvicinarono con dei piccoli picconi, con cui iniziarono a rimuovere i pezzi di cemento frammentati dall'esplosivo.

Il caposquadra stava già per predisporre la preparazione di altre cariche quando uno dei suoi uomini iniziò a gridare.

«Sergente! Sergente! C'è qualcosa qui!»

Parker scattò su dal cofano della sua auto su cui era seduto e si avvicinò a ciò che rimaneva del pilone; si vedevano le punte di tre dita.

Il caposquadra riprese a togliere pezzi di cemento, adesso con ancor maggior cautela che in precedenza, e lentamente venne fuori un uomo, con le mani legate e le braccia tese sopra la testa. Il torace presentava delle profonde ferite; tutto sembrava combaciare con la confessione di Berkman. Parker tirò fuori dalla tasca interna della giacca la foto di Reilly datagli dalla moglie al momento della denuncia. Pur con tutta la polvere di cemento sul volto, Parker avrebbe scommesso sull'identità del cadavere.

«Quanto vi ci vorrà per tirarlo fuori completamente?»

«Una mezz'ora».

«Ok, andate avanti, io avviso il distretto».

Parker rientrò in macchina e afferrò la radio.

«Auto undici sette a capo undici, auto undici sette a capo undici, rispondete capo undici».

«Qui capo undici, avanti undici sette».

«Sono il detective Parker, devo parlare con Watts, dovrebbe essere lì in ufficio, passo».

«Attendi Parker».

Dopo qualche istante il piccolo altoparlante dell'auto restituì la voce di Watts.

«Giovane Parker, come va la speleologia?»

«Bene, purtroppo».

Watts colse la battuta.

«Avete trovato l'irlandese?»

«Pare proprio di sì».

«Sicuro?»

«Non del tutto, ma sembra proprio lui. Anche le ferite sembrano confermare quello che ci ha detto Berkman. Ha le mani legate e le braccia in alto, sopra la testa».

«Come uno che è stato calato lì dentro...»

«Esatto».

«Tra quanto finite?»

«Mezz'ora circa. Poi devo andare con loro all'obitorio?»

«No, non serve. Fatti dire quando il cadavere sarà pronto per il riconoscimento e poi vai dalla moglie ad avvisarla».

«Uh, ok...»

«Ci sono problemi?»

«No, nessun problema...»

«Ah, bene, mi pareva. Allora fai così, ci rivediamo qui in ufficio».

«Ok, a dopo, ciao».

«Ciao, passo e chiudo».

Parker tornò a osservare le operazioni di liberazione del corpo dal suo sarcofago di cemento. Mentre guardava lavorare i suoi colleghi della Scientifica, Parker iniziò a pregare silenziosamente di essersi sbagliato, pregò che quel cadavere non fosse quello di Steve Reilly. Gli sarebbe pesato enormemente dover andare dalla moglie a darle la notizia, condurla all'obitorio per il riconoscimento; Parker pensò che questa cosa avrebbe dovuto farla Watts. Il suo cinismo sarebbe stato perfetto per una missione del genere; Parker si era già visto volare un sospettato giù dalla finestra, quel giorno, e ora era lì, a guardare tre uomini intenti a sfilare un cadavere da un pilone... per una sola giornata di lavoro potevano bastare, no? Invece no, tra poco gli sarebbe toccata anche Dora Raidero, imminente vedova Reilly.

Terminate le operazioni della Scientifica al cantiere, Parker tornò alla guida della sua auto, diretto verso la casa della famiglia Reilly, 21 Baker Street, a quattro isolati dall'Undicesimo Distretto.

Salì le scale esterne del caseggiato con passo pesante, ogni gradino gli sembrava una montagna, mentre un mal di testa feroce si stava impossessando di lui. L'ascensore aveva tutta l'aria di non essere un monumento d'affidabilità, così Parker scelse le scale: quattro piani non erano granché, in fondo, ma arrivò comunque con un po' di fiatone.

"E' da troppo tempo che non nuoto un po'" pensò Parker, mentre bussava.

Non ottenne nessuna risposta.

Insistette, ora con maggior forza, ma ancora una volta nessuno gli rispose. Il detective rimase qualche secondo a fissare la porta chiusa davanti a sé, come inebetito. Il caldo, le scale e la giacca lo stavano facendo sudare copiosamente, e il mal di testa per la mancanza di sonno era diventato insopportabile.

Si ricordò della vicina di casa, la signora Russell, quella con il telefono, e andò a bussare alla porta dall'altro lato del pianerottolo.

Una donna con i capelli quasi completamente bianchi gli aprì subito. Parker aveva già il distintivo in mano ma prima che potesse dire qualsiasi cosa, quella si portò le mani alla bocca e iniziò a gridare.

«Dora! Dora! Vieni, sbrigati! Vieni!! C'è la polizia! Scommetto che ci sono buone notizie!»

Dal corridoio alle spalle della donna, vide arrivare di corsa Dora Raidero in Reilly. Aveva gli occhi illuminati dalla speranza e un bel sorriso sulle labbra. Parker sapeva che le sue parole lo avrebbero spento, e si sentì un verme, in colpa come se fosse stato lui ad ammazzarle il marito.

«Signor Parker! Oh, signor Parker, che bella sorpresa! Avete ritrovato Steve?» gli disse, stringendogli calorosamente la mano.

«No... cioè sì... signora Reilly, dovrebbe venire con me...»

Le due donne compresero nel medesimo istante che l'uomo davanti a loro non era venuto a portare buone notizie.

«Non lo avete trovato?» disse Dora Reilly, improvvisamente allarmata e senza più sorriso.

«Signora... nel cantiere dove lavorava suo marito abbiamo trovato un corpo che potrebbe essere il suo... dovrebbe venire con me all'obitorio per il riconoscimento... per dirmi se è lui o no, insomma».

«E' morto? L'avete trovato morto?!» disse la donna con la voce strozzata, mentre la signora Russell la abbracciava.

Nel corridoio comparve il piccolo Joseph, che fece a Parker

un cenno di saluto.

«I bambini... tenga lei i bambini, la prego...» sussurrò la signora Reilly alla vicina.

«Non preoccuparti, Dora, vai subito; io pregherò che non sia lui».

Dora Reilly scese le scale dietro il detective, completamente assorbita dall'apparente stato di ipnosi in cui era caduta dopo aver udito le prime parole di Parker.

Il poliziotto la fece accomodare nella sua auto; l'obitorio era a un isolato dalla Centrale, con quel traffico ci sarebbe voluta almeno mezz'ora.

Dora Reilly rimase in silenzio per molto tempo; non piangeva, né si disperava in alcun modo, ma non parlava, e Parker non aveva nessuna intenzione d'importunarla. Quando era fermo ai semafori la guardava, e i suoi pensieri correvano subito all'altra vedova di quella storia, la fantomatica Susan dell'East River; vera o fasulla che fosse, Parker decise che la moglie non avrebbe dovuto saperne niente.

Il viaggio con al fianco Dora Reilly fu per Parker la mezz'ora più surreale della sua vita; nell'abitacolo non volò neppure una parola, solo le voci metalliche provenienti dall'altoparlante della radio contribuirono a smuovere, seppur di poco, l'atmosfera.

Parker era entrato nell'obitorio, dentro la sede centrale del Coroner, solo un'altra volta, durante il corso per prendere la placca da detective: un anatomopatologo aveva dissezionato un cadavere davanti ai loro occhi, causando non poche reazioni negli stomaci degli aspiranti detective che assistevano da dietro un vetro. Parker era stato uno dei pochissimi a non vomitare, ma questo non voleva dire che quel luogo non gli mettesse addosso ansia. Le piastrelle, bianche per il pavimento e verdi per le pareti, catapultavano immediatamente i visitatori in un'atmosfera ospedaliera, mentre la fortissima puzza di candeggina, usata in abbondanza per le pulizie, dava a Parker un soffocante senso di dolore, di malattia, di sangue. La morte, com'era normale in un obitorio, aleggiava dovunque. Il luogo ideale per il mal di testa di Parker. Furono fermati da un agente di guardia, a cui Parker mostrò il distintivo. Quello sollevò un citofono e chiamò un dottore, che arrivò in pochi secondi.

«Dottor Leiman, salve».

«Detective Parker, lei è la signora Dora Reilly... è qui per il riconoscimento del cadavere ritrovato nel cantiere della tangenziale sud... dovrebbe essere già pronto...»

«Sì, quelli della Scientifica si erano raccomandati di far presto... l'abbiamo già ripulito da tutto il cemento che aveva addosso».

Parker si augurò che il medico si fermasse lì con i particolari. Lanciò uno sguardo a Dora Reilly; sembrava ancora assente.

«Vede, detective, - proseguì il dottor Leiman - il cemento fresco si attacca...»

«Ci faccia strada, dottore, abbiamo una certa fretta» lo interruppe Parker, per niente propenso a trascorrere in quell'edificio un minuto più del necessario.

Leiman li accompagnò dentro la sala refrigerata, dove i cadaveri venivano lasciati in attesa del riconoscimento. La sala assomigliava a una camerata militare, dove al posto delle brandine a castello c'erano venti lettighe d'acciaio; solo quattro erano vuote, tutte le altre erano coperte da un telo di cotone verde, che scendeva evidenziando le forme del cadavere che ricopriva.

Il medico fece solo pochi passi dentro quella stanza, poi si fermò davanti alla terza lettiga. Controllò il cartellino appeso all'alluce destro del cadavere, poi lo scoprì di colpo.

Tutto l'autocontrollo che aveva sostenuto Dora Reilly dal momento della visita di Parker svanì nell'attimo in cui il lenzuolo venne sollevato. La donna proruppe in un pianto disperato e crollò in ginocchio sul pavimento, aggrappandosi ai pantaloni di Parker, che dopo un attimo di sgomento l'aiutò a rialzarsi.

«Signora Reilly, è suo marito?» si sforzò di chiederle Parker, per dovere.

La donna annuì singhiozzando, con le lacrime che le scorrevano copiose sulle guance.

«Ne è assolutamente certa?»

«Sì, sì, agente... è mio marito, Steve Reilly...» disse la donna, chinandosi verso il cadavere e accarezzando per l'ultima volta il viso del marito.

«La prego, usciamo di qui».

Parker accolse come una liberazione la richiesta della signora Reilly, e la condusse rapidamente fuori.

Quando furono nuovamente seduti in macchina, Parker la guardò con compassione.

«Signora Reilly, purtroppo non abbiamo ancora finito... dovremmo andare al distretto per firmare la dichiarazione di riconoscimento...»

«Sì, andiamo».

Parker mise in moto e partì.

«Quando saremo lì potrò fare una telefonata alla signora Russell?»

«Certo, signora, potrà fare tutte le telefonate che vuole. Poi, quando avremo finito, la farò riportare da una pattuglia a casa sua».

«Lei è gentilissimo, Parker, e io non l'ho neppure ringraziata».

«Dovere, signora, dovere».

Dora Reilly trasse un profondo sospiro. Le lacrime non si erano ancora fermate del tutto, ma l'aria che entrava dal finestrino la stava facendo sentire meglio.

«Perché hanno dovuto pulire il mio Steve dal cemento? Perché aveva quelle ferite sul petto? Che gli hanno fatto? Mio dio...»

«Ha avuto un incidente mentre faceva gli straordinari la sera, pare sia morto sul colpo, ma stiamo verificando, naturalmente».

«Che ci faceva la sera nel cantiere? Non doveva essere a lavoro con Shorty?»

«No, signora, spesso gli straordinari suo marito li faceva lì al cantiere, lavorava solo di rado con Shorty».

«Ma lì non erano vietati?»

«Infatti, ci sono delle responsabilità anche per quello».

«Solo per un po' di lavoro in nero? Per la morte di mio marito non pagherà nessuno?»

«Abbiamo già arrestato Berkman; pare che lui ed Eldred, anziché chiamare i soccorsi, abbiano deciso di gettare il corpo di suo marito nel cemento di un pilone in costruzione per non avere grane con la polizia. Ma in ogni caso Berkman non è accusato di omicidio».

«Perché non avete arrestato anche Eldred?»

Parker sospirò, ripensando al corpo del capomastro schiantato sull'auto.

«Stavamo per farlo, ma ha preferito uccidersi gettandosi da una finestra di casa sua».

Per qualche istante Dora Reilly rimase in silenzio.

«E così Steve continuava a lavorare anche la sera per portare qualche soldo in più a casa, sotto quello schiavista di Berkman... per me, per noi...»

«Sì, signora. E' stato un terribile incidente, ma suo marito si faceva in quattro per la sua famiglia».

«E ora... con tre bambini... come farò?»

Parker non trovò la forza di rispondere alcunché; non aveva voglia di dare banali incoraggiamenti di circostanza. Avrebbe solo voluto avere lì con sé una valigia piena di soldi da dare a quella donna, per mandare i suoi tre figli all'università o farli semplicemente crescere al meglio.

«Dovrò cercarmi un lavoro, e chiedere alla signora Russell di tenermi i bambini quando non ci sono...»

La donna smise improvvisamente di parlare e si voltò verso Parker.

«Oh mi scusi, stavo solo ragionando a voce alta su quel che mi aspetta, non sono discorsi che la riguardano».

«No, signora, dovrei essere io a scusarmi con lei per non poterla aiutare di più... Ecco, siamo quasi arrivati».

Il disbrigo di tutte le pratiche richiese quasi due ore; Watts aveva già steso parte dei rapporti, ma al ritorno di Jackson aveva dovuto interrompere per pianificare insieme a Sanchez l'attività della notte seguente. Al termine, Parker riuscì quanto meno a mantenere la promessa fatta, facendo riportare a casa la signora Raidero, non più Reilly, da un'autopattuglia del Distretto.

Chiuso quel caso, Parker raggiunse Watts, Schuster, Sanchez, Jackson, Ross e Zampisi nella stanza del tenente Braxton.

«Oh, ecco l'ultimo pezzo della squadra» esordì il tenente vedendolo entrare.

«Scusate il ritardo, ma ho dovuto chiudere i documenti del

riconoscimento del muratore irlandese da parte della moglie».

«Riconoscimento positivo?» chiese il tenente.

«Sì, non ci sono dubbi».

«Bene, allora caso chiuso, così potete dedicarvi alla caccia ai fantasmi».

Parker annuì al suo superiore, celando tutta la tristezza che quella vicenda aveva lasciato nel suo cuore, e si appoggiò alla parete più vicina, visto che l'ufficio del tenente era pieno all'inverosimile.

«Abbiamo già pianificato gli appostamenti. L'operazione è affidata a Bob; è il più alto in grado tra di voi ed è il compagno di Jackson. Visto che sarà Mike il primo a rischiare la pelle, travestito da barbone, li ho spostati entrambi al turno notturno e saranno esentati dal lavoro giornaliero finché questa operazione non sarà conclusa».

Parker annuì, pur consapevole che un suo eventuale dissenso non avrebbe avuto alcun valore di fronte all'accordo di tanti colleghi più anziani di lui e di un tenente di polizia.

«Sanchez rimarrà al turno notturno, e si dividerà tra l'attività ordinaria qui in ufficio e il rinforzo alla vostra sorveglianza, mentre tu, - e indicò Parker - Watts, Ross e Zampisi lavorerete a giorni alterni a doppio turno. Farete il vostro turno normale dalle otto alle quattro, poi riprenderete servizio per la sorveglianza di Jackson a partire dalle undici di sera. Tutto chiaro fin qui?»

«Sissignore».

«Visto che tu e Watts venite già da una notte insonne, stasera inizieranno Zampisi e Ross. Ci saranno quindi sempre almeno tre uomini a supporto di Mike, che avrà comunque addosso un segnalatore d'emergenza. Premendo quello, attiverà un allarme sia sulle vostre auto che al centralino del distretto, per avvertire Sanchez o in caso ci fosse bisogno di rinforzi».

«Avete già scelto il luogo dell'appostamento, vero?» chiese timidamente Parker.

«Tra la Seconda e la Dodicesima, sotto uno dei ponti della sopraelevata. E' un noto ritrovo notturno di senza tetto ed è nella nostra giurisdizione, così non dobbiamo chiedere il permesso a nessuno».

«Ci sono già state delle aggressioni lì?»

«Sì, ieri notte, ma non vedo perché non dovrebbero tornarci».

«Ok, tutto chiaro allora».

«Bene. Bob, Mike, Grady e Rob: voi quattro andate subito a fare un sopralluogo per scegliere il posto con esattezza. Controllate bene che vi siano visuali libere per gli uomini appostati e vie rapide per l'avvicinamento dell'auto di supporto. Se trovate qualche ostacolo che è possibile rimuovere, cassonetti, chioschi o roba simile, usate la vostra autorità per toglierli di lì, l'importante è che in caso di necessità le nostre auto non rimangano bloccate troppo lontane da Jackson. Datevi da fare».

«Sì, ok, usciamo subito, tenente» lo rassicurò Schuster.

«Julian, tu fila a dormire un po'».

«Con mucho gusto, jefe; ciao ragazzi, a stasera» rispose Sanchez, infilando subito la porta.

«Voi due invece filate in ufficio e finite il turno» concluse il tenente, indicando Parker e Zampisi.

Il tenente Braxton tornò alle sue carte con un sorriso appena accennato sulle labbra: prima di conoscere Sanchez nessuno lo aveva mai chiamato "jefe", l'appellativo con cui nei film western i banditi messicani chiamano il loro capo. Era lontanissimo dallo stereotipo del bandito messicano, ma "jefe" gli piaceva lo stesso.

Sciolta la riunione e usciti tutti i colleghi, Parker e Zampisi si ritrovarono alle rispettive scrivanie, colme di incartamenti, fogli e cartelline colorate di ogni genere. Parker iniziò a rimettere in ordine il suo posto di lavoro, ma la sua testa era distratta; quello era solo un modo per sembrare indaffarato agli occhi di Sprewell e Bowl, impegnati in un andirivieni ansioso tra la sala dell'Investigativa e quella delle telescriventi, o del tenente Braxton, che sarebbe potuto uscire in ogni istante dalla sua stanza.

Zampisi iniziò a pestare con grande velocità, com'era solita fare, sui tasti della macchina da scrivere; Parker cercò di osservarla senza dare nell'occhio. Sembrava molto presa in quello che stava facendo, e piano piano Parker perse le speranze di riuscire a trovare un attimo per parlarle. Guardandola anche in quel momento, con i capelli neri raccolti su un lato della testa e bloccati da una matita, Parker non riusciva a non desiderarla, ma ora, forse per la prima volta da quando si conoscevano, sentiva di volerle parlare per chiudere lì la loro relazione segreta, prima che esplodesse in tutte le sue prevedibili, e devastanti, conseguenze.

Parker aveva sentito scattare qualcosa dentro di sé, qualcosa che ora lo spingeva a muoversi, senza più aspettare le mosse di lei come prima. Ricordò di aver sentito imprecare Sprewell perché quel giorno l'agente D'Amato, addetto all'archivio, era rimasto a casa con la febbre, e così gli sarebbe toccato fare le scale per lasciare di sotto la documentazione di un paio di casi chiusi.

Sentì i due colleghi sbraitare contro una telescrivente difettosa, il tenente parlare al suo telefono, quindi si alzò risolutamente dalla sua sedia e piombò alle spalle di Zampisi, afferrandole un braccio.

«Che cazzo vuoi, Parker?» fu la sua reazione, quasi spaventata.

«Devo parlarti, seguimi» le disse freddamente Parker.

«Ho da fare».

«Non è una domanda, la mia. Seguimi».

Gayle Zampisi lo guardò fisso negli occhi per qualche attimo, quindi strattonò via il suo braccio dalla presa di Parker e si alzò.

Parker fece strada per le scale senza aggiungere altro; dopo due piani in discesa aprì la porta dell'archivio, situato nel primo seminterrato, accanto alle celle di sicurezza. Ascoltò con attenzione eventuali rumori, si guardò intorno con circospezione, poi riprese a camminare verso il fondo di uno dei corridoi di scaffalature, il più distante dalla porta.

«Ti ha dato di volta il cervello? Che cazzo vuoi fare?»

«Parlare, direi che ne abbiamo bisogno».

Zampisi lo guardò sorpresa.

«E io che speravo in un impeto di foga giovanile!» disse, sfottendolo.

«Piantala».

«Non vuoi scopare? E allora parliamo, dai parliamo. Sentiamo, cosa mi devi dire? Vuoi sapere se stanotte puoi passare sotto casa mia come un ladro?»

«Da te non voglio sapere niente, mi hai già fatto capire tutto. Sei riuscita nell'impresa di farmi capire tutto non facendomi capire niente».

«Non cominciare con i giochi di parole».

«Già, sei proprio come Grady, siete tali e quali, il livello base dell'intelligenza».

«Lascia perdere Grady, lascialo fuori».

«No, invece è proprio Grady il punto. Non voglio più tradire la sua amicizia».

«Grady non è amico di nessuno e non ama nessuno al di fuori di se stesso».

«E va bene, non mi sarà amico, ma guarda che Grady è innamorato di te. Ha un modo tutto suo di dimostrarlo, d'accordo, ma ti vuole bene e non voglio continuare a essere parte di un tradimento».

«Ti sei spaventato quando l'hai visto sotto casa mia eh?»

«Un po', lo ammetto».

«Allora è questo, dai, altro che il tradimento».

«No, ho capito che è sbagliato quello che ho fatto con te. Ho sbagliato su tutto il fronte, tutto, dall'inizio alla fine. Ho sbagliato a venirti dietro, a sopportare le tue turbe, ad aspettare i tuoi cambi d'umore, a tollerare quell'atteggiamento strafottente del cazzo che hai verso il mio modo di vivere».

«Attento Noah, hai detto addirittura una parolaccia!» rise ancora Zampisi.

«Tu non hai paura di niente eh? Non hai mai avuto paura che Grady ci scoprisse e ci scaricasse addosso tutto il caricatore?»

«Senti bello, qui il problema non sono le mie paure, ma le tue. Vuoi chiudere con i nostri appuntamenti? Ti sei stancato di scopare con me? Hai trovato carne fresca? Qualcosa di meno problematico? Beh, va bene, nessun problema. Per me non eri niente e niente torni a essere».

Parker rimase qualche secondo in silenzio, scosso dalle ultime parole di Zampisi. Poi trovò modo di tornare a parlare. «Piantala di difenderti dietro quest'aggressività così teatrale, fasulla. Non ho ancora capito se lo fai per fare la parte di un uomo in mezzo agli uomini con cui lavori o se è solo per nascondere le tue paure, le tue debolezze. Come se un poliziotto non dovesse averne».

«Ma la pianti di parlare delle mie paure? La vuoi piantare? Sei tu quello che se l'è fatta sotto per quattro scopate e devi farmi la paternale?»

«E' meglio se la finiamo qui, potrebbe entrare qualcuno».

«Già, finiamola qui perché il bambino ha paura che qualcuno lo scopra a mettere le mani sotto la gonna della maestra».

«Io torno a lavorare, tu fa' quello che vuoi».

Chiudendosi la porta dell'archivio alle spalle, Parker sentì un tonfo proveniente dall'interno, ma non si voltò per rientrare. Non poté vedere che Zampisi, furibonda, aveva scaraventato sul pavimento il primo faldone capitatole tra le mani. Sul primo pianerottolo, a metà delle scale, incrociò Sprewell. Aveva le braccia colme di documenti e stava sudando copiosamente. Per un attimo Parker pensò che la polizia non avrebbe dovuto ammettere agenti così sovrappeso, ma poi si vergognò del suo stesso pensiero.

«Giornata di merda oggi senza D'Amato, eh?» sbuffò Sprewell.

«Già».

«Ehi, non mi dai una mano con tutta questa roba?»

«No, mi spiace, Mike... devo correre di sopra a farmi una pippa, come mi hai consigliato tu ieri, ricordi?»

Sprewell rimase spiazzato.

«Che stronzo...» mormorò alle spalle di Parker, mentre quello risaliva di gran carriera.

Parker non fece quasi in tempo a tornare a sedersi alla sua scrivania che squillò il suo telefono.

«Detective Parker».

«Parker, sono Mac».

«Sì sergente, dimmi».

«C'è una signora che chiede di te o di Watts».

«Deve sporgere una denuncia?»

«No, è stata mandata qui dal Settimo Distretto per un caso che state seguendo voi due... la sparizione di un certo Steve

Reilly».

Parker si passò una mano sul volto e sospirò. Guardò la mappa della città appesa al muro dietro di lui, sulla quale erano indicate con colori diversi le giurisdizioni di tutti i distretti della Polizia Metropolitana. Cercò il Settimo Distretto e vide che copriva una parte dell'East River. Non poteva credere che fosse lei, era stanco di essere perseguitato dal fantasma di Steve Reilly.

«Parker? Ci sei?» insistette Mac.

«Come si chiama?»

«Susan Brook».

«Falla venire su».

«D'accordo, ciao».

In quel momento Zampisi rientrò nella stanza, seguita da Sprewell; Parker notò che il grassone non riusciva a staccarle gli occhi dal sedere.

«Fortuna che in archivio ho trovato qualcuno più gentile di te!» disse Sprewell.

«L'ho sempre detto che sei un uomo fortunato, Mike, ora però lasciami lavorare».

Squillò nuovamente il telefono di Parker.

«Detective Parker».

«Parker, sono di nuovo io...».

«Sergente, che altro c'è?»

«Sta salendo... - il sergente parlava sotto voce - ... che femmina Parker, che femmina! Ma com'è che tutte queste fortune capitano a te?»

«Mi hai richiamato solo per questo?»

«Sì, e anche per dirti di trattarla con i guanti... c'è la Limousine con l'autista che la sta aspettando qui fuori dal portone... non so se mi spiego...»

«Ti spieghi benissimo. La Limousine però fagliela spostare da lì, oppure multala. Non può ostruire l'ingresso del distretto» e mise giù il telefono.

La donna doveva essere vicina; Parker scattò dalla sedia, si infilò la giacca che pendeva dall'attaccapanni e si diresse verso l'entrata della sala. Notò con la coda dell'occhio Zampisi strappare via un foglio di carta copiativa dalla macchina da scrivere, poi si concentrò sulla donna che stava salendo gli ultimi gradini.

Capelli rossi, cinquant'anni circa molto ben portati, non fosse stato per l'elegante tailleur nero che indossava, molto bello ma anche molto funereo, Susan Brook non sarebbe sembrata affatto una vedova.

«Molto piacere, Susan Brook» esordì, porgendogli la mano: il dorso era segnato da molte lentiggini. Ma c'era di più. Parker non capiva nulla di pietre preziose, ma quello che brillava sull'anulare aveva l'aria di essere uno di quei gioielli che un poliziotto onesto non poteva permettersi neppure in due vite di servizio.

Il detective rimase un attimo interdetto, nel dubbio che lei aspettasse un baciamano, ma decise di mantenere il suo decoro, di uomo e di poliziotto, e la strinse semplicemente.

«Salve, sono il detective Parker, venga, si accomodi».

Parker venne assalito dal profumo della signora Brook, e camminando percepì alle sue spalle che gli occhi di Sprewell e Bowl, con Zampisi ormai seduta, avevano cambiato bersaglio.

Fece sedere la donna in una delle due sedie poste di fronte alla sua scrivania, quindi si accomodò al suo posto.

«Lei sa perché sono qui?» chiese la signora Brook.

«Per la scomparsa di Steve Reilly, giusto?»

«Sì. Sono andata a denunciarla ieri sera al mio distretto di zona...»

«Il Settimo...»

«Sì».

«Nell'East River, giusto?»

«Sì».

«Vada avanti».

«Mi hanno detto che mi avrebbero fatto sapere, invece stamattina mi hanno chiamato dicendomi di essersi accorti che la denuncia per la sua scomparsa era già stata fatta e di venire qui per parlare con lei o con un certo Watts».

«Sì, Watts è il mio collega, in questo momento lui è fuori, ma siamo noi i titolari dell'indagine».

«Immaginavo che prima di me si fosse mossa la moglie».

«Lei in che rapporti è con il signor Reilly?»

«Abbiamo una relazione da circa quattro mesi».

«Che tipo di relazione?»

«Una relazione clandestina... ecco... lui è sposato con tre figli...»

«Lei è vedova, invece, giusto?»

La donna lo guardò sorpresa.

«Sapevate già di me?»

«Certamente, signora Brook, anche se finora lei era stata sempre descritta come "Susan, la vedova dell'East River". Anzi, mi scusi per le domande che le ho fatto prima, erano solo per verificare la corrispondenza con le nostre informazioni».

«Non si preoccupi, capisco».

«Quando lo ha sentito l'ultima volta?»

«Sabato all'ora di pranzo, ma non mi sono preoccupata per il suo silenzio. Io sono dovuta andare a Boston da mia sorella e sono tornata martedì mattina. Avevamo appuntamento fuori dal cantiere martedì pomeriggio, ma quando sono arrivata ho visto uscire tutti tranne lui. Ho fermato un altro operaio e mi ha detto che questa settimana non si era fatto mai vedere a lavoro. Ho aspettato che mi telefonasse, poi non ho resistito e, non sapendo neppure il suo indirizzo di casa, ieri sono andata alla polizia».

«Capisco... sì, è stata la signora Reilly a metterci in moto con la sua denuncia».

«Certo, è normale».

Parker squadrò in silenzio per qualche attimo la donna che aveva di fronte.

«Signora Brook... quella che sto per farle è una domanda personale, una curiosità, più che altro...»

«Vuole sapere come mai una vedova dell'East River, ingioiellata e con l'autista, se la faceva con un muratore irlandese, vero?»

«Beh... sì».

«Perché è più giovane di me ed è un amante straordinario, le basta?»

In un attimo Parker pensò a lui, a Zampisi, alle ragioni imperscrutabili della loro storia, e poi tornò a quei due: la vedova e il muratore... sembrava l'inizio di una delle squallide barzellette di Sprewell.

«Certo, certo, era una semplice curiosità».

«Con tre bambini dentro casa e una moglie con cui si sta da troppi anni, certe cose non si possono fare, l'ho provato anch'io su me stessa, si fidi. Vedo che non porta la fede... lei non è sposato, vero?»

«No».

«Certe cose le capirà col tempo, vedrà».

«Di cosa è successo a Steve non le interessa più?» rispose aspramente Parker. Per quel giorno aveva fatto il pieno di filosofia al femminile e non voleva più sentirne parlare; in quell'istante avrebbe voluto trovarsi davanti al televisore di un bar, in mezzo a una fila di uomini sudati intenti a guardare il baseball e a ruttare la birra che avevano bevuto. Un mondo maschile, semplice, rozzo ed elementare finché si vuole, ma senza filosofia universale.

«Sì, certo... ma perché, ci sono novità?»

«Signora Brook, cosa pensa che stiamo a fare qui?»

«Mi scusi, mi scusi, non si offenda... dio com'è permaloso... semplicemente pensavo che non vi sareste nemmeno occupati della scomparsa di un muratore irlandese, tutto qui».

«E invece non solo ce ne siamo occupati, ma l'abbiamo anche ritrovato, morto ma l'abbiamo ritrovato».

L'espressione della donna si aprì in una smorfia di dolore.

«Come... morto?»

«Morto, esatto».

«Ma, com'è stato possibile... chi l'ha ucciso?»

«Nessuno. Ha avuto un incidente sul lavoro durante un turno straordinario serale, forse a causa della stanchezza».

«Mio dio... quindi è morto così, per caso?»

«Avrebbe preferito che ci fosse per forza un assassino? Si muore anche per caso, signora, anzi, soprattutto per caso. Esca più spesso di casa, magari senza autista, e vedrà che qui fuori si muore davvero per molto poco, si fidi».

La signora Brook incassò in silenzio la risposta acida del detective. Guardò il soffitto, si slacciò il bottone più alto della giacca del tailleur, poi tornò a guardare Parker. Ora aveva gli occhi lucidi.

«Naturalmente ci sono delle persone coinvolte a vario titolo nell'indagine ma per altri reati, nessun omicidio, questo sembra certo. E temo di non poterle dire molto di più, mi spiace».

La signora Brook sospirò profondamente, quasi con fatica. «Quando ci saranno i funerali?»

«Dev'essere ultimata l'autopsia prima che il procuratore disponga il seppellimento della salma, ci vorrà qualche giorno».

«Come posso sapere la data?»

Parker sospirò irritato, ma afferrò un foglietto e scrisse sopra un numero il più velocemente possibile.

«Chiami questo numero lunedì, è la Morgue, lì sapranno dirle tutto».

«Grazie».

La donna ripiegò accuratamente il foglio a metà e lo infilò in borsa.

«Ha notizie della moglie?»

«In che senso?»

«Voglio dire... che farà? Come andrà avanti con tre figli e senza lavoro?»

Parker fu sorpreso dalle preoccupazioni della signora Brook.

«Non so che dirle signora... ho conosciuto la signora Reilly e un paio dei bambini e... in effetti la loro situazione non sarà delle più rosee ora, ma sinceramente...» Parker finì la frase spalancando le braccia in un gesto d'impotenza.

«La moglie di Steve ha saputo di me? Le avete detto qualcosa?»

«No, abbiamo volontariamente tralasciato di dirle di lei. Non sarebbe servito a nulla, l'avremmo solo fatta soffrire di più».

«E' stato un bel gesto».

«Grazie; cerchiamo di guadagnarci il nostro magro stipendio fino all'ultimo dollaro, come vede».

La donna abbozzò un sorriso, incassando così il secondo affondo del poliziotto.

«Senta Parker... posso chiederle un favore?»

«Dipende».

«Posso avere il nome e l'indirizzo della moglie di Steve?»

«A cosa le servono?»

«Vorrei aiutarla, visto che ho la fortuna di potermelo permettere. Lo chiami pure un mutuo soccorso tra vedove...»
Parker la fissò; non era sicuro di aver capito bene dove
stesse andando a parare la signora Brook.
«E come ha intenzione di farlo? Vuole presentarsi alla porta
come il buon samaritano con una valigia piena di soldi?»
«No certamente, ma potrei dirle che suo marito aveva acceso una polizza assicurativa in caso di morte e che ora le
spetta d'incassare il premio, magari insieme a dei depositi
bloccati per permettere ai figli di andare all'università o
aprire una piccola attività quando saranno grandi».
«Lei è un pozzo d'idee, signora Brook, ma con i documenti
come la mettiamo? Non le creerebbe problemi creare tutti
quei documenti falsi?»
«Nessun problema, visto che la compagnia assicurativa che
emetterebbe il premio è di mia proprietà».
Parker rimase senza parole. Non aveva neppure preso in
considerazione una cosa del genere, forse perché non aveva
mai conosciuto nessuno che POSSEDESSE una compagnia d'assicurazioni.
Prese a girare e rigirare molto velocemente la penna tra le
dita, un gesto abitudinario che aveva imparato a scuola e
che non aveva più abbandonato.
«Resta inteso che la signora Reilly non dovrà mai sapere che
lei era l'amante di suo marito».
«Naturalmente».
Parker prese un altro foglietto e scrisse tutte le indicazioni
necessarie per contattare Dora Raidero in Reilly.
Quando la signora Brook tese la mano sulla scrivania per
afferrarlo, il detective la bloccò.
«Susan... - le disse Parker sottovoce, ma con tono fermis-
simo - ... la sua iniziativa è davvero bella, spero che sia anche
sincera e disinteressata... sappia che mi premurerò perso-
nalmente di controllare la vita di quella famiglia».
«Non si preoccupi, Parker, ho davvero voglia di aiutare
quella donna. Lo devo a Steve, mi ha fatto stare bene in
questi mesi».
«Lo spero per lei, perché se così non sarà, saprò come ren-
derle la vita molto difficile, glielo assicuro».

Parker mollò la presa sul foglio, che finì, ancora una volta, nell'elegante borsa grigia della signora Brook, che lo ringraziò con un cenno della testa. Si salutarono con una nuova stretta di mano, più vigorosa della precedente, ma senza dire altro.

Parker la accompagnò cavallerescamente fino all'uscita del distretto, dove il suo autista la attendeva, fermo in piedi sugli scalini.

«L'auto?» gli chiese la signora Brook.

«Ehm... la Limousine ho dovuto parcheggiarla più avanti... il poliziotto me l'ha fatta spostare...»

«Ha fatto bene. - si voltò e rivolse a Parker un gesto elegante della mano - Arrivederci Parker».

«Addio, signora Brook».

«Venga signora, è qui dietro» disse l'autista in tono servile.

«Sì, andiamo».

Parker risalì le scale verso il suo ufficio, ripensando al colloquio appena avuto con "Susan dell'East River".

"Cribbio, ha un'assicurazione tutta sua!" pensò, scuotendo la testa ancora incredulo.

Tornato nella sala della Squadra Investigativa, vide Sprewell parlare al telefono, mentre Bowl frugava nei cassetti della sua scrivania alla ricerca di chissà cosa; Zampisi era andata via.

Parker guardò l'orologio; quasi le quattro, era davvero ora di tornare a casa. Arrivò alla sua scrivania per chiamare Watts via radio, ma i suoi occhi furono attratti da un pezzetto di carta fermato con lo scotch per evitare che volasse sotto la spinta dei ventilatori lanciati a pieno regime.

"Sei un bravo ragazzo. Scusa" diceva, firmato dalla G di Gayle Zampisi.

Parker rimase un minuto a fissare quel biglietto, passando da un sorriso di dolcezza alla voglia di strapparlo in pezzetti infinitamente piccoli.

L'aveva appena rimesso in tasca quando nella stanza piombarono Watts, Schuster, Jackson e Ross, reduci dalla missione esplorativa sotto i ponti della sopraelevata.

«Ho saputo che, mentre noi giravamo in mezzo alla merda, qui qualcuno se la spassava con una gran fica in limousine!»

esordì Watts.

Parker annuì ridendo; il sergente Mac aveva già fatto la spia, evidentemente.

«Ehi, voi quattro! - gridò il tenente dalla sua stanza avendoli sentiti arrivare - Avete trovato il posto giusto?»

«Sì tenente, - gli rispose Schuster - tutto ok».

Braxton grugnì qualcosa d'incomprensibile e tacque.

«Allora?» insistette Watts col compagno.

«Se mi dai uno strappo a casa ti racconto tutto».

Watts lo guardò sorridendo, poi scosse la testa.

«Cazzo, che approfittatore che sei!»

«E dai, Grady, sono stanchissimo, non ho voglia di fare tutto il viaggio in metro».

«Dai vieni, che ne ho piene le palle anch'io di questa giornata».

Watts gli mise un braccio sulle spalle, salutarono tutti e andarono via.

Tornato a casa verso le cinque, Parker sorprendentemente non trovò nessuno ad attenderlo. Fuori c'era un'afa asfissiante e non gli sembrava proprio l'ora giusta perché due donne di mezza età se ne andassero a spasso da sole. Pensò per un attimo di prendere l'auto e uscire a cercarle, ma subito dopo la stanchezza prese il sopravvento e poi pensò che se fossero state dentro un negozio, com'era probabile, non le avrebbe trovate in ogni caso.

Così, Parker afferrò un pezzo di pane e uno di formaggio dalla cucina, li mangiò voracemente, poi si spogliò, riappese l'abito nell'armadio, gettò la camicia nel cesto delle cose da lavare, chiuse la pistola nel solito cassetto ed entrò sotto la doccia. Il contatto con l'acqua tiepida fu un vero sollievo; rimase a lungo sotto il getto potente, lasciando che gli scavasse il volto e, con esso, i pensieri che aveva nella testa. Ripensò all'incontro con Zampisi, al biglietto che lei gli aveva lasciato, al suicidio di Brad Eldred, alle buone intenzioni della signora Brook, infine ai Los Fantasmas. Non riusciva a immaginare quante notti di appostamenti sarebbero servite per prenderne qualcuno, e anche quando fossero riusciti nel loro intento, sapeva che quello sarebbe stato solo l'inizio. Ma l'inizio di cosa? Di un'indagine difficile e pericolosa? O i Fantasmas avrebbero avuto l'incoscienza di dichiarare una guerra in piena regola alla Polizia?

Preso dall'inarrestabile flusso dei suoi pensieri, Parker si accorse solo dopo diverso tempo di essere sotto la doccia da un'eternità. Chiuse tutto e uscì, si asciugò, infilò una tuta grigia, ricordo dell'Accademia, e si allungò sulla poltrona preferita di sua madre, davanti al televisore. Non fece in tempo ad arrivare al terzo canale che già dormiva.

Venne risvegliato da carezze amorevoli un'ora dopo. Sapeva già prima di aprire gli occhi che era di sua madre la mano che sentiva sulla guancia, ma fu bellissimo ugualmente trovarsi il viso di lei sorridente così vicino. Per un attimo pensò di essere tornato adolescente, con sua madre intenta a tirarlo giù dal letto per spedirlo a scuola, ma bastò poco perché il sogno si dissolvesse.

«Ehi, Noah... Noah... sveglia, è ora di cena».

Parker afferrò con dolcezza la mano della madre e ricambiò il sorriso.

«Non vi ho nemmeno sentite rientrare...»

«Sì, dormivi proprio della grossa, ma abbiamo preferito non svegliarti. Dovevi essere proprio distrutto».

«Sì, e lo sono ancora. Credo proprio che dopo aver cenato tornerò subito a dormire».

«Va bene, tanto è quasi pronto. Mary è di là che sta preparando tutto».

«Grazie per avermi fatto portare il vestito e le ciambelle, oggi».

«Oh, figurati. E poi ora che ho questa valida aiutante...» disse la madre, strizzando un occhio.

«Oggi l'ho vista in gran forma, la zia...»

«Già, hai visto com'era elegante?»

«Sai che non sembrate proprio sorelle?»

«Lo so, lo so, è una vita che ce lo dicono».

«Mamma, da domani dovrò fare anche dei turni di notte».

«Doppi turni?! Tutti i giorni?!»

«No, no, a giorni alterni. Stiamo infiltrando un nostro collega per un'importante operazione e ogni notte dobbiamo alternarci nella sorveglianza, non possiamo lasciarlo solo».

«E quanto durerà?»

«Non si sa. Finché non li prenderemo. Non so sei hai sentito in tv dei...»

Parker fu interrotto da un grido di terrore proveniente dalla cucina.

«Mary! - gridò subito la madre - Oh, mio dio!»

Parker scattò in piedi e corse in cucina. Dimenticò di essere a piedi nudi e in corridoio dovette reggersi al mobiletto del telefono per non cadere a terra dopo una scivolata.

Arrivato in cucina, gli si presentò davanti una scena apocalittica.

La zia Mary, con uno strofinaccio in mano, colpiva con forza le tendine della cucina, strappate dal loro supporto e con un principio d'incendio. Sui fornelli giaceva una pentola rovesciata da cui stava colando dell'acqua, probabilmente bollente, a giudicare dal vapore che si sollevava. E in terra c'era una grossa padella nera, da cui saltavano fuori schizzi d'olio caldo.

Parker, in quella frazione di secondo, non riuscì a capacitarsi di come una persona sola potesse aver combinato quel disastro, ma decise di rimandare a dopo le spiegazioni e si avvicinò per intervenire.

Tirò un tappetino davanti a sé, vi saltò sopra per non rischiare di mettere i piedi nell'olio bollente finito sul pavimento e si avvicinò a sua zia, scansandola bruscamente.

«Togliti, ci penso io!»

«Oh mio dio, la mia cucina! Mary! La mia cucina!!» gridò la madre, arrivata nel frattempo sull'uscio.

Parker afferrò per un lembo ancora intatto le tende e le buttò dentro il lavandino, aprendo contemporaneamente l'acqua fredda, che le spense all'istante. Strappò di mano lo strofinaccio alla zia Mary, lo buttò sopra la padella d'olio in terra, poi la prese e spedì anche questa a fare una doccia gelata nel lavandino. Con lo stesso straccio, infine, risollevò la pentola, gettando via la poca acqua calda rimastavi all'interno. Controllò che i fornelli fossero tutti spenti, spalancò la finestra per far uscire il fumo e quindi si rivolse in tono aspro a sua zia.

«Si può sapere cosa diavolo hai combinato?! Sei peggio di un uragano! Non ti si può lasciare sola un attimo che incendi la cucina!»

Alla zia Mary vennero gli occhi lucidi.

«Stavo preparando e... c'era la padella sul fuoco con l'olio... volevo friggerti un po' di patate...»

«Va' avanti!»

«E avevo sul fuoco anche la pentola d'acqua calda per lessare quella verdura fresca che ho comprato oggi»

«Non me ne importa niente della verdura fresca che hai comprato oggi, va' avanti!»

«Ho urtato col braccio la pentola, che si è rovesciata, l'acqua calda è finita nell'olio caldo, che mi è schizzato sul braccio e mi ha bruciato, lì ho urlato e ho fatto cadere per terra la padella, mentre la pentola ha strappato un lembo della tendina e l'ha fatta finire sul fornello acceso, incendiandola!»

La zia Mary aveva le lacrime agli occhi e il respiro in affanno. Parker le guardò le braccia, e in effetti sull'avambraccio sinistro vide del forte rossore. Guardò la madre e sospirò, quindi abbracciò la zia.

«Vabbè dai, zia, ora sistemiamo tutto».

La madre si avvicinò, chiuse il rubinetto e iniziò a ripulire la cucina.

«Scusatemi, combino sempre guai, scusatemi...» ripeté la zia.

«Prendi lo straccio e lo spazzolone, bisogna ripulire il pavimento dall'olio» le rispose la sorella, contrariata.

«No, sentite se vi piace la mia proposta. - disse Parker, bloccandole - Io ho fame e penso che in questo momento nessuno di noi abbia voglia di passare un'ora a ripulire la cucina: perché non ce ne andiamo a cena fuori?»

«A cena fuori?! - esclamò sbigottita la madre - Vuoi uscire lasciando la cucina in questo stato? Ma sei impazzito, Noah?»

«Sì, usciamo subito, vi invito al ristorante, ma solo a patto che molliate tutto e siate pronte a uscire tra dieci minuti, d'accordo?»

Le due sorelle si guardarono, la madre più perplessa, la zia più convinta, desiderosa com'era di lasciarsi subito alle spalle quel disastro.

«Allora? Il vostro cavaliere sta aspettando una risposta!»
«Oh, al diavolo! - disse risolutamente la madre, gettando lo straccio con cui aveva iniziato a pulire - Forza Mary, abbiamo solo dieci minuti per farci belle!»

Venerdì 3 settembre 1971

Al suo arrivo al distretto, Parker incrociò Mike Jackson che usciva con aria tranquilla dal bagno del primo piano.

«Ehi Mike!»

«Oh, buongiorno!»

«Il fatto che tu sia qui tranquillo mi fa pensare che stanotte sia andata buca...»

«Pensi bene, niente di niente. Ho solo preso un bel po' di umidità. Alle prime luci dell'alba me ne sono andato, ma Sanchez mi ha detto che sono arrivate segnalazioni di tre omicidi da altri distretti».

«Quindi non si sono fermati, hanno solo cambiato zona».

«Già. Secondo me dobbiamo solo aspettare: fatto il giro di qualche altro posto, torneranno nel nostro territorio».

«Ma mentre aspettiamo, ogni notte muore qualcuno e loro assumono nuova manovalanza».

Jackson spalancò le braccia.

«Ok, andiamo su» disse Parker, per niente ansioso di riprendere vecchie discussioni.

Salutò Watts e gli altri detective presenti. Bob Schuster stava facendosi la barba con il rasoio elettrico seduto alla sua scrivania; Parker guardò in volto tutti quelli che avevano fatto il primo appostamento notturno, e vide che Schuster, forse per l'età, sembrava il più provato di tutti dalla mancanza di sonno.

Apparve il tenente sull'uscio della sua stanza, con le maniche della camicia bianca già arrotolate fino ai gomiti e un'aria torva sul volto. Con l'indice della mano destra indicò uno per uno i detective che gli interessavano.

«Bob, Mike, Grady, Noah, Rob, Julian e Gayle, qui da me».

Era piuttosto raro che, per convocare una riunione operativa, Braxton chiamasse i suoi sottoposti per nome. I più giovani non ci fecero caso, mentre Schuster e Watts si guardarono preoccupati.

Pochi secondi dopo la porta della stanza del tenente, ancora una volta strapiena, si chiuse.

«Ci sono novità, tenente?» chiese subito Watts.

«Sì, e piuttosto importanti. Ieri ho elaborato un piano per

spingere Los Fantasmas a tornare a caccia di barboni nella zona che stiamo controllando. Volevo aspettare di vedere se stanotte fosse accaduto qualcosa, e visto che non è stato così, ho deciso di fare qualcosa in più che tenere quattro uomini ad aspettare ogni notte fino a chissà quando. Siamo un piccolo distretto periferico, e non possiamo sostenere a lungo turnazioni straordinarie e operazioni su vasta scala».

Schuster, con i suoi occhi stanchi, fu il primo ad annuire.

«Si tratta di spingerli a venire da noi, con l'aiuto di qualche altro distretto in cui conosco gli ufficiali più importanti. - proseguì Braxton - La cosa in fondo è semplice: chiederò ai nostri colleghi di fare delle retate in zone di ricoveri notturni sotto la loro giurisdizione».

«Scusi tenente, ma non si era detto di lasciar perdere per il momento le retate?» chiese Sanchez.

«Non ci siamo capiti; le retate non saranno a caccia dei Fantasmas, ma a caccia di barboni».

«Ah, coño! Cioè... scusi tenente... sì, mi pare una gran bella idea» ribatté Sanchez.

«Cerchiamo di togliere ai Fantasmas la loro "materia prima" dai posti più conosciuti. Se vorranno proseguire nei loro riti, saranno costretti ad agire nei luoghi in cui i barboni ci sono ancora, il più importante dei quali, a quel punto, sarà il ponte sotto la sopraelevata».

«Dove ci siamo noi» aggiunse Sanchez.

«Precisamente» concluse il tenente.

«E in più ridurremo la possibilità che altri barboni vengano uccisi» aggiunse Parker, e il tenente annuì.

Ci furono alcuni secondi di silenzio nella stanza; poi fu Watts il primo a parlare.

«Pensa che gli altri la asseconderanno?»

«Sono fiducioso. In fondo devono solo tenere qualche centinaio di barboni nelle loro celle di sicurezza per una notte».

«A parte la puzza, non vedo altre controindicazioni» disse Zampisi, strappando un sorriso ai colleghi.

«Sì, mi pare una buona mossa, tenente» aggiunse Schuster.

«Ok, vedo di organizzarla. Vi farò sapere quando avrò parlato con tutti gli altri distretti. Chi deve smontare aspetti ancora una mezz'ora prima di andarsene a dormire, ok?»

I cinque con l'appostamento notturno sulle spalle annuirono e, insieme agli altri, lasciarono la stanza.

Furono richiamati dal tenente Braxton venti minuti dopo.

«Tutto a posto, non ci sono state difficoltà. - il tenente si alzò e indicò alcuni punti sulla cartina della città che aveva sulla parete di fronte alla sua scrivania - Intorno alle nove di stasera il Quattordicesimo, il Ventiduesimo e il Quarantesimo Distretto bonificheranno rispettivamente le aree di Liberty Hall, Lincoln Park e Strucker Park, le tre più grandi zone di ricovero notturno dei barboni e, finora, territorio di caccia dei Fantasmas. Se la mia idea funziona, dovreste vederli spuntare da voi. Fate attenzione, mi raccomando».

Il resto della mattina trascorse molto rapidamente per Watts e Parker, impegnati a chiudere tutta la documentazione del caso Reilly. Berkman aveva già abbandonato le celle del distretto, trasferito in carcere su disposizione del procuratore, finendo così di essere un problema a carico dell'Undicesimo.

Watts aveva appena finito il suo panino di pranzo e Parker era impegnato a sbucciare la sua mela, quando squillò il telefono di Watts.

«Undicesimo, Detective Watts».

«Grady, sono Mac».

«Che succede?»

«Ho appena risposto alla telefonata di un bambino che ci chiede d'intervenire a bloccare il litigio dei suoi genitori. Non so quanto possa essere vera la cosa, ma penso sia il caso che andiate a verificare. Purtroppo non abbiamo pattuglie libere, in questo momento».

«Andiamo io e Parker. Nome e indirizzo?» mentre finiva la domanda, Watts richiamò l'attenzione del compagno facendo schioccare le dita. Parker capì subito, mollò la frutta e s'infilò la giacca.

«166 Richmond, il bambino si chiama Samuel Johnson».

Watts scrisse velocemente i dati su un foglietto.

«Ok, andiamo, ciao» e mise giù.

«Vola Parker, un bambino ha telefonato per una lite tra i genitori, andiamo a vedere di che si tratta».

Grazie alla sirena, dopo cinque minuti i due detective erano già davanti al portone del palazzo di mattoni rossi al 166 di Richmond Avenue. Guardarono i citofoni: c'erano tre diversi Johnson. Il portone, però, era aperto.

«Entriamo e saliamo per le scale. Se stanno ancora litigando sentiremo le urla, altrimenti suoniamo a tutti gli Johnson» disse risolutamente Watts.

Parker annuì ed entrò per primo nel palazzo.

«Fermo, siamo al secondo... all'interno cinque dovrebbe esserci un Johnson» disse Watts quando furono al pianerottolo del secondo piano.

Si accostarono alla porta dell'interno cinque, ma da dentro non proveniva nessun rumore. In quell'istante un frastuono di qualcosa andato in frantumi giunse alle loro orecchie dai piani superiori, così i detective ripresero a salire le scale, ora più velocemente di prima.

Arrivati al terzo piano, si resero conto che lì non c'era nessun Johnson, dovevano continuare a salire. Nel frattempo sentirono una voce femminile gridare selvaggiamente.

«Esci di lì, bastardo! Apri subito questa porta o la butto giù!»

Giunti al quarto piano, trovarono il secondo Johnson, quello giusto. Sul pianerottolo una coppia di anziani vicini stava origliando alla porta.

«Via di qua! - li apostrofò Watts - Anziché origliare avreste potuto chiamare subito la polizia!»

«Ma noi...» bisbigliò il marito, facendosi da parte per fare spazio alla mole di Watts davanti alla porta.

Parker bussò con decisione, facendo vibrare il legno scadente.

«Polizia! Aprite subito!»

«La polizia?! - urlò dall'interno la stessa voce femminile, ancora fuori di sé - Chi ha chiamato la polizia? Sei stato tu, piccolo verme? O è stato quell'altro verme di tuo figlio? A proposito, dove si è cacciato quel moccioso?»

«Signora Johnson, apra immediatamente la porta o la buttiamo giù!»

La porta si spalancò in un lampo e agli occhi stupiti dei detective apparve una donna di circa quarant'anni dalla mole davvero ragguardevole, alta quanto Watts e pesante almeno un quintale. Aveva gli occhi fuori dalle orbite, una lunga maglia di cotone arancione piena di macchie e brandiva in mano una mazza da baseball. Parker, sorpreso, fece istintivamente un passo indietro, mentre Watts non si mosse di un palmo.

«Signora Johnson? E' lei la signora Johnson?» chiese mostrando il distintivo.

«Sì, sono io! E voi che cazzo volete? Nessuno vi ha chiamato! Qui non c'è niente che vi riguardi!» rispose quella, brandendo la mazza.

«E invece qualcuno ci ha chiamati, e pensiamo proprio che la cosa ci riguardi. - ribatté Watts - Quindi ora metta giù quella mazza prima che qualcuno si faccia male. Ci faccia entrare e ne parliamo, ok?»

In quel momento, sporgendosi poco oltre l'uscio, la donna vide i due vicini, rintanatisi nell'angolo più lontano del pianerottolo.

«Ecco! Siete stati voi! Piccoli bastardi, mai che vi facciate i cazzi vostri eh?» urlò, e partì verso di loro con la mazza pronta a colpire. I due detective scattarono in difesa della coppia di anziani; Parker afferrò da dietro la mazza che la signora brandiva con tanta energia, mentre Watts, con una spallata a peso pieno, spedì la donna contro il muro, facendola quasi cadere. Quella però riuscì a rimanere in piedi, con uno strattone liberò la mazza dalla presa della mano di Parker e la roteò verso di lui. Parker, intuito il pericolo fin dall'istante in cui aveva perso la presa sul legno, si abbassò sulle ginocchia, schivando un colpo che, nel migliore dei casi, l'avrebbe spedito in ospedale con un trauma cranico. Approfittando del fatto che l'attenzione della donna fosse rivolta al suo compagno, Watts arrivò a distanza ravvicinata, bloccandole contro il muro il polso che reggeva la mazza e assestandole un pugno in pieno stomaco che la fece piegare in due.

«Ora hai chiuso, cicciona del cazzo!» le disse Watts mentre riprendeva il controllo della situazione.

Un calcio dietro un ginocchio la mandò infine a rannicchiarsi sul pavimento, mentre Parker, avvicinatosi a sua volta, le strappò finalmente l'arma dalla mano.

«Vai dentro a vedere la situazione» ordinò Watts, mentre stringeva le manette intorno ai polsi della signora Johnson.

«Venite fuori, su, venite fuori» ripeté Parker camminando con circospezione per la casa.

«Siamo della polizia, non abbiate paura, è tutto a posto».

Contemporaneamente si aprirono la porta del bagno e quella di un piccolo mobile bar nel saloncino; dalla prima uscì un uomo in canottiera, magrissimo e spaventato. Dalla seconda un bambino.

Parker aiutò subito il più piccolo.

«Tu sei Samuel Johnson, vero?»

«Sì, sì signore, sono io».

«Ci hai chiamati tu, allora».

«Sì, avevo paura delle urla della mamma».

«Quanti anni hai?»

«Dieci».

«Sei stato bravissimo, Samuel, sei stato davvero coraggioso».

L'uomo in canottiera si affacciò sul pianerottolo, e vedendo la donna ammanettata apostrofò Watts.

«Agente! Ma è questo il modo di trattare una signora?»

Watts lo squadrò per qualche attimo in silenzio, poi si avvicinò in modo minaccioso.

«Per "signora" intende quella balena che stava minacciando lei e suo figlio e che ha cercato di staccare la testa al mio collega con questa mazza da baseball?»

L'uomo annuì, ora molto più timidamente.

«Allora si accontenti di vederla in manette; qualcun altro meno paziente di noi avrebbe anche potuto spararle. A proposito, lei chi è?»

«Mi chiamo Randy... Randy Johnson... sono il marito».

«Ok, andiamo dentro, qui stiamo dando spettacolo» disse Watts, vedendo che, oltre ai due vicini, era arrivata altra gente a osservarli dalla balaustra del piano superiore.

Trascinò quasi di peso la donna ammanettata dentro casa e la spinse senza troppa delicatezza sul divano. La donna aveva preso a dibattersi e vomitava atroci minacce e oscenità contro tutti i presenti.

Parker condusse padre e figlio in cucina poi, a un cenno di Watts, prese il telefono di casa e chiamò una pattuglia di rinforzo.

«Resta qui con la balena, - gli disse piano Watts - io parlo col marito e col bambino, voglio vederci chiaro».

Parker annuì, e si predispose mentalmente a sopportare per un po' le urla della donna che poco prima aveva cercato di curiosargli dentro il cranio.

Watts entrò in cucina e si chiuse la porta dietro le spalle. Samuel stava bevendo un succo di frutta con la cannuccia da una bottiglietta, mentre il padre gli accarezzava i capelli.

"Visti così, sembrano la famiglia perfetta" pensò Watts.

«E' buono il succo, Samuel?»

«Buono, sì» rispose il bambino.

«Ne volete anche lei e il suo collega?» chiese il padre.

«No, grazie. Venga un attimo con me sul balcone, se non le spiace…»

Randy Johnson lo seguì senza fiatare.

«Allora? Mi spiega che è successo?» esordì Watts, appena furono fuori.

«Mia moglie ha avuto uno dei suoi attacchi di gelosia».

«Gelosia?! Voleva ammazzarla per gelosia?»

«Sì… è fatta così».

«Quindi non è neppure la prima volta, presumo…»

«No, no. Anche se da un paio di mesi era abbastanza tranquilla».

«Le altre volte erano sempre state così violente?»

«Più o meno».

«Cosa l'ha scatenata oggi?»

«Sono tornato in ritardo dal lavoro».

«Che lavoro fa?»

«Il netturbino».

«E sua moglie?»

«La cassiera in un supermarket a due isolati da qui»

«Ha mai toccato il bambino?»

«Oggi no».

«Oggi? E le altre volte?»

«Beh… io cercavo di difenderlo ma… qualche volta le ha prese anche lui».

«E lei non ha denunciato niente?»

«No, mai. E' mia moglie, non potrei farle una cosa simile».

«Vuol dire che non lo farà nemmeno stavolta?»

«Io… no, credo di no».

«Ok, era solo per sapere. Tanto procederemo noi d'ufficio».

«Ma... agente, se non sono io a denunciarla...»

«Signor Johnson, non mi dica altro, la prego. Sua moglie ha aggredito un agente di polizia e quando siamo arrivati stava dando la caccia a lei e a suo figlio con una mazza da baseball; è violenta e mentalmente instabile. E... sa un'altra cosa? Lei mi da' la nausea come uomo. Inoltrerò il mio rapporto ai servizi sociali, e raccomanderò che mandino periodicamente qualcuno a controllare lo stato di salute del bambino».

Randy Johnson era senza parole.

«Samuel è un bel bambino e oggi, con quella telefonata, le ha probabilmente salvato la pelle. D'ora in poi faccia il suo dovere di padre e non avrà nulla da temere dai servizi sociali e, soprattutto, da me. Ci siamo capiti?»

Quello annuì e iniziò a piangere.

«La pianti e si dia un contegno. Arrivederci».

Rientrato nella cucina, Watts prese per mano Samuel Johnson e lo portò in corridoio. Si inginocchiò per essere alla stessa altezza del bambino, poi tirò fuori il distintivo, il tesserino di riconoscimento e un biglietto da visita.

«Sai leggere, vero Samuel?»

«Certo! Sono il più veloce della classe!»

«Bene, allora leggi il nome che c'è scritto qui, su questo tesserino bianco».

«Grady... Watts... Grady Watts. E' il tuo nome?»

«Bravissimo, Samuel. Allora, tieni questo cartoncino e conservalo in un posto che conosci solo tu. Capito?»

«Sì, ho capito Grady Watts».

«Perfetto, sei fantastico Samuel. Se hai dei problemi, se papà dovesse avere dei problemi con te o se qualcuno dovesse provare ancora a farti del male, prendi quel cartoncino, fai il numero che c'è scritto sopra e ti rispondo subito io, d'accordo?»

«Va bene, Grady Watts. Senti ma... ora la mamma la portate via?»

«Sì, la mamma viene con noi. La portiamo da un dottore molto bravo, che la visiterà e la farà tornare calma».

«Non la metterete in prigione, vero?»

«No, Samuel, niente prigione, stai tranquillo. Sarà una specie di ospedale, è lì che lavora questo dottore che conosciamo. Ora va' da papà, forza».

Samuel annuì e corse via. Si fermò dopo pochi passi e si girò a salutarlo con una mano.

«Ciao Grady Watts!»

«Ciao Samuel».

Watts aveva sentito altre voci provenire dal salone e aveva quindi intuito che fossero già arrivati gli agenti di rinforzo. Li trovò mentre stavano portando via la signora Johnson, sotto lo sguardo attento di Parker. L'avrebbero condotta temporaneamente nelle celle di sicurezza del Distretto poi, una volta inviata la documentazione al giudice, questi avrebbe con ogni probabilità autorizzato il trasferimento in un centro di cure psichiatriche, dove sarebbe stata sottoposta a perizia prima di andare in giudizio.

«Dai, andiamo anche noi. Al distretto abbiamo la solita montagna di carta da scrivere su questa storia» disse Watts, infilando la porta.

Parker lo seguì, richiuse la porta di casa Johnson alle sue spalle e prese le scale. Aveva in mano la mazza da baseball sequestrata.

«Bel souvenir ti sei preso, cazzo» disse Watts.

«Va refertata, no?»

«Sì sì, stavo scherzando. Refertiamo tutto, scriviamo tutto, basta che ci muoviamo. Ho bisogno di dormire qualche ora prima del turno serale. Stanotte dovremo essere ben svegli».

Parker annuì, con un filo di preoccupazione. Sarebbe stata la sua prima azione notturna, e la cosa lo inquietava in modo sottile. Arrivato alla macchina, gettò la mazza sui sedili posteriori, accese la sirena e partì quasi senza aspettare che Watts richiudesse lo sportello. Quello lo guardò, sorpreso da tanta insolita furia, ma non disse nulla. In fondo, pensò, ci stava che il ragazzo fosse nervoso di fronte alla prospettiva d'incontrare qualche fantasma.

Parker riuscì a dormire solo mezz'ora. Il pomeriggio d'ipo-
tizzato riposo volò via tra i rapporti sui fatti di casa Johnson,
il viaggio in metropolitana verso casa, una doccia, una so-
stanziosa merenda preparatagli dalla zia Mary (ansiosa di
farsi perdonare i danni della sera precedente) e un po' di
pensieri ansiosi che gli avevano impedito di addormentarsi
subito com'era solito fare. Venne svegliato dalla madre alle
sette, appena in tempo per bere un caffè, mettersi addosso
qualcosa di comodo (stavolta la madre non ebbe il coraggio
di insistere per l'abito completo), prendere la macchina e
presentarsi al distretto alle otto in punto, come richiesto dal
tenente. Parcheggiata la macchina nel marciapiedi di fronte
e varcato il portone del distretto, con i bulbi di vetro col numero 11 accesi ai lati, non riuscì neppure ad avvicinarsi alle
scale per salire nel suo ufficio. Schuster, Watts e Sanchez lo
stavano già aspettando nell'atrio, e lo trascinarono senza
troppi convenevoli in garage. Jackson era già al suo posto
e, anche se era ancora presto per trovare in giro i Fantasmas,
non volevano lasciarlo solo troppo a lungo.
Usarono i lampeggianti per farsi largo nel caotico traffico
serale, spegnendoli una volta giunti in prossimità della Dodicesima. Parker, passeggero in auto con Watts, alzando gli
occhi vide sopra di loro il tratto più vecchio della sopraelevata, costruito negli anni Trenta, e capì di essere quasi a destinazione.
Schuster, alla guida dell'altra auto, si affiancò e fece loro
segno di girare a destra.
«Bob ci sta indicando di girare a destra» disse Parker al suo
autista.
«Sì, vuole che ci appostiamo sul lato destro rispetto a dov'è
Jackson».
«E loro due?»
«Proseguiranno e andranno fino all'incrocio più vicino. Lì
lasceranno l'auto e andranno a nascondersi dentro un cassonetto che abbiamo svuotato e rovesciato apposta».
«Ge-nia-li!»
«Non siamo mica nati ieri io e Schuster eh! Saremo in con-
tatto via radio. Se dovessimo intervenire, tieni presente che
loro sono più vicini di noi ma perderanno sicuramente qual-

che secondo in più per uscire dal cassonetto».

«Hai portato i fucili?»

«Certo, sono nel bagagliaio».

«Devo prenderlo anch'io? All'Accademia non ero granché nel tiro col fucile, me la cavavo molto meglio con la pistola».

«Fa niente, prendilo lo stesso. In caso quei bastardi dovessero farsi vedere ti servirà comunque averlo tra le mani».

«Dobbiamo ridurli a un colabrodo? E poi come li interroghiamo?»

«No, niente fuoco se non assolutamente necessario. E in ogni caso, cerchiamo di non tirare per uccidere. Ci servono vivi e in grado di parlare».

«E quindi i fucili?»

«Cazzo Parker, il fucile ha un potere dissuasivo che nemmeno te lo immagini!! E puoi tenerci a distanza uno che ti aggredisce con il coltello».

«Ecco, questo mi pare molto più plausibile».

«Meno male, abbiamo convinto il signor testadura sull'utilità del fucile! - Watts fermò l'auto e spense le luci - Eccoci arrivati».

«Anche Jackson ha una ricetrasmittente, vero?»

«Sì, con l'auricolare e un comando sul petto per le chiamate d'emergenza».

«Se vediamo che gli si avvicina qualcuno interveniamo direttamente o aspettiamo la sua chiamata?»

«Aspettiamo la sua chiamata. Qui di gente ne gira tanta, ogni tanto ci sono anche dei volontari delle associazioni di carità che portano a questi poveracci degli oggetti di conforto, e non possiamo rischiare di bruciare la nostra presenza per niente».

Parker aguzzò la vista, ma nel groviglio di esseri umani distesi sui cartoni o arrotolati nei giornali per difendersi dall'umidità non riuscì a distinguere Jackson.

Watts lo intuì e, infilata una mano sotto il suo sedile, passò al compagno un binocolo.

«Con questo è meglio, giovane Parker» gli disse.

Parker lo prese, mise a fuoco le lenti e iniziò a scorrere lentamente l'umanità sdraiata dall'altra parte della strada rispetto alla loro auto.

Con l'aiuto del binocolo fu molto veloce; i barboni neri erano la maggioranza, ma quasi nessuno aveva la corporatura robusta di Jackson. Inoltre, la barba del suo collega era appena incolta, mentre quasi tutti gli altri avevano sul volto barbe molto lunghe. Per mascherare un po' la mancanza di questo dettaglio, Jackson calzava sulla testa un berretto giallo con dei lunghi copri orecchie che gli scendevano sulle guance; per il resto, era davvero impossibile distinguerlo dalla restante decina di barboni che aveva scelto di passare lì la notte. Parker mise giù il binocolo; ora che ne conosceva la posizione, riusciva a distinguere chiaramente Jackson e il suo berretto giallo anche a occhio nudo.

Watts allungò un braccio sul sedile posteriore dell'auto e afferrò una busta di plastica.

«Panini, acqua e un thermos di caffè caldo».

«Ti sei organizzato alla grande, complimenti».

«Non dirmi che non hai fame».

«Ho già mangiato a casa».

«Viziato schifoso» gli disse Watts, iniziando a scartare dal cellophane il primo panino.

«Da quale dei tuoi avvelenatori preferiti li hai comprati?»

«Ah ha! E' qui che ti volevo, giovane Parker! Stavolta sei fuori strada, e ti pentirai amaramente di aver già mangiato perché questi li ha fatti la moglie di Schuster con le sue mani!»

«E' brava in cucina?»

«Brava?! Dico, hai visto che trippa ha messo su Schuster? Secondo te come gli è venuta?»

«E li ha fatti anche per me?»

«Certo!»

«Che carina... beh, allora più tardi li assaggerò».

«Provaci e ti sparo».

«Perché? Sono per tutti e due, l'hai detto tu!»

«Ma tu sei stato l'unico che ha mangiato a casa, dimostrando ancora una volta il tuo scarso spirito di squadra, quindi hai perso ogni diritto su questi panini. E poi, con che coraggio! Chissà cosa ti avrà preparato quel fenomeno di tua zia!»

«Lascia perdere zia Mary. Ieri sera ha quasi incendiato la cucina...»

Watts quasi si strozzò dal ridere.

«Ma come cazzo...»

«E' un fenomeno paranormale, ti dico. Ha creato un disastro a catena: olio bollente che schizzava sul pavimento, acqua bollente sparsa sulla cucina e una tenda in fiamme... non avevo mai visto nulla di simile. Ha iniziato a urlare terrorizzata, per fortuna io e mamma eravamo in casa... un disastro. Poi si è messa a piangere mortificata... alla fine, per riuscire a mettere qualcosa sotto i denti, le ho dovute portare al ristorante messicano. E ho pure offerto io».

«Ma perché tu e tua madre non la rispedite a Philadelphia o da dove cazzo è venuta?»

«Non lo so... per quanti casini possa combinare, è una cosa che non prendiamo nemmeno in considerazione... è la sorella di mia madre, in fin dei conti».

«Quindi rimarrà con voi finché non vi raderà al suolo la casa?»

«Probabilmente è così».

«Ma non senti il bisogno di andartene a vivere da solo? Cazzo, Parker, hai venticinque anni! Alla tua età non si vede l'ora di avere casa vuota per farci feste, orge, per guardarsi il football con gli amici ruttando davanti alla tv!»

«A me il football non piace...»

«'Fanculo Parker, hai capito benissimo cosa voglio dire».

«Sì, ho capito. Boh, in fondo non ci ho mai nemmeno pensato. Prima studiavo, poi l'Accademia, poi subito dopo ho iniziato all'Undicesimo... è un po' come se gli ultimi dieci anni mi fossero passati davanti senza che me ne accorgessi».

«Beh, allora è il caso che inizi a pensarci. Mi viene la pelle d'oca a pensarti ancora a casa con tua madre e quell'uragano di zia».

Watts chiuse il discorso buttando sul retro il cellophane dei due panini appena mangiati e afferrando subito dopo il binocolo.

«Eccolo là, il nostro barbone. Travestimento perfetto, speriamo solo che quei bastardi non ci diano buca anche stanotte».

«A quest'ora gli altri distretti dovrebbero star facendo le retate».

«Sì, e la notizia che lì non c'è nessuno da picchiare dovrebbe essere in viaggio verso i Fantasmas. A quel punto, i capi decideranno se lasciar perdere o se trovare altri posti, tipo questo».

«Ma siccome pare che abbiano fretta di arruolare il loro esercito, non dovrebbero sprecare una notte così».

«Già, è proprio su questo che si regge il piano del tenente».

Rimasero in silenzio per diversi minuti, finché Watts gettò il binocolo sulle gambe del compagno ed estrasse la sua Colt Python da 6 pollici, aprendone il tamburo e iniziando a esaminare una per una le sei camere di scoppio. Estraeva la pallottola, mettendola in piedi sul cruscotto, poi guardava il cilindro vuoto in controluce con un'insegna al neon di un negozio sulla sinistra, quindi rimetteva al suo posto la pallottola, faceva ruotare di uno scatto il tamburo e iniziava a esaminare la successiva.

«Pensi che finiremo per doverla usare?» chiese Parker, leggermente a disagio nel trovarsi chiuso in auto con una specie di psicopatico intento a togliere e rimettere pallottole.

«Non lo so, ma il rischio c'è. Se i Fantasmas stanno schiantando la concorrenza delle altre bande non è certo con i fiori o le belle parole. C'è verso che i controllori degli aspiranti soldati siano armati con roba del genere».

Parker annuì e decise d'imitare il compagno. Estrasse la sua Colt 45, tolse il caricatore, lo esaminò togliendo un paio di pallottole, e lo rimise al suo posto. In pochi secondi aveva già finito, e si rese conto di averlo fatto più per dare considerazione al suo compagno e ai suoi consigli che non per reale convinzione.

Watts se ne accorse.

«Guarda che non devi fare per forza quello che faccio io, eh».

Parker si sentì a disagio all'idea che il collega gli avesse letto nei pensieri.

«No, no, figurati...»

«A me basta che non fai cazzate quando siamo in azione, per il resto puoi pure farci crescere le ragnatele su quella pistola».

Parker annuì in silenzio, sembrandogli inappropriata qualsiasi risposta. Riportò agli occhi il binocolo: Jackson era sempre al suo posto, coperto dai giornali. La radio gracchiò. «Variable, qui Knife, Variable, qui Knife, mi sentite Variable? Passo».

Parker aveva riconosciuto subito la voce di Schuster, ma guardò Watts con aria interrogativa. Quello capì il motivo della sua perplessità.

«I due nomi li ha scelti Schuster, pare che li abbia letti in un libro... che cazzo ne so?».

Parker sorrise scuotendo la testa, quindi premette il pulsante rosso a lato del microfono.

«Knife, qui Variable, vi sentiamo bene, passo».

«Tutto tranquillo da voi? Passo».

«Niente da segnalare, il nostro uomo non è stato avvicinato da nessuno. Voi? Passo».

«Anche qui da noi tutto bene, a parte la puzza... state svegli eh! Passo e chiudo».

I due detective nell'auto si guardarono perplessi, quindi Parker riappese il microfono della radio al cruscotto.

«Beh, scendo a pisciare un po'» disse risolutamente Watts.

«Accomodati».

«A te non scappa?»

«Per ora no, casomai dopo».

«Che uomo d'acciaio!».

Watts scese e si appartò vicino alla carcassa di un furgone in stato di completo abbandono, distante solo pochi passi dalla loro auto.

Sabato 4 settembre 1971

Venti minuti dopo la mezzanotte, Watts stava guardandosi intorno con il binocolo, mentre Parker sonnecchiava sul suo sedile. Fu svegliato dalla voce di Watts, impegnato a chiamare i colleghi.

«Knife, qui Variable; Knife, qui Variable, mi sentite? Passo».

«Forte e chiaro. Avanti, Variable. Passo».

«C'è movimento dietro di voi, è in arrivo un'auto, ha spento i fari in questo istante, passo».

«Confermo, ora sentiamo il rumore di un motore a passo d'uomo. Riuscite a dirmi quanti sono a bordo? Passo».

«Negativo Knife, troppo buio dentro l'abitacolo, ma l'auto è piuttosto bassa sulla strada, ipotizzo almeno quattro persone. E' una Ford... una Ford Custom bianca con una vistosa ammaccatura sullo sportello destro, passo».

Parker, ora completamente sveglio, osservava la scena a occhio nudo; l'auto bianca avanzava molto lentamente, con circospezione, dai finestrini abbassati non sporgeva nulla. Sembrava uno squalo nell'atto di accostare la sua prossima preda.

«Parker, scendi in silenzio e prendi i fucili. Non fare rumore, mi raccomando» ordinò Watts, abbassando per un attimo il binocolo.

Parker annuì e scivolò subito fuori dall'auto. Aprì e richiuse con estrema cautela il bagagliaio, infine rientrò nell'abitacolo con in grembo i due Remington 870 e una scatola di cartucce Magnum calibro 12. Fu sorpreso di sentire come l'acciaio del corpo centrale dell'arma fosse gelido, in contrasto con il calore emanato dal calcio in legno.

«Li ho già caricati io prima di partire, - gli disse Watts - prendine solo qualcuna di riserva e infilatele in tasca».

«Tu ne vuoi?»

«Lascia la scatola sul cruscotto. Prima di scendere ci penso io» quindi premette ancora il pulsante rosso della radio.

«Knife, che facciamo? Se non ci muoviamo rischiamo che si allontanino troppo, passo».

«Aspettiamo Variable. Non si sono ancora fermati, potrebbe essere gente di passaggio, passo».

«A fari spenti? Gente di passaggio che arrivata all'incrocio spegne i fari della macchina? Che cazzo dici, Knife?» rispose Watts di getto.

«Piantala, ti dico di aspettare e aspettiamo, cazzo!»

Ci furono diversi secondi di nervoso silenzio sulla linea, quindi tornò a parlare Watts.

«Hanno svoltato l'angolo, Knife. Ripeto, la Ford ha svoltato l'angolo, non la vediamo più, l'abbiamo persa, passo».

«Ricevuto Variable, aspettiamo di vedere se sono andati via o se stanno solo facendo un giro d'esplorazione, passo e chiudo».

Watts riappese il microfono con un gesto brusco che non sfuggì agli occhi di Parker, malgrado la semioscurità in cui era immerso l'abitacolo.

«Dici che erano loro?» chiese Parker timidamente.

«Sì che erano loro, porca puttana!» sbottò Watts.

«Beh, allora dovrebbero tornare. Forse era solo un giro per studiare la situazione».

«Può essere, ma non mi piace l'idea di doverli aspettare di nuovo, in più senza sapere da dove spunteranno stavolta».

«Pazienza, anziano Watts, pazienza...» gli sussurrò Parker sorridendo, ma ottenne in risposta solo un grugnito senza nessuna traccia di divertimento.

Watts affondò una mano nella scatola di cartucce sul cruscotto e ne portò il contenuto nella tasca che la sua camicia aveva sul petto. Parker, intanto, si versò una tazza di caffè dal thermos.

«Ricordati: se tocchi i panini t'ammazzo» disse Watts, stavolta però sorrideva.

«Va bene, va bene, prepotente».

Riavvitata la tazza vuota in cima al thermos, Parker si voltò per poggiare il contenitore sul sedile posteriore, e in quell'istante vide una Ford Custom bianca sbucare dall'incrocio alle loro spalle.

«Grady, sono dietro di noi!» disse subito.

Watts si voltò all'istante e un attimo dopo si allungò sul sedile, tirando giù il compagno.

«Giù Parker! Se ci vedono va tutto a puttane! Giù!»

Watts staccò di nuovo il microfono dal suo supporto sotto

il cruscotto.

«Knife, qui Variable, rispondete!»

«Variable, qui Knife, che succede? Passo».

«Ci sono sbucati dietro. La stessa Ford, passo».

«Vi hanno visto? Passo».

«Negativo, siamo sdraiati sui sedili, ci stanno passando accanto in questo istante, passo».

«Riuscite a vedere quanti sono? Passo».

«Non possiamo sporgerci ora, aspettiamo che passino e ci proviamo. Aspetta in linea, passo».

Non appena Watts sentì più lontano il rumore del motore si rialzò, portando subito il binocolo agli occhi. Poi riprese la radio.

«Knife, ci sei? Passo»

«Ci sono, Variable, passo».

«Ho contato quattro teste nella macchina, passo».

«Ok, quattro. Teniamola d'occhio, vediamo se gira ancora o se stavolta si ferma, passo».

«Ok... aspetta, si sta fermando, si sono accesi ora gli stop rossi! La vedete? Passo».

«Sì, ma non si sta fermando, sta facendo manovra... non capisco... si sta mettendo di traverso sulla strada per bloccarla. Forse vi hanno visti, passo».

«Negativo Knife, altrimenti avrebbero aperto il fuoco o se ne sarebbero andati. Penso sia solo una precauzione, la macchina gli fa da schermo, infatti noi non vediamo quasi più nulla, passo».

«Sì, hai ragione Variable. Ora sono scesi, ti confermo che sono in quattro. Quattro maschi giovani... tratti centroamericani... apparentemente disarmati».

«Scendiamo, Knife? Passo».

«Sì, avvicinatevi con molta cautela e prendete posizione al riparo della loro auto, passo».

«Ricevuto, andiamo, passo e chiudo».

Tra i due detective non ci fu bisogno di altre parole. Watts e Parker aprirono con molta cautela gli sportelli e scivolarono fuori dall'auto senza richiuderli, per non rischiare di fare rumore. Iniziarono a correre stando molto bassi, con il busto piegato verso terra, per rimanere al riparo della Ford messa di traverso sulla strada. Arrivati a destinazione senza incidenti, si sedettero sull'asfalto a riprendere fiato. Dopo qualche attimo, Parker poggiò in terra il fucile e si sporse con cautela dal lato posteriore dell'auto, dietro il paraurti.

I quattro si erano avvicinati a una coppia di barboni, un uomo e una donna, sdraiati accanto a Jackson. In quell'istante arrivò alle sue orecchie il rumore di un altro motore in avvicinamento.

Parker, allarmato, fece segno a Watts di sporgersi dall'altro lato.

Fu così che videro una seconda auto, un pick-up GM argentato, fare manovra accanto al cassonetto rovesciato dov'erano nascosti Schuster e Sanchez. Venne posizionato anch'esso in modo da bloccare l'accesso alla strada e ne scesero cinque uomini, due dalla cabina di guida e tre dal cassone scoperto posteriore. Watts vide lampeggiare la spia di chiamata silenziosa sulla ricetrasmittente che portava a tracolla, quindi rispose bisbigliando.

«Qui Variable, mi sentite? Passo».

«Qui Knife, cos'è quel motore che stiamo sentendo dietro di noi? Non riusciamo a vederlo, passo».

«Un pick-up della stessa banda ha appena bloccato anche la strada alle vostre spalle, e ne sono scesi altri cinque. Si stanno unendo agli altri quattro e il gruppo si sta avvicinando alla fila di barboni. Consiglio di chiamare immediatamente rinforzi Knife, passo».

«Chiamo subito rinforzi, passo».

«E noi? Interveniamo? Passo».

«Negativo. Finora hanno solo parcheggiato due auto in divieto di sosta. Vediamo che succede. Appena riceviamo il segnale da Mike o vediamo l'inizio dell'aggressione saltiamo fuori. Tutto chiaro? Passo».

«Tutto chiaro, passo e chiudo».

Watts tirò a sé Parker, e riassunse gli ordini ricevuti parlandogli in un orecchio. Quello annuì ed entrambi tornarono a sporgersi per osservare gli eventi. Parker, con il binocolo, vide i cinque ultimi arrivati avvicinarsi agli altri quattro compagni e salutarli con una sorta di leggero pugno sul petto e tre baci sulle guance. Evidentemente era quello il saluto tipico dei Fantasmas.

Esauriti i convenevoli, il gruppo si divise in due: sei uomini si avvicinarono alla coppia di barboni sdraiata poco prima di Jackson, mentre altri tre si spostarono più a sinistra verso un barbone che, per addossarsi al cemento di uno dei piloni della sopraelevata, era rimasto un po' isolato rispetto agli altri.

Dopo pochi secondi Parker abbandonò la visione di spalle dei tre in allontanamento per tornare a concentrarsi sul gruppo più numeroso. Erano in piedi, fermi davanti ai due barboni in terra, con le gambe spalancate e i piedi ben piantati; sembravano intenti a parlare, quando all'improvviso i due fecero per scattare in piedi, ma vennero subito ributtati giù con delle vigorose spinte. Parker non capiva: li vedeva ripararsi disperatamente con i cartoni, ma gli uomini in piedi non si muovevano, anzi rimanevano a un paio di passi di distanza.

D'un tratto vide un riflesso tra le gambe di uno degli uomini e capì: i sei stavano urinando sui barboni.

Abbassò il binocolo e tirò per la camicia Watts.

«I sei vicini a Mike stanno pisciando sui due barboni, chiama subito Bob e digli che stiamo uscendo» disse Parker, in un tono che non ammetteva repliche.

Watts impugnò la trasmittente.

«Knife, qui Variable, è il momento di uscire, passo».

«Mike non ha chiamato, aspettiamo, passo».

«Me ne fotto. Parker ha visto che stanno pisciano addosso ai due barboni vicini a lui e non restiamo qui a... aspetta! Ecco la chiamata di Mike! Noi prendiamo questi sei, voi i tre che sono andati a sinistra e poi correte a raggiungerci, capito? Passo».

«Ricevuto, noi a sinistra e poi ci riuniamo. In bocca al lupo. Passo e chiudo».

Watts fece un segno a Parker e i detective uscirono dai due lati dell'auto dietro cui erano nascosti, avviandosi silenziosamente verso il loro obiettivo.

Jackson, dopo aver mandato il segnale d'emergenza ai colleghi tramite la trasmittente che teneva attaccata al petto, era fremente di rabbia, ma la prudenza gli imponeva di continuare a fingere di dormire fino all'arrivo dei rinforzi. Da solo contro sei avrebbe ottenuto solo di farsi ammazzare.

I sei, impegnati a ridere e a urinare, non si accorsero dell'avvicinamento di Parker e Watts alle loro spalle. Uno di loro, finiti i suoi bisogni e richiusa la lampo dei pantaloni, strappò via con un calcio uno dei cartoni con cui i due barboni si stavano riparando. Sputò sulla donna e le sferrò un altro calcio, stavolta sulla schiena.

«Hola puta! Sta iniziando la lezione!» le urlò, con accento smaccatamente ispanico.

Fece per caricare un nuovo calcio, ma una voce dietro di lui lo fece fermare.

«Hai proprio ragione, bello. Ma la lezione non è per lei, è per te» disse Watts e, nell'istante in cui quello si girò, gli sferrò un tremendo colpo in pieno volto con il calcio del fucile.

L'uomo piombò al suolo in un istante, senza un grido, improvvisamente svuotato da tutta l'energia avuta fino a quel momento, e tutti i compagni si voltarono nel medesimo momento.

Parker li guardò in un attimo: il più anziano aveva vent'anni, gli altri sembravano tutti minorenni. Due avevano ancora la cerniera dei pantaloni aperta.

«Polizia! In ginocchio!» gridò Watts, puntando il suo fucile dritto su di loro, subito imitato da Parker.

L'effetto sorpresa li aveva lasciati a bocca aperta; in un attimo erano passati da una bravata con gli amici a trovarsi dalla parte sbagliata delle canne di due fucili.

L'esperienza di Watts, però, sapeva che non avrebbero impiegato molto a rendersi conto di essere pur sempre in cinque contro due. Tutto sarebbe dipeso dal loro attaccamento alla banda e da quanto avrebbero impiegato Schuster e Sanchez a prendere gli altri tre.

L'attaccamento dei membri, o aspiranti tali, alla gang dei Los Fantasmas doveva essere evidentemente molto alto, visto che due di loro tentarono subito di estrarre le pistole che portavano sulla schiena, bloccate dalla cintura dei pantaloni. Il primo non fece quasi in tempo a toccarla; fu bloccato da Jackson che, smessi i panni del barbone, era scattato in piedi per dare sostegno ai colleghi in inferiorità numerica. Il detective di colore afferrò il polso del ventenne e glielo torse fin quasi a romperglielo, finché quello non lasciò cadere in terra l'arma. Sull'avambraccio del ragazzo Jackson notò subito un grosso tatuaggio: era un coltello insanguinato, con sotto la scritta "Los Fantasmas". L'altro invece riuscì a estrarre l'arma ma Parker, che lo aveva di fronte, gli fu addosso prima che quello ruotasse il braccio in avanti e lo buttò a terra colpendolo sul petto con il calcio del fucile, poi gli fece volar via l'arma con una pedata. Gli altri due, quelli con la cerniera aperta, non reagirono e iniziarono a inginocchiarsi davanti a Watts.

Schuster e Sanchez non erano ancora sufficientemente vicini ai loro tre obiettivi quando Watts tuonò "Polizia! In ginocchio!". La voce del detective arrivò nettissima fin lì, con il risultato di far voltare i tre, che immediatamente videro i due poliziotti sulle loro tracce. Uno dei tre non ci pensò su ed estrasse subito una pistola da sotto la camicia, puntandola e sparando verso Julian Sanchez, che fu rapido a buttarsi in terra, schivando così il colpo. Gli altri due Fantasmas corsero via in direzioni diverse: uno proseguì nella direzione in cui erano diretti, piombando addosso al barbone semi addormentato e puntandogli un coltello alla gola. L'altro iniziò a correre in direzione del pick-up con cui era arrivato e Schuster, immaginando che volesse fuggire per dare l'allarme al resto della banda, scelse d'inseguire lui.

Sanchez, schivato il primo colpo, decise di sfruttare la maggior precisione del suo fucile dalla lunga distanza e rispose al fuoco, mancando però il bersaglio. Maledisse se stesso per non aver sparato per uccidere e iniziò a rotolare su stesso mentre un paio di pallottole gli fischiavano vicino, fino a trovare un piccolo ma provvidenziale scudo nella base di cemento di un lampione. Vi si acquattò dietro e finalmente poté far scorrere con la mano sinistra il carrello posto sotto la canna del suo fucile, che consentiva all'arma di espellere il bossolo vuoto e contemporaneamente caricare nella camera di scoppio una nuova cartuccia.

Un colpo del suo nemico colpì in pieno il lampione, rimbalzando chissà dove.

«Ehi, cabròn! - gli gridò quello con tono di sfida - Chi cazzo sei? Un poliziotto, vero? Chiunque tu sia, sei un uomo morto, entiendes?» e sparò un altro colpo sul lampione.

Sanchez non era riuscito a vedere che tipo di pistola impugnasse l'uomo, quindi non sapeva quanti colpi avesse ancora, ma non era disposto a correre il rischio.

Quando risuonarono gli spari, Watts e Jackson erano chinati ad ammanettare l'uno con l'altro i sei ragazzi appena catturati. Cinque di loro erano in perfetta forma, mentre il sesto, quello colpito per primo da Watts, aveva il setto nasale rotto, alcuni incisivi spaccati in bocca e stava perdendo sangue a fiotti.

Parker, che aveva poggiato il fucile ma per sicurezza continuava a tenerli sotto tiro con la pistola, si voltò di scatto nella direzione degli spari e prima che qualcuno dei due colleghi dicesse qualcosa era già partito di corsa.

«Parker! - gridò subito Watts - Dove cazzo vai? Torna qua! Parker!»

Chiuse l'ultima manetta e fece per correre dietro al suo compagno ma si bloccò. Alla sua sinistra erano risuonati altri spari, questa volta molto più ravvicinati: la voce inconfondibile di un mitra. E decise di andare in quella direzione, sperando in cuor suo che Parker non si cacciasse in guai più grossi di lui.

Schuster era convinto di aver fatto la scelta giusta finché non vide il suo uomo, arrivato al pick-up, salire sorprendentemente sul cassone posteriore, anziché mettersi al volante e provare a fuggire via.

A salvare la vita al detective più anziano della squadra dell'Undicesimo furono due cose: il riflesso di un lampione sul metallo dell'arma e il fatto che, a un passo lui, si trovasse il cassonetto rovesciato in cui si era consumata fino a poco prima l'attesa sua e di Sanchez. Il riflesso disse a Schuster che quella estratta dal pick-up era un'arma lunga, mentre l'acciaio del cassonetto lo protesse da una sventagliata di M-16 che altrimenti non gli avrebbe lasciato scampo.

"Dove cazzo l'hanno preso un M-16?!" pensò Schuster, rannicchiato dietro il suo provvidenziale riparo.

Fu colto da un attimo di sconforto, poi la lunga esperienza venne in suo soccorso. Con un mitra in mano era facile farsi prendere la mano e sparare senza sosta. Anche se sotto una gragnola di colpi, doveva mantenere la calma e aspettare la sua occasione.

Vide arrivare di corsa Watts.

«Grady! Via da lì! Ha un M-16 questo bastardo!» gridò con quanto fiato aveva nei polmoni.

Watts aveva già riconosciuto la voce di quell'arma e avanzava cercando di tenersi al riparo di alcune carcasse d'auto abbandonate ai lati della strada.

Il ragazzo sul pick-up smise di sparare verso il cassonetto e rivolse la sua attenzione al nuovo arrivato, indirizzandogli contro una raffica che quasi sollevò l'auto da terra.

Finita la raffica, Schuster si aspettava di veder saltare fuori Watts, diretto verso l'auto successiva, ma così non fu. Allora il ragazzo decise d'insistere contro il suo nuovo avversario, premette di nuovo il grilletto ma dopo quattro o cinque colpi il mitra si ammutolì.

Schuster si scosse dalle sue preoccupazioni per Watts e uscì immediatamente fuori dal suo nascondiglio.

Vide il ragazzo guardare con aria stupita il mitra, forse convinto che il caricatore sarebbe durato all'infinito anziché i normali venti colpi, quindi gettarlo via nel cassone del pick-up e scavalcarne la sponda metallica per arrivare, stavolta sì, alla cabina di guida.

«Polizia! Scendi immediatamente da lì con le mani in alto! Scendi o sparo!» gridò Schuster, ma ottenne solo di far saltare giù ancora più in fretta il suo avversario.

Il detective fece ancora qualche passo, poi adagiò il calcio del fucile sulla spalla destra e iniziò a sparare contro la maschera del radiatore, sulla parte anteriore del cofano.

Al suo secondo colpo, sentì sparare un altro Remington alla sua sinistra: era Watts.

Il ragazzo era riuscito a guadagnare il posto di guida, ma naturalmente ogni tentativo di messa in moto fu vano. Al quinto colpo calibro 12 il cofano del pick-up fu sollevato da una piccola esplosione e lingue di fiamme iniziarono a sprigionarsi dai passaruota anteriori.

Watts poggiò in terra il fucile e corse con la pistola in mano verso il ragazzo, mentre Schuster ricaricava.

«Scendi immediatamente con le mani in vista o quant'è vero iddio ti lascio bruciare vivo! Scendi! Scendi!»

Il ragazzo, con lo sguardo terrorizzato, mostrò le mani dal finestrino, quindi scese rapidamente, mentre il fuoco iniziava ad avvolgere l'avantreno del mezzo.

Watts lo afferrò e lo spinse verso Schuster, lontano dal pick-up, nel timore che esplodesse da un momento all'altro. Mentre ammanettava il suo prigioniero dietro la schiena, Schuster notò un rivolo di sangue sul dorso della mano sinistra del collega.

«Ti ha colpito?»

«Chi? Questa mezza sega? Figurati. Una scheggia di vetro saltata via dalla macchina».

Schuster sorrise; mai pungere Watts nell'orgoglio.

L'avversario di Sanchez non era poi così stupido; aveva afferrato un cassonetto e stava avanzando verso il poliziotto facendolo scorrere davanti a sé come uno scudo. Sanchez aveva già sparato un paio di colpi, con l'unico effetto di rallentare per qualche secondo l'avanzata dell'uomo. Il detective aveva preso in considerazione l'ipotesi di cambiare posizione, ma intorno a sé non vedeva altri ripari. Muoversi da dietro quel blocchetto di cemento avrebbe significato beccarsi con certezza una pallottola.

«Sto venendo a prenderti, hijo de puta!!» gli gridava quello, pregustando il duello ravvicinato.

In quell'istante irruppe nello spiazzo Parker, col fiato grosso per la corsa alla massima velocità.

«Cuidado hermano! - gridò il terzo fuggitivo del gruppetto, che stava cercando di defilarsi facendosi scudo con il barbone - Ne sta arrivando un altro!»

Il compagno fu colto di sorpresa nel vedere Parker perché capì che, da quella direzione, il suo riparo mobile non sarebbe servito a nulla.

«Polizia! Getta la pistola a terra o sei morto!» gridò Parker.

Il ragazzo rimase un attimo interdetto sul da farsi; in quel momento Sanchez esplose un altro colpo inutile verso il cassonetto, e lui prese la sua decisione. Spinse con violenza il cassonetto contro Sanchez, per continuare a essere coperto da quel lato, e si voltò verso Parker.

«Vieni anche tu, figlio di puttana! Ce n'è per tutti!» gridò, sparando un primo colpo che si perse nella notte.

Parker aveva intuito che il suo avversario non si sarebbe arreso per nessun motivo al mondo ed era pronto a rispondere al fuoco. Appena sentì partire il colpo diretto verso di lui, fece scattare con il pollice la levetta della sicura sul lato della sua Colt 45, quindi alzò il braccio destro con la mano sinistra a sostegno del calcio della pistola, mirò in una frazione di secondo e fece fuoco due volte, in rapidissima successione. I due bossoli volarono via dall'arma e il suo avversario crollò a terra in un lago di sangue, centrato al petto da entrambi i colpi.

Parker non ebbe quasi il tempo di rendersi conto che aveva appena ucciso un uomo, per la prima volta in vita sua, perché la voce di Sanchez lo scosse immediatamente.

«Niño, a sinistra! C'è l'altro che se la sta filando con un ostaggio!» gridò il detective portoricano, mentre saltava fuori dal suo nascondiglio e verificava che il suo precedente avversario fosse effettivamente passato a miglior vita.

Parker riprese a correre; gli bastò svoltare l'angolo della costruzione più vicina per vedere subito il fuggitivo, rallentato dal barbone. Il detective rimase al coperto poi, visti i due svoltare in una via a destra, tornò sui suoi passi e fece di corsa il giro dell'isolato dal retro. Si fermò dietro l'angolo a riprendere fiato, e tolse nuovamente la sicura alla sua pistola. Sentì una voce ansimante a poca distanza da lui.

«Ti ho detto di camminare, vecchio! Cammina o ti sgozzo come un maiale! Dai!»

Il fuggitivo oltrepassò l'angolo camminando a ritroso, convinto che avrebbe visto spuntare i suoi inseguitori da quella direzione. Rimase quindi molto sorpreso quando sentì sulla nuca la pressione di una pistola.

«Lasciami andare se no l'ammazzo!» gridò, in un estremo tentativo di bluff.

«Ne ho già ammazzato uno dei tuoi, non ho nessun problema a farti saltare la testa. Ci guadagno solo una medaglia».

Il ragazzo sentì che il metallo che gli premeva sulla pelle alla base del collo era caldo, e capì che quel poliziotto doveva aver davvero ammazzato uno dei suoi compagni.

«Non pensarci nemmeno a usare quel coltello. Hai solo un secondo per buttarlo via, poi ti spappolo il cervello» disse Parker con voce calmissima. Una parte di lui era sconvolta nel sentire il gelido autocontrollo con cui stava proseguendo la sua missione dopo aver ucciso un uomo, probabilmente minorenne, ma il DNA paterno aveva ormai preso il sopravvento.

Il coltello volò via. Parker afferrò il suo uomo per la camicia, lo staccò dall'ostaggio, lo spinse contro il muro e gli ammanettò i polsi dietro la schiena, quindi inserì nuovamente la sicura alla sua arma e la ripose nella fondina ascellare.

Mentre tornava indietro con il suo prigioniero, fu raggiunto da Sanchez, che lo guardò soddisfatto.

«Hai beccato anche questo, niño... stai imparando in fretta el mestiere, eh!» gli disse in tono allegro, ma Parker non aveva nessuna voglia di scherzare.

«Quell'altro è morto, vero?» chiese con voce funerea.

Sanchez annuì.

«Non avevi scelta, niño. Quello non si sarebbe fermato prima di averci uccisi entrambi».

«Si dice sempre così, giusto?»

«Non ti sto consolando, stupido, ti sto dicendo la sacrosanta verdad».

«Ok, ok... torniamo a vedere cos'è successo agli altri».

«Sì, torniamo nel piazzale. Prima mi è sembrato di sentire sparare perfino un mitra».

I cinque detective radunarono tutti nel piazzale, ad eccezione del ragazzo ucciso da Parker, in attesa dei rinforzi. Dapprima giunse un'autopattuglia poi, vista la gravità dell'accaduto e il numero degli arrestati, vennero chiamati anche un'ambulanza, un furgone blindato, la squadra di turno della Scientifica e quella della Morgue. In mezz'ora, quella che di solito era una zona dimenticata della città, divenne affollatissima: infermieri che caricavano l'uomo ferito da Watts, agenti della Scientifica che scattavano foto e facevano rilievi, altri agenti che stipavano i sette vivi e vegeti sul cellulare e ancora agenti della Morgue che caricavano il cadavere sul loro furgone. I barboni erano tutti scomparsi, preoccupati dall'avere tanti poliziotti intorno.

I cinque detective dell'Undicesimo ripresero le loro auto e tornarono al distretto, seguendo a vista il cellulare con il suo prezioso carico.

Appena salito in macchina, con Sanchez al posto di guida e Jackson seduto dietro, Schuster afferrò la radio.

«Undici Cinque a Capo Undici, Undici Cinque a Capo Undici, rispondete, passo».

«Qui Capo Undici, avanti Undici Cinque».

«Sono il detective Schuster, sa se c'è qualcuno dell'Investigativa? Passo».

«Negativo, provo una chiamata interna, attendi in linea Undici Cinque. - e dopo una trentina di secondi - Non risponde nessuno Undici Cinque, passo».

«Allora ho bisogno del sergente Clayton, passo».

«Vi metto in comunicazione, passo e chiudo».

«Clayton».

«Ruben, sono Schuster, ho bisogno che tu faccia un paio di chiamate per me. Io e la mia squadra siamo di ritorno ma ci vorrà ancora un po' e non c'è tempo da perdere».

«Dimmi Bob».

«Chiama a casa il tenente Braxton, digli di tornare subito al distretto e manda una pattuglia a prenderlo».

«Braxton e pattuglia, ok... - ripeté Clayton mentre prendeva appunti - Che gli dico se mi chiede che succede?»

«Niente, capirà da solo quando gli dirai che ti ho chiesto io di tirarlo giù dal letto».

«Ok».

«Poi chiama uno tra i detective Ross e Zampisi e digli che devono tornare anche loro al distretto, con la massima urgenza. Erano già allertati, comunque. Tutto chiaro?»

«Sì, chiaro. A loro che devo dire sui motivi della chiamata?»

«Niente, solo che la richiesta viene da me. E vediamo di non dire niente a nessun altro di questa emergenza... ci siamo capiti?»

«Ok, ciao».

«Clayton è un fottuto chiacchierone» disse Sanchez appena Schuster ebbe chiuso la comunicazione.

«Lo so benissimo, ma non possiamo farci niente. Stanotte non dovrebbero esserci Blackman e Mitchell di turno oltre te?» rispose Schuster.

«Proprio così».

«E dove cazzo sono?»

«Quien sabe? Saranno usciti per qualche intervento! Lo chiedi a me?» rispose Sanchez, stizzito.

Jackson diede una pacca sulla spalla al suo compagno di coppia, che capì.

«Sì, scusami Julian, hai ragione... - disse Schuster sospirando - ho ancora addosso l'adrenalina per lo scontro di prima. Cazzo, quando ho visto spuntare quell'M-16 dal pick-up ho pensato di essere spacciato».

«E invece sei ancora qui, visto?» gli disse Jackson, con un'altra pacca sulla spalla.

«Ora vediamo di farci dire qualcosa da questi stronzi che abbiamo preso, altrimenti tutto il casino di stanotte non sarà servito a nulla».

I due colleghi annuirono in silenzio.

«Tutto bene?» chiese Watts a Parker mentre la loro auto seguiva quella di Schuster e il cellulare.

«Ho fame».

«Ok, sei autorizzato a prendere un panino».

«Grazie. Ma tu non volevi sapere se avevo fame, vero?»

«No, certo».

«Vuoi sapere se sto male per aver ucciso un uomo?»

«Voglio solo sapere se è tutto a posto. Abbiamo ancora parecchio da fare una volta tornati al distretto e volevo sapere se possiamo contare su di te o se devo chiedere a Schuster di mandarti a casa».

«La squadra resta a lavoro, io sto con la squadra» rispose Parker seccamente.

«Ok, ok, se la prendi così...»

«Non ho voglia di essere compatito, tutto qui. Ci siete passati tutti, credo, e siete ancora qui... beh, ora ci sono passato anch'io. Vuoi sapere se mi sento una merda per aver ucciso un ragazzo probabilmente più giovane di me? No, la risposta è NO!»

Watts distolse per un attimo lo sguardo dalla strada e lo fissò stupito.

«Sei sorpreso eh? Beh, lo sono anch'io. E una parte di me si fa schifo per il fatto che non mi sento in colpa».

«Julian mi ha detto che eravate tutti e due sotto tiro, cos'altro potevi fare? L'unica alternativa era farti ammazzare».

«Lo so, ma continuo a rivedermi davanti quel ragazzo che crolla a terra con due fiotti di sangue dal petto».

«Allora fai bene a rimanere a lavoro, altrimenti non la smetti più di pensarci».

«Sì, lo penso anch'io. Se me ne andassi ora sarebbe per rimanere un po' da solo, non per dover spiegare tutto a mia madre e a mia zia».

«Eh già, se vivessi da solo...»

«Oh, Grady! Non ricominciare eh!»

«Era solo una considerazione, tutto qui. Fa' quello che cazzo vuoi della tua vita».

Il silenzio regnò nell'auto per qualche minuto. Quando furono in vista del distretto, Watts tornò a parlare.

«Preparati a raccontare tutto al tenente».

«Al tenente ci penserò domattina, Grady».

«No, devi pensarci ora. Puoi scommettere che Schuster lo avrà avvisato per radio».

«Dici che il tenente viene giù?»

«E' sicuro. Quando ci sono operazioni di questo genere dorme con un occhio solo e vuole essere subito informato».

«Comunque sia, non c'è problema. Devo solo raccontargli la verità».

«Ecco, bravo. Il tenente sente puzza di balle lontano un miglio, specie con chi non sa raccontarle. Ma sappi che avrai molto da scrivere, ti chiederà un rapporto dettagliatissimo».

«Ok, ok, basta così, ho capito. Ad averlo saputo prima, mi sarei lasciato ammazzare!» disse Parker, sforzandosi di abbozzare un sorriso, che Watts ricambiò.

Esattamente come previsto da Watts, dopo aver assicurato nelle celle sotterranee del distretto i sette Fantasmas portati col cellulare, i detective trovarono il tenente Braxton poggiato, come sua abitudine, sullo spigolo di una scrivania della sala dell'Investigativa, intento a fumare nervosamente nell'attesa. In un altro contesto, sarebbe potuto essere un padre in attesa della nascita del primo figlio.

«Bob, raccontami tutto» disse a Schuster, appena questi mise un piede nella stanza.

«Eccomi... me lo dai un secondo per andare a pisciare?»

Braxton annuì con un certo sacrificio, quindi, incapace di reggere l'attesa, si rivolse a Watts.

«Quanti ne avete presi?»

«Sette su nove sono sotto. Uno è in ospedale con il naso e qualche dente rotto... rotto da me, per inciso. - e sorrise, senza essere ricambiato dal superiore - E il nono è morto, l'ha ucciso Parker...».

Braxton guardò il suo giovane detective in modo profondo, grave, come volesse leggergli dentro.

«Allora, mentre parlo con Schuster, tu scrivimi il rapporto preliminare. Poi ne parliamo a quattr'occhi».

«D'accordo tenente, lo faccio subito».

Tornò Schuster, ancora alle prese con la cerniera dei pantaloni.

«Nel mio ufficio» sentenziò Braxton.

«Sì... ehm, tenente, sarebbe meglio che venissero anche Watts e Sanchez, perché al momento dell'intervento ci siamo separati in tre gruppi...».

«D'accordo, venite tutti e tre. Jackson, tu vai a farti una doccia e a renderti presentabile. Se dio vuole, hai finito di vestirti in quel modo».

«Grazie, tenente, ne ho proprio bisogno».

Chiusi nell'ufficio del loro superiore, Schuster, Watts e Sanchez raccontarono in tutti i dettagli lo svolgimento dell'operazione: ognuno di loro descrisse poi i singoli interventi e gli arresti finali.

«Scusate, me ne manca uno all'appello...» disse Braxton, sul finire dei racconti.

«L'ultimo lo ha fermato Parker, - disse Sanchez - quello scappato con un barbone come ostaggio. Gli sono corso dietro dopo aver controllato il cadavere e quando sono arrivato lo stava ammanettando».

«E l'ostaggio?»

«Neppure un graffio».

«Mi state dicendo che Parker ha ucciso un uomo e subito dopo ne ha bloccato un altro liberando l'ostaggio? Ho capito bene?»

«Sissignore, è andata così. - disse Sanchez sorridendo - El niño se l'è cavata alla grande e mi ha pure salvato la pelle».

«Quando si hanno buoni maestri...» aggiunse Watts, strappando una risata ai due colleghi. Il tenente, invece, sembrava non avesse neppure sentito.

«Bisogna interrogarli subito, prima che il resto della banda noti la loro assenza e si organizzi, spostando la loro base, l'arsenale e quant'altro».

«Per il momento non sappiamo neppure i loro nomi, tenente. Nessuno di loro aveva documenti addosso. - disse Schuster, in tono un po' avvilito - E per confrontarli con le foto dell'anagrafe ci vorranno almeno ventiquattr'ore».

«Le targhe delle auto?»

«Ho detto a Jackson di controllarle, ma immagino che siano rubate».

«Le armi che avete sequestrato?»

«Quelle le ha prese la Scientifica, aspettiamo notizie da loro».

«Bob, fai anche sorvegliare da due agenti la stanza d'ospedale dov'è ricoverato il ferito».

«Sì, certo».

«Bisogna interrogare questi sette».

«Faremo mattina, Joe...» disse ancora Schuster.

«Aspettate un attimo, - li interruppe Sanchez - non serve interrogarli tutti. I novizi, quelli venuti per picchiare i barboni ed entrare così nella banda, è probabile che non sappiano nulla o quasi. Visti i tempi ristretti, dobbiamo concentrarci su quelli già affiliati alla banda».

«Quelli con la pistola» propose Braxton.

«Non solo... anche quelli con il tatuaggio sull'avambraccio. Non puoi farti un tatuaggio del genere se non appartieni alla banda».

«Io ne ho visti due di questi, ne sono sicuro» disse Watts.

«Anche quello ammazzato da Parker ce l'aveva, ma quello non può parlare» aggiunse Sanchez.

«Quello in ospedale?» chiese il tenente.

I tre detective si guardarono tra loro con aria interrogativa, ma nessuno parlò.

«Ok, faremo controllare ai due agenti di piantone. Andate a prendere quei due e portateli in due diverse sale-interrogatorio, ma non iniziate senza di me. Io devo parlare un minuto con Parker. Andate e mandatemelo».

Mentre uscivano dalla stanza del tenente, i tre detective s'imbatterono in Rob Ross e Gayle Zampisi, arrivati in quel momento e sul punto di entrare anche loro da Braxton.

«Aggiornateli voi, - disse Schuster ai due colleghi - e poi occupatevi degli interrogatori; io dispongo la sorveglianza nell'ospedale».

Watts e Sanchez annuirono.

«Giovane Parker, sei desiderato ardentemente» disse Watts al compagno, indicandogli con la testa la stanza del tenente.

«Ma non ho ancora finito il rapporto».

«Fregatene, porta quello che hai».

Parker strappò via dai rulli della macchina da scrivere il foglio su cui stava battendo e andò da Braxton.

«Chiudi la porta» gli disse il tenente, non appena fu dentro. Parker eseguì.

«Dammi quel foglio e siediti».

«Non è ancora completo, tenente, non ho fatto in tempo...» si giustificò Parker.

«Dammelo lo stesso, lo finirai dopo».

Parker si sedette e il suo superiore iniziò a leggere con estrema attenzione il rapporto preliminare.

Dopo un minuto, poggiò il foglio sulla scrivania e lo guardò.

«E poi? Cos'è successo?»

«Manca il fermo dell'altro uomo, quello con l'ostaggio».

«Dimmi».

«Li ho visti fuggire, li ho seguiti, erano più lenti di me perché il barbone non collaborava e quello era costretto quasi a trascinarselo dietro. Ho visto la loro direzione, ho pensato che l'uomo armato volesse tornare al pick-up, non sapendo che era stato distrutto da Schuster e Watts».

«Com'era armato?»

«Un coltello, di quelli a lama estraibile».

«Va' avanti».

«Ho visto che direzione prendevano, allora li ho mollati, ho fatto di corsa il giro contrario dell'isolato e gli sono spuntato alle spalle. L'uomo armato mi veniva incontro di spalle, camminava all'indietro aspettandosi il nostro arrivo dall'altra parte, e così gli ho puntato la pistola contro la nuca e... si è arreso».

«Bene, molto bene. Senti Parker... mi spiace che tu abbia dovuto uccidere un uomo... era la prima volta, no?»

«Sì, la prima».

«Questo ti sta creando problemi?»

«Un po', ma mi ha aiutato parlarne in macchina con Watts, signore».

«Quindi tutto ok?»

«Sissignore, tutto ok».

«Allora vai, finisci questo rapporto e poi vieni agli interrogatori, dobbiamo far parlare quei due con il tatuaggio».

«Ok, a dopo».

«A dopo, Parker».

«Questo è un invasato, si vede dalla faccia» bisbigliò Ross a Zampisi dopo aver condotto in una delle stanze per gli interrogatori il loro prigioniero. L'altro, tatuato anch'egli con il simbolo dei Fantasmas, era nella stanza accanto, guardato a vista da Watts e Sanchez. Dietro i finti specchi, a osservarli, c'erano Schuster da una parte e Braxton dall'altra. All'arrivo del tenente, una luce rossa si accese in entrambe le sale. Si poteva cominciare.

«Come ti chiami?» esordì Watts.

«In culo a tua madre, este es mi nombre».

«Ehi, abbiamo un umorista, qui!» ribatté il detective guardando la collega.

«Ehi ehi hermano, - s'inserì Sanchez, parlando con tono paterno - lo vedi quant'è grosso il mio collega? Lo ves? Ecco, se continui a fare lo stronzo sai cosa succede? Che io penso di aver sentito squillare il mio telefono, esco di qui e ti lascio solo con lui. Lui ti rompe un osso dopo l'altro finché non inizi a parlare e quando torno esclamo "accidenti, che diavolo è successo qui?!" e sarà solo la tua parola contro la sua, la parola di un coglioncello qualsiasi contro quella di un detective di primo grado con quindici anni di specchiato servizio sulle spalle. Io lo dico per te. Sei portoricano anche tu, no?»

Nessuna risposta.

«Dai, almeno questo puoi dirmelo. Da dove vieni? San Juan? Mayaguez? Ponce? Io sono portoricano come te, e non voglio vederti finire in ospedale ingessato fino al collo per colpa di un poliziotto irlandese».

«Traidor! Hijo de puta!» gli gridò quello per tutta risposta, e finì la frase sputandogli addosso.

«Ah, sarei io il traditore? E i tuoi compaesani che ti hanno fatto venire fin qui solo per sfruttarti finché sei minorenne? Loro non sono traditori e figli di puttana? Ti hanno promesso un mucchio di soldi, armi e potere, giusto? Beh, sappi che quello che otterrai sarà solo una branda in una cella».

«Soy menor de edad».

«Ehi, parla la nostra lingua, stronzo!» scattò Watts, afferrando il prigioniero per la maglietta, rossa con un drago bianco al centro, e scuotendolo vigorosamente.

«Ti avverto: mi stai già facendo incazzare, capito? Quindi, inizia a parlare inglese!»

Il ragazzo venne ributtato in malo modo sulla sedia, ma si guardò bene dal riaprire bocca.

«Lascia che ti riassuma la situazione. - riprese Sanchez sforzandosi di avere un tono conciliante - Il fatto che tu non voglia dirci chi sei non cambia nulla; al vostro arrivo qui, abbiamo preso le impronte digitali di tutti voi, te acuerdas? Ricordi quando ti abbiamo passato sulle dita quel rotolo con l'inchiostro blu e poi le avete poggiate su un foglio bianco? Ecco, quelle sono le impronte digitali, e tra quelle e la tua foto segnaletica puoi stare certo che alla tua identità ci arriveremo».

«Soy menor de edad» ripeté il ragazzo ancora in spagnolo, lanciando a Watts uno sguardo di sfida.

Sanchez fece un gesto eloquente al collega, che si avvicinò solo di qualche passo.

«Ok, mettiamo che tu sia davvero minorenne: e quindi? Pensi che la legge non valga per te? L'unica differenza sarà che a giudicarti non sarà un giudice ordinario ma uno del tribunale dei minori. Dopo la condanna verrai rinchiuso in un carcere minorile, in attesa che tu compia i diciotto anni, momento in cui verrai trasferito in un normale carcere. Fin de la historia».

«A Prescott la carne fresca portoricana è richiestissima, lo sapevi?» gli disse Watts, ansioso di rispondere alla sfida subita. Il ragazzo non sembrò reagire.

«Ma c'è anche una seconda possibilità. - proseguì Sanchez, calatosi ormai nei panni del bravo consulente legale - Se salta fuori che sei un immigrato irregolare, il giudice può decidere di rimpatriarti a Portorico perché di feccia come te le nostre galere sono già piene da scoppiare. In quel caso non andresti in galera, ma sarà nostra premura inserire nella sentenza di espatrio un'attenuante per la tua confessione, così tutti i Fantasmas verranno a sapere che hai parlato, con le conseguenze che puoi ben immaginare».

«Io non vi dirò un cazzo!»

«Ehi, parla un ottimo inglese il giovanotto!» esclamò Watts fingendosi sorpreso.

«Oh, ma non serve che la tua sia una vera confessione. - proseguì Sanchez - Possiamo inventarcene una noi, confezionata apposta per il giudice. Vedi, tutti temono che i cattivi poliziotti inventino le prove a vostro carico, non a vostro vantaggio... ma per te, faremo un'eccezione...» concluse il detective portoricano, con un sorriso beffardo sul volto.

«Oh sì, metteremo su una storia commovente, - riprese subito Watts, attento a non far calare la pressione psicologica sul ragazzo - una confessione come non se ne sono viste mai nella storia della polizia, così appena rimetterai piede nella tua amata isola avrai alle costole sia i Fantasmas, ansiosi di fartela pagare, che quelli degli altri clan, felici di esibire come trofeo il tuo braccio con il tatuaggio... insomma, quasi quasi sarebbe meglio il carcere, che dici?»

«Non dico niente, potete parlare fino al Giorno del Giudizio».

«Perché non gli dici della terza possibilità?» aggiunse Watts, come se non lo avesse neppure ascoltato.

«Beh, ma tanto lui non parla, che se ne fa?» rispose Sanchez, ironico.

«E tu digliela lo stesso, magari gli si snebbia quel poco cervello che gli ha dato madre natura».

«Ok, se lo dici tu... la terza possibilità è presto detta: ci racconti tutto quello che sai sui Fantasmas, noi lo verifichiamo, ci firmi la deposizione giurata e da quel momento smetti di esistere. Ci indichi i tuoi familiari più stretti e insieme a loro entri nel programma di protezione dell'FBI; cittadinanza americana, nuovi nomi in una nuova città, vi trovano un lavoro e vi danno dei soldi per ricominciare. Non sapremo neppure noi dove sarete, massima sicurezza. Se rispetterete le regole, la tua vita e quella della tua famiglia cambierà in meglio, te lo assicuro».

«Vai al diavolo, te l'ho detto: non sono un traditore come te!» In quel momento la luce rossa dentro la stanza iniziò a lampeggiare; era un segnale che invitava i due detective a uscire. Sanchez ammanettò il ragazzo con le mani dietro lo schienale della sedia, quindi uscì, seguito da Watts.

«Noi andiamo a fare un goccio, se permetti. - gli disse Watts -Tu intanto vedi di toglierti un po' della merda che hai nel cervello» e chiuse la porta.

Si ritrovarono tutti nella stanza da cui il tenente Braxton aveva osservato l'interrogatorio di Watts e Sanchez. C'erano anche Jackson e Parker, oltre ai colleghi provenienti dalla sala accanto, Schuster, Zampisi e Ross.

«Facciamo il punto della situazione» disse il tenente, ma la sua espressione tradiva già l'assenza di buone notizie.

«La Ford e il pick-up sono stati rubati ieri pomeriggio, con regolare denuncia dei proprietari» sentenziò Jackson.

«In che zone sono avvenuti i furti?» chiese il tenente.

«Green Meadows, Cinquantacinquesimo Distretto».

«Vicino agli slum».

«Esatto».

«Quindi è probabile che il grosso della banda si nasconda lì in mezzo».

«Più al sicuro di così...» disse Sanchez, interpretando il pensiero di tutti gli altri.

«Notizie dalla Scientifica sulle armi?»

«Ancora niente» rispose Jackson.

«Allora senti a che punto sono e se ti dicono che ci vogliono ancora più di quindici minuti chiama a casa il tenente Spielman e tiralo giù dal letto! Digli che chiami da parte mia e che non voglio sentire storie, questa faccenda ha la precedenza su tutto il resto».

Jackson annuì e andò via.

«Da voi come va?» chiese il tenente a Schuster, Ross e Zampisi.

«Osso duro, tenente; - rispose la donna - è un invasato, darebbe la vita per i Los Fantasmas, e sa bene che senza uno straccio di documento che provi la sua identità tra quarantotto ore esce».

«Infatti, il problema è esattamente questo».

«Tenente, diciamocela tutta, - s'inserì Rob Ross - se questi qui sono degli immigrati clandestini, ed è probabile che lo siano, per noi è come se non esistessero. Nessun giudice ci consentirà mai di arrestarli, figuriamoci di processarli; possiamo solo consegnarli all'INS per farli rispedire nella loro merdosa isola».

Ross fece finta di non vedere il dito medio che Sanchez gli rivolse da dietro le spalle del tenente.

«E ci sono anche gli altri cinque di sotto...» aggiunse Schuster, come parlando tra sé e sé.

«Per l'identità potremmo rivolgerci al consolato di Portorico...» suggerì Parker.

«Sì, potremmo... ma per avere risposta ci vorrebbero sei mesi...» rispose Braxton.

«Cazzo... siamo con le mani legate» mormorò Watts.

«Se vivono negli slum è come se non esistessero... se la sono studiata bene, quei bastardi dei loro capi» disse Ross.

«Ci serve sapere con certezza l'identità di almeno uno di quelli che hanno impugnato le armi, solo così potremmo fargli pesare realmente la prospettiva di passare un po' di anni in galera. Senza queste basi stiamo solo perdendo tempo» concluse il tenente.

«Sono stati in quattro a reagire con le armi, tenente; uno è morto, due sono qui, e sono quelli con le accuse più gravi.

Hanno puntato una pistola e un M-16 contro dei poliziotti, e in più hanno il tatuaggio di appartenenza alla pandilla. - disse Sanchez - Il quarto è quello che ha cercato di scappare minacciando il barbone con un coltello».

«Sì, ma quello possiamo anche lasciarlo perdere. Le accuse sono minori e poi non ha il tatuaggio» rispose Braxton.

«Sono d'accordo. Dobbiamo puntare a far parlare uno di questi due. E dobbiamo fare presto, altrimenti sarà stato tutto inutile».

«Senta, tenente... - disse Watts col tono di chi già sapeva la risposta che avrebbe ricevuto - ... usare le maniere forti è fuori discussione, vero?»

«Dopo tanti anni in questo distretto non dovresti neppure chiedermelo, Grady» rispose Braxton, in un modo che non ammetteva repliche. Watts si limitò a fare un cenno d'assenso con la testa.

Ci fu qualche attimo di silenzio imbarazzato tra i detective. Watts non era l'unico a pensare che il solo modo per avere rapidamente informazioni da quei due sarebbe stato quello di uscire dai regolamenti che legavano loro le mani, ma nessuno diede voce ai propri pensieri; su questo argomento il tenente Braxton, una volta di più, si era mostrato un ostacolo insormontabile.

«Tenente, come ci muoviamo?» chiese Watts.

«Insistiamo, riprendiamo a torchiarli e vediamo se crollano. E speriamo che Spielman...»

In quell'istante si spalancò la porta dietro di loro, quella che conduceva ai piani superiori del distretto.

«Ehi, che cazzo ci fate qui? Tutti insonni? - sbottò Vance Blackman con la sua voce baritonale - Il sergente Clayton mi ha detto che... - s'interruppe appena vide il tenente - Ah, tenente, c'è anche lei...»

«Sì, Blackman, ci sono anch'io. Qui abbiamo un po' da fare. Dov'eravate tu e Mitchell?»

«Un morto tra la Decima e la Johnson; un topo d'appartamento ha cercato di entrare da un balcone ma ha fatto un po' troppo rumore e il proprietario l'ha accolto con una fucilata in pieno petto. Storia chiara».

Braxton annuì.

«E qui che avete? Cosa c'è di tanto importante da tenervi in piedi tutta la notte?»

«Ricordi l'operazione con Jackson travestito da barbone di cui ti avevo parlato?»

Blackman annuì.

«Stanotte l'esca ha funzionato, ne abbiamo presi otto, più un morto. Qui ne abbiamo sette, un altro è in ospedale, e i due che stiamo interrogando sono i capi del gruppo. Però non parlano, e non abbiamo le loro identità, siamo al palo».

Blackman, forte della sua stazza imponente da ex giocatore di football, si fece largo in mezzo ai colleghi affacciandosi nella sala d'osservazione della stanza più vicina, quella in cui sedeva il sospettato affidato a Ross e Zampisi.

«Che faccia da coglione! Se mio figlio avesse una faccia così lo terrei chiuso dentro casa per la vergogna!» esclamò Blackman uscendo dalla sala. Il suo umorismo non fece ridere nessuno dei presenti, ma la sua pancia voluminosa, resa ben visibile da un'orrenda camicia a righe orizzontali, continuò a scuotersi dalle risate.

«L'altro dov'è?» chiese.

«In quest'altra» gli indicò Schuster.

«Ma hanno reagito? Con cosa possiamo accusarli?»

«Quello che stai per vedere ha cercato di fare la pelle a me e Watts con un M-16, ti basta?»

«Cazzo! E dove l'ha trovato un M-16?!»

«E' proprio questo il problema, Vance» gli disse Schuster con infinita pazienza.

«Beh, vediamo quest'altro campione allora».

In quell'istante entrò nel corridoio anche Lou Mitchell, il suo compagno di coppia.

«Oh, salve tenente...» disse con deferenza.

«Vieni Lou, accompagnami che intanto ti spiego» gli disse subito Blackman, afferrandolo per un braccio e tirandoselo dietro.

Passata una ventina di secondi, la porta che si erano chiusi alle spalle si spalancò brutalmente.

«Tenente! Tenente! Ma noi questo qui lo conosciamo!» gridò trionfante Mitchell.

Tutte le teste del corridoio si voltarono nel medesimo

istante.

«Lo conosci?!» disse Braxton, stupito.

«Sì, tenente, quel ragazzo l'abbiamo visto qualche settimana fa, lei lo sa che io ho una buona memoria per le facce, sa che può fidarsi della mia parola, perché...»

Il tenente annuì, ma lo bloccò subito con un gesto della mano. Era vero, Lou Mitchell poteva vantare una straordinaria memoria fotografica, ma anche un'altrettanto straordinaria logorrea, se gli si lasciava campo aperto in una discussione.

«Vieni al sodo, Lou. Dove l'avete visto?»

«Io e Vance eravamo stati chiamati per un litigio in un condominio... mi pare... il proprietario di un appartamento stava per linciare la sua inquilina, colpevole di non pagare l'affitto da non so quanto tempo... non era così la storia, Vance?»

«Esatto, proprio così» confermò Blackman annuendo.

«Dove?» chiese subito il tenente.

«Un cesso di palazzo all'estremità sud del Barrio» rispose prontamente Mitchell.

«E il ragazzo come c'entrava?» chiese il tenente.

«E' uno dei figli dell'inquilina, me lo ricordo perché lui e il fratello maggiore avrebbero voluto reagire alle minacce del proprietario e noi due faticammo un po' per calmare le acque».

«Ok, come si chiama?»

«Lui non lo sappiamo, ma basta ripescare il rapporto di quell'intervento per avere il nome della madre e l'indirizzo della casa».

«Quindi la madre aveva i documenti?»

«Sì, li chiedemmo sia a lei che al proprietario per inserire le generalità nel rapporto, i ragazzi li lasciammo perdere, ma la donna disse che erano i suoi figli. Magari li avrà pure chiamati per nome in quel momento, ma lì per lì non ci abbiamo fatto caso».

«Prendete con voi Parker e Zampisi, fatevi dare la chiave dell'archivio dal sergente Clayton e trovate il più rapidamente possibile quel rapporto. Avete un quarto d'ora, non di più. - disse Braxton in tono più che imperativo. Poi si rivolse agli altri detective. - Voi riportate in cella quell'altro, e ditegli che il suo compagno sta confessando, magari servirà a far crollare anche lui».

Nei primi passi dentro l'archivio, a Parker fece uno strano effetto ritrovarsi ancora lì insieme a Zampisi ed ebbe la sensazione, da un fulmineo incrocio di sguardi, che anche per lei fosse così. Entrambi, però, non ebbero altro tempo da dedicare ai loro pensieri privati, gli ordini del tenente erano stati chiari: entro quindici minuti quel rapporto sarebbe dovuto saltare fuori.

Blackman individuò dapprima gli scaffali dove avrebbero dovuto cercarlo; i due detective ricordavano chiaramente come il loro intervento risalisse a luglio, quindi il rapporto doveva essere stato appena archiviato. Trovarono subito i faldoni giusti e tutti si misero a sfogliare il gran numero di rapporti che vi erano contenuti, provenienti da tutti i reparti del distretto.

«Fermi, eccolo!» gridò Zampisi qualche minuto dopo.

«Guardala anche tu, ma la storia sembra quella: 5 luglio, e ci sono le vostre firme».

Mitchell afferrò i due fogli spillati, scorse velocemente il primo e annuendo lo passò giù a Blackman.

Ancora mezzo minuto per leggere entrambe le pagine, quindi anche Blackman annuì.

«E' proprio lui. Io corro di sopra, voi rimettete tutto a posto, chiudete e ridate le chiavi al sergente Clayton» ordinò.

Parker offrì una mano a Zampisi per saltare giù dalla scala; la detective l'accettò con un sorriso e scese in un balzo.

«Bob, prendi una volante di rinforzo e vai a prelevare la madre e il fratello maggiore, l'indirizzo è questo» ordinò il tenente dopo aver letto il rapporto riemerso dall'archivio del distretto.

«Ok, volo» rispose Schuster.

«La madre si chiama Maria Rincòn, chiedile subito il nome di questo qui e fammelo sapere immediatamente per radio».

Schuster non perse tempo in inutili risposte e corse su per le scale.

«E noi? Entriamo?» chiese Watts, ansioso di vedere la faccia del ragazzo di fronte alla certezza di essere stato identificato.

«No, aspettiamo di sapere il nome, voglio spiazzarlo subito».

«Tenente, se ci dice quello che vogliamo sapere che si fa? Interveniamo subito?» chiese Ross.

«Sì, penso di sì».

«Anche se rischiamo di ficcarci nella bocca del leone?»

«Non ci andremo scoperti, nella bocca del leone. Possiamo sempre chiedere la squadra SWAT dalla Centrale, ce n'è una in servizio anche di notte».

Ross annuì.

«Comunque prima sentiamo cos'avrà da dirci il ragazzo, non facciamo mosse avventate».

«Dice che non è il caso di preallertare la SWAT, tenente?»

«Su quali basi? Sull'ipotesi che un sospettato, che non ha ancora detto una sola parola, possa parlare? Non scherziamo».

La porta d'accesso al corridoio si aprì nuovamente e apparve Jackson.

«La Scientifica ha alzato il culo?» chiese il tenente.

«Sì, tenente, ma dalle armi non si tira fuori niente. I numeri di serie sono stati limati alla perfezione e anche dalle munizioni e dai bossoli nulla di particolare».

«Si sa almeno se l'M-16 è uscito dal nostro esercito?»

«Pare di no, ha delle modifiche commerciali nel meccanismo di recupero che lo fanno sparare a una cadenza più bassa».

«E dove vengono commercializzati questi modelli?»

Jackson scosse la testa.

«Un po' in tutto il mondo, tenente. Potrebbe venire dal Messico come dall'Europa o dalla Corea».

«'Fanculo, ecco cosa succede a vendere armi a tutto il mondo» esclamò Braxton, ormai rassegnato all'inutilità di quel canale d'indagine.

«Ok, Mike, hai fatto un buon lavoro, comunque. Resta qui con noi, a breve ci saranno novità».

Jackson guardò i colleghi intorno a lui con aria incuriosita, e quelli gli raccontarono gli ultimi sviluppi.

Il tenente ebbe giusto il tempo di un'altra sigaretta, poi fischiò il cicalino della ricetrasmittente che teneva accanto a sé, in attesa della chiamata di Schuster.

«Tenente, sono Bob, stiamo ripartendo dalla casa della donna, l'abbiamo prelevata, passo».

«Il fratello maggiore? Passo».

«Non c'era, ma la madre mi ha detto che si chiama Sergio, Sergio Rincòn. Il nostro uomo invece è Paulo Rincòn, nato a San Juan il 14 luglio del 1954, passo».

«Altro da segnalare?»

«Nulla, la madre sta collaborando senza problemi, sembra molto angosciata per i due figli, passo».

«Meglio così. Sbrigatevi ad arrivare qui, passo e chiudo».

Il tenente scrisse nomi e dati su due fogli di un blocchetto, quindi ne strappò subito uno e lo diede a Jackson.

«Fai subito una ricerca sui due fratelli alla Centrale, vedi se hanno precedenti o altro d'interessante, e di' che ci serve saperlo SUBITO».

Jackson fuggì nuovamente via, e il tenente si rivolse a Watts.

«Grady, quando ricominciamo con Rincòn voglio che conduca tu l'interrogatorio. Entreremo tutti insieme, per impressionarlo di più. Ma se cerca ancora di resistere voglio un interrogatorio duro, pur entro i limiti. Mettigli pressione, fagli capire che non ha scampo».

Watts annuì.

«Porteremo dentro anche la madre?» chiese Ross.

«No, teniamola fuori, almeno all'inizio. Non voglio coinvolgerla direttamente se non sarà strettamente necessario. Ora andiamo a prenderci un caffè, la nottata sarà ancora lunga. Parker, tu rimani a sorvegliare il ragazzo. Vuoi che te ne portiamo una tazza?»

«Sì, grazie, ci vuole».

«Resto anch'io con lui, il caffè non mi serve» disse Zampisi, spiazzando Parker.

«Ok, andiamo» disse il tenente con noncuranza, tirandosi dietro Watts, Ross, Sanchez, Blackman e Mitchell.

Il silenzio tra Parker e Zampisi durò solo pochi secondi, giusto il tempo di lasciar allontanare i colleghi.

«E così hai ucciso un uomo...» esordì Zampisi.

«Sì, ma ti prego di non dirmi anche tu che "fa parte del mestiere" e che "sono cose che capitano" perché saresti la terza nelle ultime due ore».

«No, volevo solo sapere cosa si prova».

«Ah, a te non è mai successo?»

«Sorpreso?»

«Beh, un po' sì. Pensavo che una donna risoluta come te si portasse dietro una striscia di cadaveri...» disse Parker con un sorriso, che venne subito ricambiato da Zampisi.

«Niente sangue, mi spiace deluderti. Ho tirato qualche pugno, tutto qua. Ma niente pistola, mai sparato in servizio».

«Puoi vantartene».

«Oh sì, penso di sì. Ma volevo sapere cosa si prova a sparare a un uomo».

«Appena mi fermo, vedo e rivedo la scena come fossero dei fotogrammi al rallentatore, come se tra un gesto e l'altro fosse passato molto tempo; in realtà non ti accorgi di niente, c'è uno che sta sparando addosso a un tuo collega, poi vede te, punta la sua pistola su di te, spara ma in tutta fretta, senza puntare. E tu fai l'unica cosa che possa salvarti la pelle in quell'istante, ecco».

«Fai il poliziotto da tre mesi e hai già questa riflessi professionali? Complimenti!»

«Non so che dirti, sono stato sorpreso anch'io da me stesso. E' la sequenza sparo-bersaglio quella che mi ha sbigottito di più; ho sparato due colpi sforzandomi di rimanere calmo e un attimo dopo lui è crollato al suolo, con due zampilli di sangue dal petto. Sapevo che non avrei avuto una seconda possibilità, se avessi sbagliato lui avrebbe mirato meglio la seconda volta. Mi sono salvato la pelle, insomma».

Zampisi lo guardò con uno sguardo ammirato, dolce; era la prima volta che Parker vedeva nei suoi occhi quel tipo di espressione. Fu colto dalla voglia di tornare a baciarla, ma decise di non voler ricominciare il doloroso tira e molla degli ultimi mesi.

«Come la vedi questa storia?» gli chiese Zampisi, ammiccando verso Paulo Rincòn.

«Complicata. Se anche riusciamo a farlo parlare, e penso che stavolta ci riusciamo con le carte che abbiamo in mano, questo è solo l'inizio».

«Però il tenente mi sembra deciso a chiuderla in breve».

«Sì, certamente, ma questi sono degli invasati, li hai visti anche tu. Se Rincòn dovesse dirci dove si trova il loro covo o l'arsenale, sarà dura arrivarci, specie se il nostro obiettivo fosse negli slum. Non credo che si lasceranno impressionare troppo dal nostro mandato, ecco».

«Allora dobbiamo sperare che questo stronzetto qui non ci dica una parola?»

Parker rise.

«Se ti sentisse il tenente... Gayle... sono talmente stanco che non so davvero più cosa sperare».

In quel momento irruppe nel corridoio Schuster.

«Ciao Bob» disse Zampisi.

«Ciao ragazzi, dove sono tutti gli altri?»

«Di sopra a bere un caffè, noi facciamo la guardia a questo fenomeno mezzo addormentato. La madre dov'è?»

«Di sopra, l'ho lasciata al sergente Clayton in attesa di sapere dal tenente cosa vuole farne».

«Ha detto che per il momento intende lasciarla fuori, e usarla eventualmente dopo, solo come carta estrema nel caso mister testadura insistesse nel proclamarsi fedele ai Fantasmas».

Schuster annuì e un attimo dopo la porta tornò a spalancarsi. Erano il tenente e i suoi detective di ritorno dalla pausa. In mezzo al gruppo si erano aggiunto anche Jackson, che porse una tazza di caffè a Parker.

«La signora Rincòn?» chiese subito il tenente, vedendo Schuster.

«E' di sopra con Clayton».

«Bene, lasciamola lì, per il momento, è ora di entrare».

La mossa del tenente sortì, come previsto un certo effetto: Paulo Rincòn, mezzo addormentato nella solitudine della sua stanza, trasalì quando udì la porta spalancarsi di botto e pochi attimi dopo iniziò a preoccuparsi seriamente, vedendo entrare ben dieci detective. La stanza numero tre per gli interrogatori, che fino a quel momento gli era sembrata abbastanza ampia, divenne in un pochi secondi insopportabilmente piccola e soffocante. Rincòn cercò di mantenere lo sguardo sprezzante che sembrava aver funzionato tanto bene fino a quel momento, sforzandosi di non far trasparire l'ansia che stava iniziando ad attanagliarlo. Tra quei dieci detective ce n'erano per tutti i gusti: donne, uomini, bianchi, neri, biondi, mori, calvi, alti, bassi, giovani, anziani... a Rincòn sembrò che tutto il Corpo di Polizia della città avesse deciso d'interrogarlo, quella notte. Vide avanzare il biondo con il codino, quello che prima l'aveva afferrato per il bavero, forse l'unico di quel gruppo che gli incuteva una paura reale, fisica; Rincòn sentiva che quello era un uomo capacissimo di aggirare leggi e regolamenti per spaccargli le ossa.

«Paulo Rincòn, nato a San Juan di Portorico il 14 luglio del 1954» esordì Watts, snocciolando le generalità del ragazzo quasi con noncuranza.

Bastarono quelle poche parole per smantellare lo sguardo di sfida del ragazzo. Il fulcro dell'impunibilità dei Fantasmas minorenni si basava proprio sull'impossibilità di un loro riconoscimento certo, sulla caratteristica comune di essere tutti immigrati completamente clandestini e illegali. Crollato quel muro, ogni fantasma perdeva la propria invisibilità agli occhi della legge.

«Hai capito, vero? Hai capito che la pacchia è finita, coglioncello?» lo incalzò Watts.

Rincòn rimase in silenzio. Tornò a scorrere con lo sguardo i detective che riempivano la stanza, si soffermò su due volti che gli sembrava di conoscere e capì. Quei due erano venuti a casa sua quella volta che il padrone di casa aveva provato ad aggredire sua madre per l'affitto arretrato... ecco come avevano fatto i poliziotti a sapere il suo nome e tutto il resto. Rincòn era giovane ma non stupido, gli fu subito chiaro come sarebbe andata a finire, l'unica cosa che gli rimaneva era di strappare le migliori condizioni possibili.

«Entiendo. Avete trovato mia madre e mio fratello grazie a quei due lì, - disse indicando con la testa Blackman e Mitchell - y ahora qué pasa?»

«E bravo il nostro fenomeno, hai capito tutto eh?»

«Ora che succede?» ripeté Rincòn, stavolta in inglese.

«Succede che ci dici tutto quello che sai sulla banda di teste di cazzo di cui fai parte».

«Que me das a cambio?»

Watts proruppe in una risata fragorosa.

«In cambio?! Vorresti anche avere qualcosa in cambio?! Parliamoci chiaro, scarto di verme: se non parli te ne vai dritto in galera e ci resti una dozzina d'anni, di cui solo il primo in un carcere minorile. Alla fine della pena verrai espulso e verrai ucciso appena tocchi terra a Portorico. Se invece ci dici tutto, il giudice ne terrà conto, gli anni saranno la metà e quando esci avrai qualche possibilità in più di tenerti la pelle addosso. Punto e basta».

«Se parlo voglio che mi facciate diventare americano. E con me anche mia madre e mio fratello».

«Ma certo! - rispose Watts con fare ironico - Anche il cane e il gatto possono diventare americani! Puoi anche darci una lista di cugini da far diventare americani! La famiglia Rincòn diventa tutta americana fino alla settima generazione! - poi, tornando serio all'improvviso - Ragazzo, così non ne usciamo fuori. Dicci quello che sai e vediamo quanto vale».

Rincòn fissò Watts dritto negli occhi per qualche attimo, poi si voltò verso il resto della platea.

«Posso avere una sigaretta?»

Sanchez si fece avanti per primo.

«Tua madre ha appena smesso di allattarti e già fumi?» gli disse, mentre la accendeva.

Rincòn non rispose. Sanchez gli infilò la sigaretta accesa tra le labbra e tornò tra i suoi colleghi.

«Ora la commedia è finita. Parla» gli disse Watts in tono definitivo.

«Io sono stato di guardia all'arsenale, il posto dove tengono tutte le armi più grosse e quelle appena arrivate, prima che vengano distribuite».

«Tipo l'M-16 che avevate sul pick-up stanotte?»

«Tipo quello, sì. Ma c'è anche roba più grossa».

«I capi? Nomi, cognomi, dove possiamo trovarli».

Rincòn scosse la testa.

«Sono nei Fantasmas solo da due mesi, i capi non li conosco».

«Ma avrai sentito girare qualche nome, no?»

«Si fanno chiamare con nomi da battaglia, i veri nomi non li so».

«Allora sentiamo questi nomi da battaglia...»

«Lobo, Tormenta, Leòn».

Watts si voltò verso il gruppo che assisteva in silenzio.

«Lupo, tempesta, leone... non so voi, ma questi nomi puzzano di balle; secondo me se li sta inventando su due piedi».

«Hai ragione, - disse il tenente - finora non ci ha detto praticamente nulla».

«Ehi, e l'arsenale?!» protestò Rincòn.

«Non ci facciamo un cazzo con il solo arsenale. Se non becchiamo i capi, dopo una settimana lo hanno già rimesso su da un'altra parte».

Rincòn sospirò, quindi rimase qualche secondo in silenzio a riflettere.

«Questo non sa un cazzo ragazzi, - disse Watts in tono perentorio - io dico di riportarlo in cella e andarcene a dormire. La palla passa al procuratore».

«Aspettate, aspettate, i nomi non li so davvero! Che c'entro io se quelli lì usano quei nomi del cazzo?! Però, potreste beccarli lo stesso tramite l'arsenale. E' lì che si riuniscono di solito».

«Che cazzata! Vuoi dirmi che stanno lì tutti i giorni e le notti? Tutti insieme? Raccontalo a tua nonna, stronzetto».

«Non lo so se stanno sempre lì, ma so che tutte le volte che ero di guardia all'arsenale loro, o alcuni di loro, erano lì. Quello è il loro tesoro, è con quello che vogliono conquistare la città, è normale che vogliano sorvegliarlo da vicino, no?»

«Quindi i capi sono solo tre?»

«Che io sappia sì: Lobo, Tormenta e Leòn».

«Sapresti descriverceli?»

Rincòn annuì.

«Forza, dicci, non farti tirare fuori le cose con le pinze!»

«No, non mi fregate, io mi fermo qui e non vi dico una sola parola in più finché non ho le vostre garanzie nero su bianco».

«Ma sentitelo! Ha cercato di farci la pelle con un M-16, è nella merda fino al collo e vuole pure le garanzie scritte!»

Il tenente Braxton uscì dal gruppo degli altri detective e si avvicinò alla sedia a cui era ammanettato Paulo Rincòn.

«Sono il tenente Braxton, capo della Squadra Investigativa

dell'Undicesimo Distretto. La mia offerta è quella che ti ha già detto il detective Watts: una buona parola col procuratore e col giudice per farti ridurre la condanna. Quando uscirai, niente espulsione e, dopo un anno di buona condotta, avrai la cittadinanza americana. Ma devi credermi sulla parola, non posso scriverti niente».

«Niente da fare. Se farete irruzione nell'arsenale, si verrà a sapere che sono stato io a darvi la dritta; se vado a Prescott sono morto. Lì è pieno di portoricani. E poi ci sono mia madre e mio fratello».

«Vuoi troppe cose, Rincòn, non siamo in un supermercato e non sei nelle condizioni di tirare troppo la corda. - Braxton si accese una sigaretta, che contribuì a rendere definitivamente irrespirabile l'aria dentro la stanza - Se le tue informazioni saranno davvero convincenti, posso prometterti che sconterai la tua pena in un'altra città, ma la cittadinanza del resto della tua famiglia è fuori discussione. Se righeranno dritto l'avranno presa comunque, per quando sarai uscito di galera».

Rincòn chinò la testa per la prima volta quella notte.

«Ditemi da dove volete iniziare...»

L'interrogatorio proseguì per oltre due ore, davanti a un registratore; il ragazzo fornì una dettagliata descrizione dei tre capi dei Fantasmas, indicò con esattezza su alcune foto aeree degli slum la collocazione dell'arsenale, i due ingressi, il numero e la posizione delle guardie all'esterno e all'interno, il loro armamento, le migliori vie di accesso e quelle di fuga.

Al termine era sfinito, lui come i detective.

«Fategli vedere la madre per tre minuti, poi mettetelo in una cella da solo e portategli qualcosa da bere e da mangiare. - disse Braxton. Poi, indicando Watts e Schuster, aggiunse - Voi due con me di sopra».

Giunsero nell'ufficio del tenente mentre al di là delle grate alle finestre l'alba iniziava a farsi scoprire.

Braxton riempì d'acqua la macchina per il caffè e l'accese.

«Sempre dell'opinione d'intervenire subito, tenente?» chiese Watts.

In risposta ottenne un grugnito poco esplicativo. Il suo superiore si lasciò cadere nella poltrona, sfregandosi il volto con le mani, come alla ricerca dell'ultimo barlume di lucidità, dopo aver dormito solo tre ore nelle ultime trentasei.

«I Fantasmas ormai si saranno accorti che i nove usciti stanotte non sono tornati; abbiamo perso l'effetto sorpresa, ma era importante spremere da Rincòn tutte quelle informazioni».

I due detective annuirono.

«In più, - continuò Braxton - siamo tutti stravolti dalla mancanza di sonno e dalla stanchezza, e infine abbiamo bisogno di tempo per ottenere le autorizzazioni superiori, sia per l'impiego in forze degli uomini di questo distretto che per la SWAT. Non si tratta di un'irruzione in una bisca, potrebbe esserci aria pesante lì dentro, e non posso autorizzare tutto io».

Watts lo guardò perplesso, ma senza dire nulla. Ormai erano in ballo, fosse stato per lui tanto valeva bersi un altro caffè e andare, anche senza la SWAT. Ma non era lui a decidere.

«Non corriamo il rischio che spostino tutto?» chiese Schuster.

«Sì, lo corriamo, ma confido che non lo facciano. A detta di Rincòn, quell'arsenale è pieno come un uovo, e penso che non sia così semplice per loro trovare un altro posto altrettanto grande e sicuro e spostare le armi, tutto in dodici ore. D'altra parte, se ci sono alternative ditemele voi, perché io non ne vedo».

Nella stanza calò il silenzio. Un silenzio affranto, misto di stanchezza, sonno, preoccupazione e delusione per aver visto smarrire quel vantaggio cruciale in termini di tempo e sorpresa. La notte, in fin dei conti, era corsa via in un attimo. Di fronte alla mancanza di alternative da parte dei suoi subordinati più anziani, il tenente riprese la parola.

«Ok, allora voi due, Sanchez, Parker, Jackson, Ross e Zampisi andate a dormire qualche ora; ci rivediamo qui a mezzogiorno in punto. Ora organizzo i turni degli altri per la copertura del distretto».

«Quando conta di entrare in azione?»

«Al tramonto, verso le sei e trenta o le sette. Rincòn ci ha confermato che a quell'ora gli slum iniziano a svuotarsi. Gli uomini scendono in città a spacciare, le donne a prostituirsi;

tra le baracche di latta rimangono solo gli anziani e i bambini. E con un po' di fortuna beccheremo anche i capi dei Los Fantasmas intenti a organizzare il trasloco delle armi».

«Ci pensa lei a parlare con la Centrale per la SWAT?»

«Sì, andate, andate pure. Quando tornate, più tardi, buttate giù insieme il rapporto sull'interrogatorio di stanotte, allegatelo alla registrazione e preparatene una copia in più, anche per il capitano Duvall».

«Allora a dopo tenente».

«A dopo, buon riposo».

I due detective comunicarono ai colleghi le decisione del tenente, quindi il gruppo si sciolse. Watts insistette per accompagnare Parker a casa, ottenendone però solo un fermo diniego.

Parker riprese la metropolitana a Byron, mentre fuori l'oscurità della notte stava definitivamente scomparendo. Seduto nel vagone semideserto, com'era normale a quell'ora, stava quasi per addormentarsi, quando salirono due ragazzi, dai lineamenti evidentemente centroamericani. Erano un po' brilli, forse erano appena usciti da una festa, ma la loro allegria, la loro spensieratezza colpì Parker. Appena seduti, lei prese la faccia di lui tra le mani e lo baciò appassionatamente, e Parker non poté fare a meno di ripensare al ragazzo che aveva ucciso poche ore prima, a quelle sue due pallottole che gli avevano negato di poter avere una ragazza, di poter andare a una festa, di poter vivere, in sintesi. Era vero quello che avevano cercato di dirgli i colleghi: se non avesse reagito, ora ci sarebbe molto probabilmente lui, steso nudo su un tavolo della Morgue in attesa dell'autopsia, e forse anche Sanchez. Ma di fronte alla gioia di vivere dei ragazzi di quell'età, ogni riflessione professionale appariva alla coscienza di Parker come una scusa ridicola, puerile, patetica. Aveva spezzato una vita, ecco la sostanza, e lo aveva fatto nel modo più codardo, pensò, trincerandosi dietro il potere che gli dava un distintivo e premendo semplicemente un grilletto, a venti passi di distanza. Passò poi a chiedersi se lui avesse mai avuto quell'allegria spensierata, perfino se avesse mai avuto diciott'anni, sempre così serio, responsabile, affidabile...

Staccatosi dai suoi pensieri, vide che i due ragazzi lo stavano osservando, pensando che le loro effusioni lo infastidissero. In quell'istante il treno si fermò alla fermata successiva, e Parker, pur non essendo ancora arrivato, decise di scendere e aspettare il treno seguente, pur di liberarsi dalla visione di quei due.

Varcò la soglia di casa mentre l'orologio a pendolo dell'ingresso batteva le sette in punto; andò dritto in bagno, e sulla porta quasi si scontrò con la zia Mary, che ne usciva.

«Oh, Noah, sei tu! Mi hai quasi spaventato!»

«Scusa zia».

«Quando sei rientrato?»

«In questo istante».

«Ti preparo la colazione?»

«No, niente, vado a dormire. Non fate rumore e svegliatemi alle undici. Alle undici, capito?»

La zia annuì in silenzio, colpita dal tono brusco del nipote. Dopo il bagno, Parker si chiuse in camera. Spogliandosi, tolse dalla fondina la sua pistola d'ordinanza e si soffermò a guardarla, seduto sul letto. L'acciaio era tiepido, a contatto col suo corpo, e odorandola sentì distintamente l'odore delle sostanze chimiche che compongono l'innesco delle pallottole. La girò verso di sé, puntandosela contro. Voleva vederla dall'altra parte, da quella sbagliata, come diceva spesso Grady Watts. Poi tolse il caricatore, rimanendo quasi sorpreso che mancassero effettivamente due colpi. Aveva sparato veramente, aveva ucciso veramente. Buttò l'arma e il caricatore sul pavimento, si tolse le scarpe e si sdraiò con ancora i pantaloni e la camicia addosso. Dopo un minuto russava.

Parker salì le scalette dell'Undicesimo Distretto con qualche minuto d'anticipo rispetto a mezzogiorno. L'aver smontato la sua Colt '45 prima di addormentarsi gli aveva ricordato di dover passare in armeria per riprendersi le due pallottole sparate la notte precedente. Il regolamento della Polizia era molto severo in merito: ogni agente riceveva in carico due caricatori completi per la propria arma, o le pallottole equivalenti nel caso dei revolver, ed era chiamato a rispondere di ciascuno di quei colpi, anche nel caso, non infrequente, in cui li sparasse solo in aria per avvertimento. Nel caso in cui fossero stati sparati dei colpi, l'agente doveva compilare, oltre al normale rapporto, anche un secondo modulo, su carta verde chiaro, che dopo essere stato vistato dal diretto superiore doveva andare in copia all'armeria, proprio per autorizzare il rimpiazzo delle munizioni consumate.

In fin dei conti, Parker aveva dormito quattro ore scarse, ma si sentiva sufficientemente riposato, disteso, pronto per affrontare, come prima cosa, l'antipatia del sergente Easley, responsabile dell'armeria.

Scambiò due chiacchiere con il sergente Mac all'ingresso, che lo aggiornò sui risultati delle partite del campionato di baseball della sera precedente, quindi si avviò, con una certa rassegnazione, nel seminterrato.

«Salve sergente, si ricorda di me?»

«Dovrei? Siamo parenti?» gli rispose quello, scrutandolo da sopra le spesse lenti degli occhiali.

«No, non siamo parenti. Sono Parker, dell'Investigativa, dovrebbe esserle arrivato il mio rapporto verde; ieri ho usato due colpi e vorrei reintegrare il caricatore».

«Tutto qui?»

«Tutto qui».

«Tu usi una Colt '45, no?»

«Esatto».

«E vieni a interrompermi per due pallottole con tutto il casino che ho oggi? Ma lo sai quante armi devono uscire oggi pomeriggio? Lo sai?»

«Beh, posso immaginarlo».

«No, tu non puoi nemmeno immaginarlo. Stamattina alle otto non faccio nemmeno in tempo a entrare nel distretto che il tuo tenente mi dà una lista della spesa lunga un miglio, e tutto dev'essere pronto entro le tre del pomeriggio, mi dice. Cosa cazzo stiamo andando a fare? La terza guerra mondiale?»

«Sergente... me le dà quelle due pallottole? La prego, ho da fare di sopra».

«Ma sì, ma sì, basta che ti levi dai coglioni! - e gli poggiò le due pallottole sul bancone - Basta che mi lasciate lavorare in pace, che poi alla prima che s'inceppa venite a rompere al sergente Easley! Come se di sopra non ce le aveste le mani per pulirvi le armi!»

Parker, temendo che il sergente potesse cambiare idea e riprendersi le munizioni, si affrettò a inserirle nel caricatore della sua arma. Fece un cenno rapido di saluto e si voltò verso l'uscita, ma quello lo bloccò.

«Aspetta un po', ma tu sei nella lista degli uomini per l'intervento di oggi, no?»

Parker annuì.

«E perché cazzo non me lo dici?! - si chinò sotto il bancone e si rialzò sventolando un caricatore - Ecco, questo è per te, ordine del tenente; un caricatore in più per l'arma d'ordinanza».

Parker tornò indietro a prenderlo e ringraziò, mentre il sergente Easley tornò a concentrarsi sulla pulizia del fucile smontato che aveva davanti.

Nella sala dell'Investigativa la tensione era palpabile e l'attività era di una frenesia stordente. Al normale lavoro quotidiano del distretto si era infatti aggiunta la preparazione dell'operazione serale, con tutto ciò che essa richiedeva, a livello di studio strategico dell'intervento e coordinamento tra gli uomini dell'Undicesimo e quelli della SWAT.

La sala era piena all'inverosimile, e Parker faticò a farsi largo fino alla sua scrivania, dove ad attenderlo trovò un biglietto del tenente, attaccato alla cornetta del telefono con un pezzetto di scotch. "Procuratore 1 a.m." c'era scritto, e sotto solo la firma del suo superiore.

«Hai un appuntamento galante, visto?» gli disse Watts indicandogli il biglietto.

Parker sorrise.

«Sei arrivato adesso?» chiese al collega.

«Sì, un traffico d'inferno. Ho passato un'ora a chiedermi dove cazzo va tutta questa gente sotto il sole a picco».

«Potresti usare la metro anche tu come me».

«Sì, figurati... certe cose le lascio a voi giovani. Non ho speso duecento dollari di meccanico per prendere la metropolitana».

«Oggi come ci si muove?»

«Tra un'ora tu hai il procuratore, sicuramente ti chiederà

conferma di come sono andate le cose stanotte riguardo al ragazzo morto».

Parker annuì.

«Io, Schuster e Sanchez stiamo aspettando il tenente per conoscere il piano d'azione. Intorno alle tre dovrebbe arrivare la squadra SWAT che ci è stata assegnata dalla Centrale per questa operazione, quindi faremo un briefing tutti insieme, per avere bene chiaro in testa quel che dovremo fare. Ah, pare che tra gli invitati alla festa ci sarà anche una squadra di artificieri».

«Per che ora ci muoveremo?»

«Non so ancora, ma penso verso le sei, non ha senso andare lì troppo presto, significa solo scoprire prima le nostre carte».

«Prima di salire qui sono stato sotto da quel mezzo matto del sergente Easley. Sta diventando scemo con tutte le armi che il tenente gli ha ordinato di prepararci».

Watts rise.

«Per una volta che gli tocca lavorare... sempre lì sotto a non fare un cazzo, come un topo di fogna».

«Avremo il fucile anche oggi?»

«Sì, Remington, pistola e giubbotto antiproiettile, per cui ci sarà da sudare come maiali. La tua solita giacca da elegantone puoi pure lasciarla qui al distretto, vieni in camicia, sei autorizzato anche da tua madre, ha appena chiamato» e gli fece l'occhiolino.

Parker sorrise poi, voltatosi verso l'ingresso della sala, vide entrare il tenente Braxton.

«Mi sa che devi andare, è arrivato il capo» disse Parker al compagno.

«Eh già. In bocca al lupo col procuratore».

«Grazie, a dopo».

«Ah! - Watts si fermò mentre stava per voltarsi - Ieri ti sei comportato bene, giovane Parker, bravo. Ma occhio alla buccia anche stasera, mi raccomando».

Parker non ebbe il tempo di rispondere nulla; Watts era già lontano e stava trascinando Schuster verso la stanza del tenente, tirandolo per una manica della camicia. Il complimento ricevuto dal suo compagno lo aveva sorpreso e riempito d'orgoglio. "Quel bestione biondo non smette di stupirmi" pensò Parker.

Le poche ore che separavano gli uomini dell'Undicesimo Distretto dall'operazione negli slum trascorsero molto rapidamente per tutti. Parker superò senza alcun problema l'interrogatorio con il procuratore responsabile dell'indagine, aiutò Sprewell a controllare alcune segnalazioni di auto rubate nel corso della notte precedente, quindi venne incaricato di preparare insieme a Jackson la sala dove si sarebbe tenuto il briefing generale. Era appena tornato da un veloce pranzo in compagnia di Watts, Zampisi e Sanchez quando vide arrivare gli uomini della SWAT, acronimo di Special Weapons And Tactics, il reparto speciale addestrato specificatamente per fronteggiare situazioni di guerriglia urbana. La squadra che li avrebbe affiancati era composta da otto uomini agli ordini del tenente Kroos, a sua volta subordinato ai comandi del tenente Braxton, responsabile dell'intera operazione. Parker, che fino a quel momento ne aveva solo sentito parlare, fu impressionato dalla loro dotazione; si muovevano con un furgone al seguito, carico di attrezzature per ogni evenienza. Arieti di acciaio, esplosivi ad alto e basso potenziale, armi di volume e di precisione, granate stordenti o lacrimogene, perfino scudi antiproiettile; con tutto il loro arsenale e le tute nere facevano sembrare i detective dell'Undicesimo, tutti con abiti e armi diverse, un gruppo di boyscout in attesa dell'autobus per il campeggio. Poco dopo il loro arrivo venne convocata la riunione informativa generale. Il pubblico era composto dagli otto SWAT e da sei detective: Parker, Watts, Jackson, Sanchez, Ross e Zampisi. Erano presenti anche tre agenti delle autopattuglie del distretto, che avrebbero svolto il ruolo di guidatori. In piedi, accanto a una foto aerea degli slum appesa su un cavalletto, rimasero Braxton, Schuster e il tenente Kroos.

Braxton, come di consueto, non fu di molte parole. Una volta sbrigate le presentazioni, applicò sulla foto un foglio trasparente su cui erano stati fatti dei segni colorati, neri, rossi e verdi, che convergevano verso un punto ben preciso della baraccopoli.

«Sul terreno sarete quindici; io e il tenente Kroos saremo in contatto con tutti voi e seguiremo l'intera operazione dall'elicottero. La squadra rossa sarà al comando di Bob Schuster, assieme a Jackson, Sanchez e due uomini Swat, gli agenti Barkin e Dillon. La squadra verde sarà comandata da Watts, e comprenderà Parker, Ross e Zampisi. La squadra nera sarà composta esclusivamente da uomini SWAT, sei, al comando del sergente Walker. Alle sei e trenta la rossa e la verde arriveranno entrambe da sud su due furgoni, percorrendo questo viale sterrato che taglia in due gli slum. Arrivati all'altezza di questa casa bruciata qui, ve la troverete sulla sinistra, la rossa proseguirà a destra, direzione est, mentre la verde chiuderà l'incrocio mettendo di traverso il mezzo e impedendo a chiunque di entrare e uscire da questo isolato fino al termine dell'operazione, tenendosi pronta a intervenire a supporto. La squadra nera si calerà dal nostro elicottero direttamente nel perimetro dell'obiettivo, l'arsenale dei Fantasmas, che la nostra fonte ci ha indicato essere in un livello sotterraneo di questa baracca, apparentemente abitata da civili. Rossa e nera faranno irruzione nell'arsenale e il detective Schuster, comandante sul campo, valuterà sul momento il da farsi. A te, Bob».

«In sostanza si tratterà di decidere se bloccare l'area, - disse Schuster - far intervenire i rinforzi in attesa a un paio di miglia dagli slum e sequestrare tutto il contenuto dell'arsenale, oppure distruggere tutto con l'esplosivo e sgomberare la zona sui furgoni, magari portando via i tre capi della banda, i cui identikit vedete appesi qui sopra. La decisione dipenderà fondamentalmente da due fattori: la resistenza dei Fantasmas e la quantità di armi che troveremo. E' ovvio che la nostra priorità rimane quella di bloccare tutto, sequestrarlo e portarlo via, come in una normale irruzione, ma dobbiamo tenere conto della forte ostilità di quella zona della città, una zona che, pur appartenendo nominalmente alla giurisdizione di questo distretto, è sempre sfuggita a qualsiasi tentativo di controllo legale da parte della polizia. Nel caso in cui questa ostilità si manifestasse con una forte resistenza armata, e rendesse quindi impossibile il trasporto delle armi sequestrate, la nostra priorità diventerà quella di distruggere in ogni modo l'arsenale prima di abbandonare l'area. Ci sono domande?»

Sanchez alzò la mano. «In questo secondo caso si userà l'esplosivo che gli SWAT avranno con loro, giusto?»

Il tenente Kroos annuì.

«Ok, però vorrei ricordare che, secondo le nostre informazioni, l'arsenale è circondato su tutti i lati da altre baracche, baracche in cui vive gente...»

«Capisco quello che vuole dire, detective...» rispose Kroos. «Sanchez».

«Detective Sanchez. Useremo esplosivo a basso potenziale che, applicato sulle casse di armi o su un cumulo di esse, le renderà inservibili senza però far saltare in aria tutto quanto. E' chiaro, però, che l'ampiezza dell'esplosione sarà anche determinata dalle dimensioni dell'arsenale. Se il soffitto fosse molto basso, ad esempio, nulla potrebbe impedire all'onda d'urto, per quanto piccola, di propagarsi in senso laterale, coinvolgendo quindi le costruzioni vicine. Ma a questo non c'è rimedio, mi spiace».

I detective furono piacevolmente colpiti dalla risposta del tenente Kroos. Nessuno di loro l'aveva mai conosciuto prima, e molti si aspettavano un guerrafondaio appena tornato dal fronte della seconda guerra mondiale, pronto a radere al suolo gli slum con una bomba atomica o qualcosa del genere. Quella prima risposta, invece, denotava calma e lucida competenza, coscienza della propria forza ma un certo grado di giudizio nell'usarla, doti non comuni in un ufficiale poco più che quarantenne, a giudicare dall'apparenza.

«Altre domande?» chiese Schuster.

Watts fece un cenno con la mano.

«Le regole d'ingaggio quali sono? Tanto per essere chiari...»

Stavolta a rispondere fu il tenente Braxton.

«Le regole d'ingaggio sono le stesse di una normale irruzione. Si grida l'avvertimento e si spara al massimo in aria se il nemico non compie evidenti gesti ostili, come impugnare un'arma o alzarla in posizione di tiro o, ovviamente, sparare. In tal caso, la vostra risposta dovrà essere, come al solito, commisurata al pericolo, ma anche se dovessero spararvi addosso nessuno di noi vuole una carneficina ed è per questo che userete i gas di cui sono dotati i vostri colleghi della SWAT. Voi avrete le maschere e potrete disarmare gli avversari piuttosto agevolmente».

Watts rimase inespressivo. Avrebbe preferito avere via libera, ma non era più in Corea e non era più nei Marines.

«Un'ultima cosa, - riprese la parola Schuster - la vostra copertura. I furgoni su cui si muoveranno le squadre verde e rossa sono stati camuffati come mezzi comunali per la disinfestazione delle aree pubbliche. Questa mattina due squadre di veri tecnici si sono recate, con quegli stessi furgoni, nella zona degli slum adiacente a quella che ci interessa, e hanno effettuato una vera disinfestazione, sotto gli occhi di tutti. Più tardi, quindi, avremo maggiori possibilità di entrare negli slum senza che nessun uomo di guardia dei Fantasmas ci degni di particolare attenzione. A questo scopo, comunque, dovrete indossare delle tute da lavoro, avendo cura di mettere il giubbotto antiproiettile sotto la tuta; sentirete un po' caldo, ma è un travestimento che potrebbe salvarvi la vita. La squadra verde avrà anche alcune finte attrezzature, da posizionare sull'incrocio che occuperà, per dare meno nell'occhio. Negli slum vengono effettuate diverse disinfestazioni ogni anno, quindi gli abitanti non dovrebbero provare nessuna particolare curiosità per il vostro lavoro».

Nella sala cadde il silenzio, disturbato solamente dal ripetitivo ronzio dei due ventilatori sul soffitto.

«Finite le domande?» chiese il tenente Braxton. Stavolta nessuno si mosse.

«Bene, allora avete un'ora per prepararvi e rilassarvi; l'appuntamento con la squadra verde e quella rossa è alle cinque e trenta in garage. Con i neri ci vediamo alle sei sul tetto dell'edificio per il decollo con l'elicottero. Alle sei e trenta inizia l'operazione. I nomi di chiamata sono Hammer per la nera, Sword per la rossa, Mantle per la verde e Angel per l'elicottero. In bocca al lupo, ragazzi, facciamo vedere a questi bastardi che non esistono impuniti in questa città».

La riunione si sciolse tra strette di mano e pacche sulle spalle di buon augurio.

L'ora d'attesa passò in fretta. Gli uomini delle squadre che si sarebbero mosse via terra si ritrovarono tutti negli spogliatoi maschili, per fare una doccia e cambiarsi. Tutti si resero conto di avere qualche difficoltà nelle rotazioni del tronco, a causa dell'ingombro del giubbotto e della tuta da operaio, ma se ne fecero una ragione. Quando furono pronti, Schuster diede ordine di scendere in armeria a prendere fucili, munizioni e qualche paio di manette supplementare. Mentre stavano per scendere, Parker vide nel corridoio Zampisi, che ovviamente si era cambiata da sola nello spogliatoio femminile, poggiata con la schiena contro il muro, gli occhi chiusi.

«Tutto bene?»

«Non c'è male» gli rispose riaprendo gli occhi.

«Fa caldo con tutta questa roba addosso eh?» disse Parker, provando a sorridere.

«Speriamo almeno che serva a salvarci la vita».

«Ehi, cos'è tutto questo pessimismo? Sei preoccupata?»

«No, sono solo nervosa, e non mi sento bene. Sarà il caldo, o il ciclo che ha pensato bene di arrivare proprio oggi, o che nelle ultime notti ho dormito sempre poco».

«Vai dal tenente e fatti sostituire, no?»

«Scherzi?! Per diventare lo zimbello del distretto? Ma che cazzo dici, Noah?»

«Zimbello?! Non ci vedo niente di strano, può capitare a tutti di non stare bene».

«Può capitare a tutti gli uomini, Noah. Non alle donne poliziotto, specialmente se portano un distintivo dorato».

Parker stava per ribattere, quando nel corridoio spuntò Watts.

«Ehi, volete venire a prendere le armi o devo portarvele io? Che succede?»

«Gayle non si sente bene» rispose Parker, ma Zampisi lo spinse con forza contro la parete di fronte e s'incamminò verso Watts e le scale.

«E' vero che non stai bene?» le chiese Watts.

«Andate affanculo tu e il tuo compare, andate affanculo tutti. Sto benissimo» e uscì dal corridoio sbattendo violentemente la porta.

Alle cinque e trenta in punto i due furgoni del servizio disinfestazioni lasciarono il garage dell'Undicesimo Distretto, seguiti fino in cima alla rampa dallo sguardo protettivo del tenente Braxton.

Dentro il veicolo della squadra verde, il caldo era infernale e l'atmosfera irreale. Watts era seduto davanti accanto al guidatore, mentre il vano posteriore era occupato da Ross, Zampisi e Parker, oltre che da bidoni vuoti con i simboli dei prodotti chimici e cartelli stradali per segnalare lavori in corso. Zampisi, ancora infuriata per quanto avvenuto fuori dagli spogliatoi mezz'ora prima, si rivolgeva ostentatamente solo a Ross, tagliando fuori Parker da ogni discussione. Parker, stravolto dal calore, finì per addormentarsi, ma venne subito svegliato per dispetto da Zampisi, che gli mollò un calcio su una gamba.

Il lento viaggio dei due furgoni fino agli slum durò cinquanta minuti.

«Angel, qui Sword, mi sentite?» disse Schuster alla radiotrasmittente che portava sotto la tuta.

«Qui Angel, avanti Sword» rispose la voce del tenente Braxton, forte e chiara.

«Sword e Mantle in posizione. Voi a che punto siete? Passo».

«Stiamo arrivando da ovest, siamo lì tra due minuti, quindi procedete, passo».

«Allora entriamo, Angel? Passo».

«Confermo l'ordine, Sword e Mantle, entrate, noi saremo sopra di voi, attendo conferma, passo».

«Qui Sword, ricevuto, passo».

«Qui Mantle, ricevuto, procediamo, passo e chiudo» disse infine Watts.

Dopo un minuto, i due furgoni superarono le prime baracche che segnavano l'inizio degli slum.

«Siamo dentro, state svegli lì dietro» disse Watts ai tre colleghi seduti alle sue spalle.

Parker istintivamente strinse più forte il fucile che aveva tra le mani.

La luce del giorno, seppur in via d'esaurimento, era ancora sufficiente a illuminare chiaramente la scena che si apriva agli occhi degli agenti stipati nei furgoni. Parker si voltò a scrutare attraverso l'unico finestrino del suo lato; il furgone, muovendosi su una strada sterrata, stava sollevando una gran quantità di polvere, ma lui riuscì comunque a distinguere l'interminabile fila di baracche di lamiera che correva al loro fianco.

I lati della strada, un lungo rettilineo da nord a sud che tagliava in due gli slum, erano ingombri di rottami di ogni genere: pezzi di mobili, di auto, di biciclette, carrelli da supermercato, divani e materassi sventrati, montagne di sacchetti di plastica, di scatole rotte di cartone, di pezzi di metallo arrugginiti. Il furgone dovette percorrere altra strada prima che Parker vedesse qualche segno di vita: bambini giocavano arrampicandosi sulle carcasse delle auto, un uomo anziano con la barba lunga fino alla pancia e solo un paio di mutande addosso era seduto a fumare hashish sui resti di un divano, alcune prostitute andavano su e giù a piedi scalzi. Nessuno sembrava degnarli di uno sguardo, ma Parker era certo che, da qualche parte dietro i cumuli di immondizia, c'erano occhi che non li perdevano di vista.

«Mantle, qui Sword, siamo in vista dell'incrocio con la casa bruciata, passo» disse Schuster alla radio.

«Sì, la vediamo anche noi, Sword. Proseguite come d'accordo, noi ci fermiamo qui, passo e chiudo» rispose Watts.

«Occhio lì dietro, ci stiamo fermando. Pronti con la sceneggiata, lasciate i fucili qui dentro, mi raccomando» aggiunse rivolto ai colleghi.

Non appena il furgone della squadra rossa ebbe svoltato a destra, quello della verde si fermò, dapprima accostandosi al lato destro della strada appena presa dai colleghi. Watts, Parker, Ross e Zampisi scesero in un lampo, fecero ruotare il furgone finché non fu di traverso e iniziarono a piazzare i cartelli stradali.

«Calma ragazzi, state facendo le cose troppo in fretta, con troppa ansia, - disse Watts ai suoi uomini, anche se sembrava che nessuno si stesse interessando a loro - gli operai non lavorano così rapidamente... calmi, dovete sembrare più indolenti... fa caldo e vi hanno mandati a fare un lavoro di merda in un posto di merda per pochi dollari... ecco, ragionate così».

I suoi colleghi gli obbedirono. Finiti di piazzare i cartelli, iniziarono a scaricare dal furgone i finti bidoni di disinfestante, indossando le maschere protettive. Watts lasciò il lavoro ai suoi uomini e risalì sul retro del furgone per poter adoperare la radio.

«Angel, qui Mantle, siamo in posizione, tutto bene, passo».

«Ricevuto Mantle, vi vediamo, continuate così, passo e chiudo».

La squadra rossa proseguì lungo il suo percorso senza problemi, giungendo in pochi minuti al luogo indicato da Paulo Rincòn come l'arsenale dei Fantasmas. Schuster scese per primo, guardandosi intorno con circospezione; in lontananza, si sentiva il rumore dell'elicottero in arrivo.

«Angel, qui Sword, siamo in posizione, passo» disse alla radio, rientrando nell'abitacolo.

«Ok Sword, com'è la situazione? Passo».

«Tutto tranquillo, anche troppo, passo».

«Nessuna attività di smobilitazione? Passo».

«Negativo, nessuna attività di nessun tipo. Attendete nostra valutazione sul campo prima di intervenire, passo».

«Ok, Sword, attendiamo tua comunicazione, passo e chiudo».

Schuster scese a terra e fece segno al guidatore di iniziare a girare il furgone, per cautelarsi nell'eventualità di una fuga precipitosa. I suoi quattro uomini, intanto, avevano indossato le maschere protettive e i finti erogatori per la disinfestazione; quando Schuster li vide, indossò anche lui una mascherina e si diresse verso la baracca che sarebbe dovuta essere l'ingresso all'arsenale.

La loro presunta invisibilità terminò dopo soli quattro passi, nel momento in cui una voce echeggiò da dietro una pila di materassi coperti di muffa.

«Non un passo di più o siete morti».

«Ehi! Stiamo calmi! - gridò subito Schuster - Stiamo solo facendo il nostro lavoro!»

«Che cazzo volete?»

«Siamo operai del comune addetti alla disinfestazione periodica degli slum. Dovrebbero essere venuti altri nostri colleghi stamattina a fare il nostro stesso lavoro!»

«Qui non c'è niente da disinfestare».

«Senti amico, se hai problemi a farci entrare a casa tua possiamo mostrarti i tesserini, siamo in regola. Ci fai entrare e ci sbrighiamo in cinque minuti».

«Questa non è casa mia, ma tu non entri lo stesso. Sparite subito o vi ammazzo tutti, SUBITO!»

Schuster decise che non era il caso di rischiare oltre. Lui e i suoi uomini erano troppo allo scoperto e un solo uomo con un mitra avrebbe potuto falciarli tutti.

Alzò le mani in segno di resa.

«Ok, va bene, va bene, ce ne andiamo! Vorrà dire che inizieremo dall'altra parte della strada!»

«Inizia da dove cazzo vuoi, ma se ti fai rivedere qui sei morto».

«Andiamo via, ragazzi!» disse Schuster ai suoi, sottolineando la frase con un gesto teatrale del braccio.

Risalirono sul furgone.

«Fai qualche tentativo a vuoto di messa in moto» disse all'agente che attendeva alla guida, quindi afferrò la radio.

«Angel qui Sword, Angel qui Sword, rispondete, passo».

«Qui Angel, avanti, passo».

«Il lupo è nella tana, ripeto, il lupo è nella tana, Angel. Una o due trappole all'ingresso, siamo risaliti sul furgone. Mandate i cacciatori al più presto, ripeto, mandate i cacciatori al più presto, passo».

«Ricevuto Sword, cacciatori in arrivo tra trenta secondi. Tu occupati delle trappole, passo».

«Ricevuto Angel, provvedo alle trappole, passo e chiudo».

Poi, rivolto al guidatore. «Ora metti in moto e stai pronto, appena te lo dico metti la retromarcia e parti a tutta forza verso l'ingresso di quella baracca rossa che vedi nello specchietto, chiaro?»

L'agente annuì, mise in moto e lasciò il cambio in folle.

Schuster si voltò verso i colleghi che attendevano sul retro.

«Potete mettere giù gli spruzzatori e prendere i fucili, stiamo per entrare. E reggetevi forte, sfondiamo in retromarcia col furgone».

Guardò in alto fuori dal finestrino, vide la piccola ma inconfondibile sagoma dell'elicottero in arrivo.

«Vai!» disse, afferrando contemporaneamente il sostegno

sopra lo sportello.

Il furgone piombò con tutto il suo peso sulla baracca, spianando la pila di materassi e parte delle lastre di metallo arrugginito che la reggevano in piedi, così che tutta la parte sinistra della fragile costruzione crollò a terra all'istante.

Schuster e i suoi uomini saltarono giù un attimo dopo che la corsa del loro furgone si fu arrestata, i fucili stretti tra le mani e i distintivi appesi al collo fuori dalla tuta, per facilitare il riconoscimento tra compagni.

Sanchez fu il primo a imbattersi in uno degli uomini di guardia alla baracca, era morto all'istante, schiacciato dall'impatto con il furgone, con un Kalashnikov ancora stretto tra le mani. Dillon, uno degli SWAT, vide due gambe spuntare da sotto una lamiera venuta giù nell'impatto, la scostò e trovò un altro cadavere, a mani nude ma con due fondine sotto le ascelle e altrettante pistole dentro. Schuster e gli altri della squadra stavano ancora guardandosi intorno, quando da dietro una parete di lamiera saltò fuori un uomo armato di pistola. Corse incontro al gruppo di poliziotti aprendo il fuoco; riuscì a esplodere due colpi nel mucchio, prima di venire abbattuto da una fucilata in pieno petto di Jackson. Assicuratisi dello scongiurato pericolo, la squadra si voltò nella direzione in cui erano andati i colpi; fu così che videro Schuster a terra. Gli furono subito tutti intorno, e ci fu un generale sospiro di sollievo quando l'anziano detective agitò un braccio verso di loro.

«Sto bene, ragazzi, sto bene, tranquilli. E' stato solo l'impatto di un proiettile contro il giubbotto».

«Cazzo, Bob! Ti sembra il momento di riposare?!» gli disse il compagno di coppia, Mike Jackson, porgendogli una mano per tirarsi su da terra. Non appena Schuster tornò in piedi, l'elicottero si fermò in volo statico sopra le loro teste, sei corde vennero calate giù, tre per lato, e i sei agenti SWAT della squadra nera si calarono giù con grande rapidità, lasciando così libero l'elicottero di allontanarsi nuovamente. Schuster li accolse per primo.

«Qui abbiamo ripulito tutto, tre dei loro uccisi».

«Per voi tutto bene?»

«Tutto bene. Ora cerchiamo l'ingresso per il sotterraneo».

A un gesto di Schuster, gli uomini si sparpagliarono per la baracca, iniziando a frugare dovunque. Un paio degli SWAT erano anche dotati di una mazza da demolizione, con la quale iniziarono a spaccare i pochi mobili presenti in quello spazio. Ma il più fortunato fu Julian Sanchez: provando a spostare un divano dall'aspetto vomitevole, si accorse che era dotato di ruote, e subito s'insospettì. Chiamò i due colleghi più vicini, due SWAT, e gli indicò senza parlare di puntare le loro armi verso il pavimento; a quel punto, spinse via con un calcio il divano, rivelando un'ampia botola con un anello metallico in centro. Sanchez fischiò per richiamare anche tutti gli altri. Appena compresa la situazione, Schuster si portò una mano al volto, per indicare di indossare le maschere antigas. Prima di farlo anche lui, afferrò la radio che gli pendeva su un fianco.

«Angel, qui Sword, mi sentite? Passo».

«Avanti Sword, passo».

«Tre trappole disinnescate, i cacciatori stanno tutti bene. Abbiamo trovato l'ingresso della tana. Entriamo con il fumo, passo e chiudo».

Al segnale del capo, Sanchez sollevò appena la botola, il necessario per consentire a tre SWAT di gettare dentro altrettante granate lacrimogene, e richiuse. Contarono mentalmente fino a venti per consentire al fumo di saturare a sufficienza l'ambiente sottostante, quindi Sanchez afferrò nuovamente l'anello della botola, stavolta per spalancarla bruscamente e far saltare dentro tutti i suoi compagni.

Schuster fece cenno a due SWAT della squadra nera di rimanere di guardia in superficie, quindi entrò per primo, scendendo a tutta velocità la scala che si trovò davanti, larga ma ripidissima.

Al termine dei gradini si aprì ai suoi occhi un grande magazzino, senza finestre, con tutte le pareti ingombre di casse di armi e munizioni e lo spazio libero al centro occupato da due tavoli. Uno era ingombro di utensili e attrezzature, l'altro, più grande del primo, appariva come un normale tavolo da pranzo, in legno, ed era coperto da bottiglie vuote e molti portacenere stracolmi di sigarette.

Schuster contò otto uomini, tutti inginocchiati a terra, stravolti dalla tosse incontrollabile e con gli occhi chiusi e doloranti a causa delle granate.

«Polizia! Posate le armi, siete in arresto!» gridò Schuster. Due degli uomini di guardia risposero con una sventagliata alla cieca dei mitra che stringevano ancora in grembo, ma nessuno dei colpi andò a segno e un attimo dopo gli uomini della SWAT li disarmarono, aggirandoli alle spalle. I detective si occuparono degli altri, più innocui.

«E' stata utile la scorta di manette eh?» disse un Jackson trionfante a Schuster, ma quello gli rispose solo con un cenno del capo, senza troppo entusiasmo. La voce dell'esperienza gli stava sussurrando che qualcosa non tornava. Chiamò a sé Julian Sanchez.

«Todo es muy fàcil, vero Bob?» disse quello, precedendolo. Schuster annuì. «Proprio così, tutto troppo semplice. Qui non c'è aria di smobilitazione, né una difesa particolarmente attenta. Sai che la polizia ha catturato nove dei tuoi e non prendi delle contromisure? O sono dei pazzi, o degli idioti».

«O dei furbi. - disse Sanchez avvicinandosi ai tavoli e poi agli uomini ammanettati a terra - Guarda qui. Su otto uomini, sei erano disarmati. Questi sei erano qui, al tavolo da lavoro, a montare le armi, non erano guardie».

«E se quei sei lavoravano, gli altri due non possono essersi bevuti e fumati tutta questa roba...» aggiunse Schuster.

«Ehi! - gridò Dillon della SWAT, intento insieme ai suoi colleghi a ispezionare gli spazi dietro le casse di armi - Qui c'è una porta, ma è bloccata!»

Schuster e Sanchez si mossero verso di lui, ma la loro attenzione venne distratta dal rumore di raffiche provenienti da sopra le loro teste. Sentirono le grida di dolore dei due compagni lasciati di guardia alla botola, e videro la scala nuovamente affollata di gente in discesa rapida, con intenzioni tutt'altro che amichevoli.

«Vamos!Vamos a matarlos!» gridò il primo della fila, accompagnando l'incitamento con ampi gesti del braccio destro. I compagni dietro di lui aprirono il fuoco già dalla scala, ma, fortunatamente per gli agenti, era ancora un fuoco impreciso, vista la difficoltà di scendere velocemente quei gradini. Sanchez fu il più rapido a reagire nel caos generale.

«Tirate giù quelle casse! Tiratele giù!!» gridò ai suoi compagni, pregando in cuor suo che contenessero armi e non munizioni, nel qual caso quella cantina sarebbe diventata ben presto la tomba di tutti loro.

Sfidando la grandine di proiettili, i poliziotti riuscirono a ergere una barriera di casse ad altezza d'uomo, dapprima solo sul lato frontale verso la scala, la direzione di provenienza del pericolo più immediato, poi, su ordine di Schuster, anche sui due lati; crearono così, in pochi secondi e miracolosamente senza perdite, un piccolo fortino, con le spalle addossate al muro.

I loro avversari avevano preso possesso della cantina e stavano crivellando di colpi le casse messe a protezione degli agenti.

Appena ripreso fiato, Schuster si tolse la maschera e afferrò la radio. Notò con dispiacere che l'effetto delle granate si era ormai pressoché dissolto, e la sacca con quelle di riserva era stata lasciata di sopra, per non essere d'ingombro. Tempo qualche minuto e, crollato il muro di casse, sarebbero stati fatti a pezzi.

«Sword chiama Angel! Sword chiama Angel! Rispondete Angel!»

In risposta solo un gracchiare indistinto.

«Sword chiama Angel! Sword chiama Angel! Vi prego, rispondete Angel! Siamo sotto pesante attacco, ci servono rinforzi!»

Ancora nulla.

«Siamo troppo sotto, il segnale non arriva fino all'elicottero, prova il canale di Watts!» gli gridò Sanchez al di sopra del frastuono degli spari.

Fino a quel momento l'irruzione negli slum, per la squadra verde, non era stata altro che una comica sceneggiata di tre uomini e una donna a spasso per le baracche intorno all'incrocio con dei finti spruzzatori in mano. A un paio di persone che, perplesse, gli avevano chiesto come mai gli spruzzatori non spruzzassero nulla, era stato risposto che era un nuovo prodotto nebulizzato, pertanto quasi invisibile. Avevano sentito qualche sparo, alcuni minuti prima, pensando giustamente all'intervento della squadra di Schuster, poi più nulla, neppure alla radio. Nessuno li aveva chiamati e, fino a nuovo ordine, il loro compito era bloccare quell'incrocio.

«Mantle qui Sword! Mantle qui Sword, per l'amor di dio mi sentite?»

A Watts fu sufficiente una frazione di secondo per percepire il terrore della voce di Schuster.

«Qui Mantle, che succede?»

«Grazie al cielo! Siamo sotto pesante attacco, bloccati dentro la cantina dell'arsenale! Chiediamo intervento immediato!»

«Resistete, arriviamo! Passo e chiudo».

«Andiamo! - gridò subito dopo ai suoi - Ci sono guai grossi laggiù!» e saltò al posto del conducente.

«Vai, spingi al massimo! - gli disse appena tutti furono a bordo, poi rivolto di dietro - Voi, via queste tute del cazzo, tenete solo il giubbotto, appendete il distintivo sul petto e controllate di aver tolto le sicure a fucili e pistole».

«Ma cos'è successo?» chiese Ross.

«Sono bloccati nella cantina dell'arsenale, Bob era spaventato e non è uno che si spaventa per poco. Credo siano caduti in una trappola. Forse ci stavano aspettando. Ora tocca a noi toglierli dai guai».

Parker vide l'improvviso pallore di Zampisi, ma si guardò bene dal dire qualsiasi cosa.

Watts prese la radio.

«Mantle chiama Angel, mi sentite?»

«Avanti Mantle, che succede? Passo»

«Non avete notizie di Sword e Hammer? Passo»

«Negativo, anzi iniziamo a preoccuparci, passo».

«E fate bene. Ci hanno chiamato, sono in trappola nella cantina dell'arsenale, sotto pesante attacco, stiamo correndo là. Forse hanno provato a contattarvi ma la radio non ce la fa da lì sotto. Fate partire i rinforzi lontani, non sappiamo con quanti avversari abbiamo a che fare. Ora devo andare, passo e chiudo» e spense la radio.

«Parker, apri il portellone dalla tua parte» disse in tono imperativo.

«Tu, - rivolto al guidatore - quando te lo dico sterza a destra e facci scendere dal lato coperto del furgone, capito? E' probabile che troveremo qualcuno ad aspettarci».

L'agente annuì.

Il furgone arrivò a tutta velocità ed eseguì la sterzata finale; per un attimo Parker pensò che si sarebbero ribaltati, ma così non fu e il mezzo si arrestò accanto al suo gemello, lasciato lì dalla squadra di Schuster e ora in fiamme, incendiato dai Los Fantasmas per tagliare ai poliziotti ogni possibile via di fuga.

La fiancata del mezzo appena arrivato fu subito colpita da una sventagliata di mitra, ma la squadra saltò giù dal lato opposto e l'agente alla guida, il più esposto in quel momento, ebbe la buona idea di gettarsi sul pavimento dell'abitacolo per sgattaiolare fuori dall'altra parte. Watts e Parker iniziarono a rispondere al fuoco con i fucili dall'estremità sinistra del mezzo, Ross e Zampisi da quella opposta. Negli attimi di silenzio tra uno sparo e l'altro, ora si sentiva distintamente l'eco della furiosa sparatoria in corso sotto i loro piedi.

«Sono solo due, dobbiamo muoverci a toglierli di mezzo o ci bloccano qui» disse Watts al compagno.

«Rob!» chiamò forte. Ross si voltò e Watts gli fece cenno che loro due dovevano avvicinarsi.

«Coprimi!» disse a Parker, e saltò fuori dal suo riparo.

Parker sparò con il fucile in sequenza ravvicinata, senza badare troppo alla precisione, ma raggiunse il suo scopo, consentendo a Watts di correre fino a un mucchio d'immondizia abbandonata alla sua sinistra. La stessa manovra fece Ross, gettandosi dietro un grosso pezzo di lamiera. I due giovani avversari, chinati dietro i loro ripari improvvisati per coprirsi dal fuoco di Parker e Zampisi, non si erano neppure accorti che due dei loro nemici avevano cambiato posizione e li stavano aggirando; uscirono fuori rapidissimi per sparare un'altra raffica sul furgone, rumorosa quanto innocua, poi tornarono a inginocchiarsi. Dopo un altro paio di colpi dei fucili che avevano di fronte, decisero di rispondere nuovamente al fuoco e scattarono in piedi. Avevano appena iniziato la raffica quando ognuno di loro ricevette un colpo violento alla nuca dato con il calcio in legno di un fucile, e crollarono in terra.

«Cessate il fuoco! - gridò Watts - Li abbiamo stesi, venite subito qui».

Parker e Zampisi uscirono da dietro il furgone, ormai ridotto a un colabrodo, e corsero a raggiungere i due colleghi.

«Ricarichiamo, ora andiamo sotto» disse Watts, mentre Ross ammanettava i due Fantasmas privi di sensi.

«Stavano facendo la guardia a questa botola, immagino» disse Parker.

«Penso che immagini proprio bene» rispose Watts.

«Vieni Parker, aiutami a trascinare questi due qui dietro» disse Ross al collega, che poggiò il fucile in terra e, afferrato uno dei prigionieri per un piede, lo spostò di lato. Stava tornando al suo posto quando il suo sguardo venne attirato da una sacca di tela nera, con sopra una scritta bianca a caratteri cubitali: SWAT. La prese, la aprì: sembravano granate, con un contrassegno giallo sulla punta.

«Ehi, Grady! Corri qui!» e un attimo dopo mostrò il contenuto della sacca al collega.

«Non sono granate queste?»

«No, cazzo, questi sono fumogeni! I fumogeni della SWAT! Dammeli».

Tornò alla botola.

«Io, Ross e Parker, uno a testa; Gayle, apri appena la botola e richiudi, ok?»

Due soli cenni di assenso su tre.

«Aspettate! Come si accendono?» gridò Parker.

I tre colleghi lo guardarono stupiti.

«Non li ho mai usati prima, che volete da me?»

«Togli quell'anello che vedi lì e la tiri giù» rispose Ross scuotendo la testa.

Parker annuì.

«Piuttosto, i nostri sotto avranno le maschere?» chiese Zampisi.

«Spero per loro di sì, non abbiamo altra soluzione. Vai, Gayle!»

Jackson fu il primo a vedere i tre piccoli cilindri metallici volare giù dalla cima della scala. Si era sporto leggermente dal suo riparo per controllare che nessuno degli avversari salisse su una pila di casse per colpirli dall'alto. Ci avevano già provato dall'altro lato, in realtà, ma gli SWAT avevano fatto buona guardia e i loro avversari avevano perso tre uomini. Attese che quelle lattine toccassero terra per essere certo della sua intuizione, ma quando vide uscire il primo fumo non ebbe più dubbi.

«Bob! Bob! - gridò a tutta voce per farsi sentire da Schuster sopra il fracasso degli spari - E' arrivato Grady! Sta tirando giù altri fumogeni!»

Schuster rifletté solo un secondo, poi gridò a sua volta. «Su di nuovo le maschere!»

Era un ordine che non aveva quasi bisogno di dare. Tutti i poliziotti asserragliati da qualche minuto nella cantina avevano sentito le parole di Jackson e stavano già riposizionandosi le maschere antigas sui volti.

Tempo qualche secondo e ovviamente anche i Los Fantasmas capirono quello che stava accadendo; le loro gole iniziarono a bruciare, gli occhi a lacrimare.

Spararono ancora qualche colpo alla cieca, quindi uno di loro, dal centro del gruppo, ordinò «Fuera! Fuera!»

L'intera banda, Schuster ne aveva contati venticinque, si precipitò tossendo e bestemmiando verso la scala, ma i primi ad arrivare in cima ebbero la più amara delle sorprese: la botola non si apriva.

Presero allora a sparare disperatamente, sconvolti dal panico e dal dolore, ma la botola, anche semidistrutta, non volle saperne di aprirsi. C'era un peso che la bloccava.

«Jefe! Hay un peso que bloquea la trampilla!!»

Quello che era stato chiamato "capo" si precipitò a dare una spallata violenta, con l'unico risultato di cadere indietro.

Schuster e i suoi, nel frattempo, erano saltati fuori dal loro riparo di fortuna e cercavano di bloccare e disarmare gli avversari attardatisi in fondo alla scala.

«Arrendetevi! Gettate le armi e arrendetevi!» gridava Schuster nel caos totale che si era scatenato in quel locale. Qualcuno, rassegnato e accecato, obbedì, altri no. Tennero lontani i poliziotti con qualche sventagliata alla cieca dalla cima delle scale.

Barkin e Dillon, i due SWAT aggregati alla squadra rossa, alzarono i fucili per sparare nel mucchio, ma Schuster li bloccò.

«No, fermi! Non siamo qui per fare esecuzioni. Si arrenderanno» ordinò Schuster, gridando per farsi sentire chiaramente malgrado la maschera.

«Cazzo, Schuster! - gli gridò di rimando Dillon, il più giovane dei due, furioso - Fino a un minuto fa stavano per farci la pelle e ora dovremmo avere pietà?!»

«Sì! Siamo poliziotti, cazzo! Non siamo Fantasmas! Spara nel mucchio e ti faccio togliere il distintivo!»

«Io sono uno SWAT, non uno dei tuoi detective di periferia del cazzo!»

«Me ne sbatto che sei uno SWAT! Qui comando io, e tu non spari nel mucchio contro gente accecata, chiaro?»

Barkin toccò la spalla del compagno e gli fece segno di calmarsi.

«Calma Dillon, quelli li becchiamo comunque, che senso ha rischiare il distintivo?»

Dillon abbassò il fucile, indirizzando uno sguardo carico d'odio e tensione repressa verso Schuster.

Nello stesso istante, al piano di sopra, Watts stava guardando con aria divertita il divano sforacchiato, compiaciuto con se stesso per l'idea che aveva avuto di piazzarlo sulla botola subito dopo aver gettato dentro i fumogeni.

Parker e Zampisi lo tenevano fermo ai lati, stando bene attenti a rimanere fuori dalla linea di tiro, mentre Ross, a scanso di equivoci, teneva il suo fucile puntato verso la parte bassa del divano.

In un attimo di quiete di grida e spari, Ross guardò con aria interrogativa Watts.

«Mica vorrai tenerli lì sotto tutto il giorno, vero?» gli chiese.

«No, anche se mi piacerebbe parecchio. - in quel momento s'iniziò a sentire il rumore di diverse sirene in lontananza - Arrivano i nostri. Dai, spostate quel divano e tenete pronte le armi. Se qualcuno fa resistenza sparategli a una gamba».

Parker e Zampisi fecero scorrere via ciò che rimaneva del divano e ripresero in mano i Remington.

I Fantasmas accecati e intossicati, sentite le parole di Watts sopra di loro, spinsero via la botola e si gettarono in avanti, piombando sulla strada come un esercito in rotta. Molti caddero subito in ginocchio travolti da quelli dietro di loro; erano solo una dozzina quelli ancora liberi e armati, gli altri, nelle retrovie della scala, erano già stati resi innocui da Schuster e i suoi.

«Gettate subito le armi!» gridò subito Zampisi, cui fecero eco subito i compagni.

In mezzo al gruppo uscì un terzetto che rimase in piedi. I due ai lati sorreggevano quello in mezzo, che tossiva furiosamente e sembrava non riuscire a reggersi sulle proprie gambe. L'occhio esperto di Watts li riconobbe subito: assomigliavano molto ai tre "generali" della banda, di cui Paulo Rincòn aveva fornito dettagliati identikit.

«In ginocchio voi tre! Giù le armi e mani sulla testa! - gridò loro avvicinandosi subito - Ragazzi, questi sono i capi».

Uno dei tre, intuito di essere stato riconosciuto, mollò la presa sul compagno e, con la pistola che stringeva in mano, colpì alla testa Watts, a lui più vicino. Mentre il detective si accasciava a terra con un gemito, l'uomo saltò con grande agilità sopra un paio dei suoi uomini già inginocchiati e iniziò a correre verso la strada.

Ross si chinò istintivamente verso Watts, mentre Parker capì subito che, con la sera oramai incipiente, il fuggitivo sarebbe scomparso in pochi secondi e scattò subito all'inseguimento.

«Vado io! Voi pensate a Grady e agli altri!» disse ai compagni, mollando in terra il fucile e iniziando a correre.

«Corrigli dietro Rob... - sussurrò Watts, stordito e con un taglio sulla fronte, a Ross - o quello stupido finirà per farsi ammazzare lì in mezzo».

Il generale fuggitivo dei Fantasmas compensava lo svantaggio dei dolori agli occhi e ai polmoni, dovuti a tutto il fumo lacrimogeno che aveva respirato, con la perfetta conoscenza dei luoghi in cui si stava inoltrando. Fece solo pochi passi nella strada, dov'era completamente allo scoperto, infilandosi subito dopo nel dedalo di luridi e strettissimi vicoli che separavano un gruppo di baracche da un altro. Svoltò quattro volte in direzioni diverse, sperando che anche l'oscurità gli desse una mano, nascondendo la sua manovra all'inseguitore che sapeva di avere, ma Parker gli tenne dietro, come un mastino implacabile. La sua corsa era rabbiosa e sciolta al tempo stesso, la sua testa era lucida, pronta a reagire; ogni angolo svoltato gli provocava un brivido di paura, al pensiero che la sua preda avrebbe potuto appostarsi per sparargli, anziché continuare a fuggire, ma era un rischio che doveva correre. Se a ogni svolta si fosse fermato per affacciarsi con cautela l'uomo gli sarebbe irrimediabilmente sfuggito. Nelle prime fasi dell'inseguimento, Parker provò anche a gridare un paio di volte «Polizia! Fermati o sparo!» ma sempre senza successo, e di sparare nelle spalle a quel tizio non ne aveva proprio il fegato; così decise di smettere di sprecare fiato e la corsa proseguì per un paio di minuti in un'infinità di destra e sinistra, di salti su rottami sparsi, di spallate contro pezzi di lamiera che quello gli spostava in mezzo dopo il suo passaggio.

Il suo avversario iniziò a rallentare, a Parker sembrò che non muovesse più bene la gamba sinistra, ma anche il detective iniziava a essere stanco. "Occhio Noah, ora capisce che non riesce a seminarti e allora prova a farti secco" gli disse una vocina dentro la testa e allora, anche per riprendere un minimo di fiato, Parker iniziò a girare con più cautela intorno agli angoli delle baracche. Dopo ancora un paio di svolte, vide il suo avversario poggiato con le spalle alla parete, con la pistola in mano; arrivò lo sparo, ma forzatamente impreciso, e la pallottola colpì la lamiera dell'angolo, rimbalzando via.

Per un attimo Parker s'impose di contare i colpi esplosi dalla pistola della sua preda, ma subito dopo si diede dell'idiota: non aveva visto bene che arma era, e poi non sapeva quanti colpi avesse già sparato dentro l'arsenale prima della fuga. Sentì sbattere qualcosa di legno e si riaffacciò dall'angolo: ora non c'era più nessuno. Entrò nell'ennesimo vicolo degli slum, cercando ancora una volta di non farsi distrarre dalla puzza nauseante delle feci e dell'urina che lo circondavano e su cui stava correndo da quasi cinque minuti. Nel vicolo c'era un solo oggetto di legno: il battente di un armadio, usato come porta d'ingresso di una baracca.

Parker entrò risolutamente: una lampada a petrolio illuminava una stanza di uno squallore come lui non aveva mai visto in vita sua. Su un materasso gettato in terra, una donna stava legandosi un laccio emostatico al braccio destro.

«Che cazzo volete tutti stasera da me?! - gli gridò contro, con voce impastata - Che c'è? L'esercito della salvezza è arrivato in città?»

Parker proseguì attraverso la tenda di plastica che aveva di fronte, attraversando altre due stanze completamente vuote, sia di cose che di persone. Stava iniziando a temere seriamente di aver perso il suo uomo, quando il rumore di un grido donna e il rumore di qualcosa caduto in terra lo spinsero a proseguire nel suo inseguimento.

Due baracche dopo trovò una donna seduta in una poltrona sfondata, con un neonato in grembo; di fronte a lei un tavolo rovesciato. Il suo uomo era passato di là. Attraversò un'altra porta e si ritrovò in strada. Il suo uomo era lì, che si trascinava, probabilmente con un crampo alla gamba sinistra. Parker camminò a passo rapido verso di lui, per arrivare a una buona distanza di tiro.

«Polizia, fermati! Fermati e butta a terra la pistola, è finita». Ma quello non si voltò nemmeno. Parker ebbe un moto di compassione per quella figura così stremata, patetica, che cercava una fuga ormai irraggiungibile.

Estrasse la pistola e sparò un colpo in aria.

«Ti ho detto di fermarti e di buttare la pistola! Questo è l'ultimo avvertimento, poi ti sparo alla gamba sana».

L'uomo finalmente si fermò, voltandosi. Alla luce della luna piena, negli slum non c'era nessun tipo d'illuminazione pubblica, Parker poté guardarlo bene in volto per la prima volta. Aveva la sua stessa età, venticinque anni forse, non di più. Era uno dei generali descritti da Rincòn; i Los Fantasmas avevano dichiarato guerra alla polizia comandati da un ragazzo di venticinque anni.

I due si guardarono per qualche secondo, mentre una sirena, dapprima lontana, si andava facendo sempre più vicina.

«E' finita, mettila giù e nessuno ti farà del male» disse Parker, con il tono più calmo che riuscì a esprimere in quel momento. Pregò che quello non provasse a spargli, pregò di non dover uccidere il secondo uomo in meno di ventiquattr'ore. Venticinque anni senza nemmeno una scazzottata, ora due morti in un giorno, ironie della vita.

Un'auto della polizia con sirena e lampeggianti accesi sbucò a tutta velocità dall'angolo dietro Parker. Una frenata brusca e si aprirono tre sportelli, facendo scendere Watts, Zampisi e Ross, che era stato raccattato lungo la strada e li aveva guidati.

«Stai bene?» chiese Zampisi.

«Bene. Sto solo aspettando che quello lì capisca che è finita».

«Ehi, metti giù la pistola e arrenditi. Tutta la tua banda si è arresa, gli altri generali si sono arresi, i Los Fantasmas non esistono più. - disse Watts, una guancia sporca di sangue essiccato - Non fare cazzate e arrenditi».

Alla luce della luna si era ora aggiunta quella dei fari della macchina, puntati dritti verso l'uomo, di nuovo in condizioni di completa cecità.

Parker vide i suoi occhi neri scattare disperatamente da un lato all'altro dell'auto, provando inutilmente a cogliere le posizioni dei suoi nemici. Vide il suo corpo scattare in un fremito di disperazione, quindi sollevare la pistola e far partire un colpo alla cieca.

Parker non volle neppure premere il grilletto; un colpo tuonò all'istante dal fucile di Watts, raggiungendo l'uomo al petto e gettandolo a terra in un attimo, in una di quelle posizioni innaturali che solo la morte può donare al corpo umano.

Una frazione di secondo dopo, giunse un urlo disumano di Zampisi: Rob Ross era in terra, agonizzante, con il sangue che gli sgorgava a fiotti dalla gola. L'ultimo colpo del fuggitivo, sparato senza vedere, senza neppure sapere la posizione di tre dei suoi avversari, aveva attraversato la gola e il collo del detective; due dita più in basso, si sarebbe infranto contro il giubbotto antiproiettile.

Zampisi fu la prima a chinarsi sul compagno. Watts corse all'auto, per chiamare un'ambulanza con la radio.

Parker si avvicinò dapprima al fuggitivo, accertandone la morte, poi si affiancò in ginocchio a Zampisi.

Gayle sosteneva con le braccia il busto di Ross, sollevandolo da terra, ma fu evidente anche a Parker che non ci sarebbe stata alcuna speranza per il suo collega. Il respiro era un rantolo che gelava il sangue, gli occhi li fissavano disperati, come percependo la vita che se ne stava andando.

Tutta la terra intorno, i loro vestiti, le loro armi, erano coperte dal suo sangue, dalla loro inutilità, dal silenzio di quel luogo dimenticato.

L'agonia di Ross durò mezzo minuto poi, in pochi istanti tutto finì: la sua vita, il successo della loro operazione, l'amore tra Watts e Zampisi, l'amicizia tra Parker e Watts.

Zampisi, infatti, in preda a una crisi di panico, lasciò il corpo ormai esanime del compagno, e scossa dal terrore più profondo abbracciò Parker, piangendo disperata.

«Noah! Noah! Mio dio, Noah! Non è possibile! Noah, dimmi che non è vero, dimmi che non è vero!!» continuava a urlare. Quello che a un osservatore distratto sarebbe potuto anche passare come un abbraccio dettato solo dalla drammaticità del momento, agli occhi esperti di Watts apparve per quello che era in realtà. Nella stretta della sua donna al suo amico c'erano una fisicità e una confidenza che non avrebbero dovuto esserci; in quel ripetere disperatamente il suo nome c'era una vicinanza eccessiva, per due persone che non avrebbero dovuto avere in comune altro che qualche caso da risolvere.

Parker vide uno sguardo misto d'incredulità e odio passare negli occhi di Watts, ma non poté non abbracciare Zampisi, abbracciarla forte, per provare a placare i suoi singhiozzi, il pianto, il terrore. Lentamente, dolcemente, la fece alzare in piedi e allontanare di qualche passo dal cadavere, e da Watts. Poco dopo arrivò l'ambulanza, con altre due auto della polizia al seguito, ma tutto era già finito.

Domenica 5 settembre 1971

Sgombrare gli slum richiese circa cinque ore. Era ormai notte fonda quando le ambulanze portarono via i feriti, i furgoni frigoriferi della Morgue i tre morti tra i poliziotti e gli otto tra i Fantasmas, i cellulari dell'Undicesimo Distretto stiparono al loro interno quasi trenta persone in stato d'arresto. Furono poi necessari diversi camion per svuotare l'arsenale da tutte le casse di armi e munizioni che vi erano stipate e infine un paio di carri attrezzi per rimuovere i due furgoni con cui le squadre di Schuster e Watts erano entrate in azione, ridotti ormai a due colabrodo per tutti i colpi ricevuti. Tutto questo, inoltre, avvenne solo dopo che la Scientifica, al gran completo e sotto la direzione del tenente Spielman, ebbe fotografato e catalogato tutti i reperti, su entrambi gli scenari in cui si era svolta l'operazione, la baracca con lo scantinato e l'incrocio in cui erano stati uccisi Ross e il terzo generale della banda.

A dispetto del sostanziale successo dell'operazione, il ritorno al distretto fu, per i detective dell'Undicesimo, un tragitto carico di dolore. Watts non aveva degnato di una parola né Parker né Zampisi, fingendosi indaffaratissimo con il lavoro, ma di tanto in tanto Parker aveva colto degli sguardi feroci scoccati al suo indirizzo. Era evidente che Watts fosse un vulcano sul punto di esplodere, si trattava solo di vedere quando e come. Zampisi aveva pianto molto, in quelle cinque ore, e ora appariva sfinita, svuotata di ogni energia fisica e mentale. Parker, dal canto suo, sentiva dentro di sé un groviglio inestricabile di pensieri e sentimenti contrastanti. Al dolore per la morte di Ross faceva da contraltare la soddisfazione per aver smantellato un'organizzazione pericolosa e che, da lì a poche settimane, lo sarebbe potuta diventare ancora di più.

Poi c'erano Zampisi e Watts; Parker era certo che il suo compagno avesse capito ma questo, prima ancora che il dispiacere per la loro amicizia probabilmente andata in frantumi, gli aveva causato un gran senso di liberazione. Sarebbe stato meglio se non l'avesse mai saputo, si diceva Parker, o almeno se l'avesse saputo in un modo meno brusco, ma la sostanza non sarebbe cambiata, inutile girarci attorno. La sostanza era che lui si era comportato come un traditore, un giuda, e ora ne avrebbe pagate, senza cercare attenuanti, tutte le conseguenze. Non aveva idea di cosa sarebbe successo, né per quanto riguardava la sua incolumità fisica, né per quanto riguardava il suo distintivo, ma lui, e solo lui, avrebbe dovuto pagare.

Alle tre di notte di una domenica d'estate, l'Undicesimo era un formicaio come certamente nessun altro distretto in tutta la città. Auto e furgoni andavano e venivano dal garage, mentre al piano di sopra una moltitudine di persone, ufficiali di polizia dalla Centrale, uomini del procuratore, paramedici, rinforzi della Scientifica, giornalisti e fotografi, chiedeva di entrare al sergente Mac, fermato dal capitano Duvall per uno straordinario turno extra. Un piano ancora più su dell'ingresso, nella grande sala della Squadra Investigativa, il tenente Braxton e il capitano Duvall chiamarono nel grande ufficio del capitano i detective, appena arrivati, che avevano preso parte all'azione.

«Ragazzi, - esordì Duvall - vi abbiamo chiamati perché sono in arrivo alcuni pezzi grossi dalla Centrale per sapere esattamente come sono andate le cose e, insieme al vostro tenente, volevamo capire bene come si sono svolti un paio di passaggi da cui anche lui, dall'elicottero, è rimasto tagliato fuori. Per i rapporti scritti c'è tempo e ora vi vedo giustamente sfiniti, ma prima che andiate a dormire abbiamo bisogno solo di questi ultimi chiarimenti».

«Vado io?» chiese Schuster, ricevendo cenni di assenso.

«Dunque, il posto indicato da Rincòn era giusto. Il travestimento da avvelenatori ha funzionato e ci siamo potuti avvicinare. Lì siamo stati fermati da alcuni guardiani armati, tre per la precisione, che apparentemente non avevano alcun motivo di essere lì, a guardia di una baracca. Quindi abbiamo finto di andar via e, una volta sul furgone, siamo entrati dentro la baracca con il mezzo, travolgendo due dei guardiani. Il terzo ha reagito, colpendomi sul giubbotto, ed è poi stato ucciso da Jackson».

«E bravo Jackson» disse Duvall sottovoce.

«Allora abbiamo dato l'ok per la discesa della squadra nera dall'elicottero, i rinforzi SWAT, ci siamo messi in cerca dell'accesso all'arsenale e in breve l'abbiamo trovato, era una grossa botola sul pavimento della baracca. Abbiamo gettato dentro i lacrimogeni che aveva la SWAT, abbiamo aspettato un po' e siamo entrati con le maschere. Dentro erano già tutti a terra, lì non abbiamo avuto difficoltà, ma quelle sono arrivate poco dopo, e in forze. Scusate. - bevve un sorso d'acqua e ricominciò - Eravamo entrati da pochissimo quando abbiamo sentito dei colpi provenire da su, dove avevamo lasciato due SWAT della squadra nera... cazzo, sono morti per un mio ordine e non so nemmeno i loro nomi...»

«White e Stackhouse» disse Braxton in tono grave.

«White e Stackhouse sono stati uccisi e dalla botola sono scesi circa venticinque uomini armati di pistole e mitra. Noi ci siamo rifugiati...»

«Aspetta, aspetta Bob. - lo interruppe Braxton - Dov'erano questi uomini? Come facevano a essere pronti in due minuti?»

«Con esattezza non lo sappiamo ancora, dovremo attendere gli interrogatori, no?»

«Questo lo so, ma voglio sapere che idea ti sei fatta tu».

«Ne ho parlato anche con Watts e Sanchez, dopo che è finita, e pensiamo che fossero in attesa lì sotto, nell'arsenale. Abbiamo trovato un mucchio di portacenere pieni e di bottiglie vuote, quando siamo entrati, troppi per quei pochi uomini che c'erano dentro. Sul fondo della cantina c'è una porta, che noi abbiamo trovato bloccata dall'esterno; gli uomini della Scientifica l'hanno aperta e hanno scoperto che da lì inizia un breve tunnel che sbuca in una baracca lì accanto».

«Insomma, - intervenne Sanchez, ansioso di andarsene a dormire - quando ci hanno sentiti sistemare le sentinelle di sopra, hanno tolto il loro esercito da lì e lo hanno spostato per prenderci alle spalle, non sapendo che avevamo comunque l'asso nella manica di Watts».

«Sì, mi pare più che plausibile. E' stato lì quindi che avete chiamato Watts?» chiese Duvall.

«Sì. La radio non riusciva a raggiungere l'elicottero, quindi abbiamo provato con la squadra di Grady e, grazie al cielo, ci hanno sentiti. Lì sotto ce la siamo vista brutta, capitano, brutta davvero».

«E qui entra in scena Watts...»

«Sì, capitano, ricevuta la chiamata abbiamo mollato l'incrocio e siamo andati lì. Avevano messo di nuovo delle sentinelle, ma le abbiamo stese, poi abbiamo trovato altri lacrimogeni e li abbiamo usati. Immaginavo che Schuster e gli altri lì sotto avessero tutti le maschere, così li abbiamo stanati».

«Raccontami di Ross...» disse Duvall, tagliando corto.

«Uno dei tre capi era fuggito, è il bastardo che mi ha fatto questo taglio qui... Parker è partito a inseguirlo, io ho ordinato a Ross di andargli dietro. Quando mi sono ripreso io e Zampisi abbiamo preso una macchina e siamo andati nella loro direzione, abbiamo caricato Ross e poi siamo sbucati in un incrocio... c'erano Parker e quel tizio che si fronteggiavano... stava cercando di convincerlo a metterla giù... quando siamo arrivati quello ha provato il tutto per tutto... ha sparato un colpo solo prima che Watts lo uccidesse, ma è stato il colpo che ha colpito Ross».

«Mala suerte de mierda...» bisbigliò Sanchez.

«Capitano, bisognerebbe avvertire la famiglia...» disse Braxton al suo superiore, con una certa discrezione.

«Sì, ci penso io. Non era sposato, vero?»

«No, divorziato con una figlia. Penso di avere il numero della ex moglie».

«I genitori?»

«Mi pare che siano morti entrambi, comunque controlliamo nello schedario. Ci pensi tu, Jackson?»

Jackson annuì in silenzio.

«Per le famiglie di White e Stackhouse?»

«Ci pensa il capitano Kroos, ne abbiamo già parlato scendendo dall'elicottero; erano suoi uomini, in fondo».

«Beh, allora qui abbiamo finito. Andate, io devo riferire ai due ufficiali venuti dalla Centrale e poi devo chiamare l'ex moglie di Ross».

Tutti i detective e il tenente Braxton erano sul punto di uscire dalla stanza, quando Watts si voltò all'improvviso.

«Capitano, in realtà avremmo ancora bisogno di parlarle, a lei e al tenente, per una questione della massima importanza».

Duvall non rimase sorpreso più di tanto, anzi guardò il suo detective con aria divertita.

«"Avremmo" chi?»

«Io, Parker e Zampisi».

«Ha a che fare con la morte di Ross?»

«No, signore, è una cosa personale».

Ricevuto un cenno di assenso con la testa dal capitano, il tenente Braxton fece uscire tutti gli altri, quindi tornò alla sua sedia accanto al tavolo del suo superiore, con un'espressione corrucciata e straordinariamente stanca.

«Sentiamo che altro diavolo c'è...» sospirò.

Parker rientrò nella stanza mentre sentiva un'enorme ansia impossessarsi di lui; Watts aveva deciso di lavare i panni sporchi in pubblico.

Zampisi, invece, con un'espressione inebetita sul volto, sembrava lontana anni luce da quella stanza.

«Ve lo spiego in due parole...» disse Watts, e sparò un destro violentissimo sul volto di Parker, che era in piedi alla sua destra.

In un attimo la stanca quiete che regnava nella stanza si dissolse. Parker crollò in terra mentre Braxton saltava in piedi dalla sua sedia.

«Grady! Che cazzo fai?! Sei impazzito?!» gli gridò il tenente.

«Io sono impazzito?! No, tenente, io non sono pazzo per niente! Se fossi pazzo avrei già sparato a questi due vermi! Su, dillo, dillo troia! Raccontaci da quanto ti scopavi il mio collega! Dillo tu, mentre puoi ancora parlare...» e sulla bocca di Watts comparve un ghigno che non prometteva nulla di buono.

«Porca puttana Grady! Ma che cazzo stai dicendo? - gridò ancora Braxton chinandosi su Parker, rantolante a terra con il naso e la bocca insanguinati - Questa è la volta che la Disciplinare ti rompe il culo e io non alzerò un dito in tuo favore!»

Duvall, pur sorpreso dal gesto, non si era scomposto; seduto comodamente nella sua poltrona, prese a dondolarsi leggermente e a guardare Watts con le mani conserte e l'aria quasi divertita.

«Premesso che a me e al tenente non importa nulla di quello che combinate nella vostra vita privata, immagino comunque che tu abbia le prove per fare quello che hai fatto...» disse a Watts, con estrema calma.

«Prove? No, capitano, non ho prove e non me ne servono. Non sono pazzo e faccio il poliziotto da una vita, so cogliere certi sguardi, certi abbracci, so capire il significato di certe coincidenze».

«Senza prove ti sei messo in bel guaio, allora. Lo saresti stato anche con le prove, ma così a maggior ragione... tu, Zampisi, non hai niente da dire?»

«Watts ha ragione, capitano, io e Parker abbiamo avuto una storia».

«Ecco, sentito? - disse Watts al capitano, poi, rivolto a Zampisi - E tu, Gayle, come hai potuto? Mi fai schifo! Schifo!!»

«Tu hai sempre fatto lo stronzo con me, Grady, anzi sei uno stronzo».

Ma Watts non la sentì neppure.

«Io non ci voglio più lavorare con queste due merde, capitano, voglio il trasferimento immediato! Avete capito? Non voglio più vedere questo distretto!»

«Calma Grady, aspetta...» era la voce di Parker, impastata dal sangue che aveva in bocca.

Si stava rialzando a fatica, poggiandosi al braccio di Braxton.

«Non dirmi di stare calmo perché te ne do un altro, pezzo di merda!»

«No, hai fatto bene a darmi quel pugno, me lo sono meritato. Lo so che, in questo momento, qualsiasi cosa ti dicessi sarebbe ridicola, anzi, sarebbe davvero un buon motivo per darmene un altro. Volevo solo dire che qui, se c'è qualcuno che merita di fare le valigie quello sono io. Mi trasferisca dove vuole, tenente, accetterò senza fiatare. Watts e Zampisi meritano di rimanere qui, la Squadra Investigativa ha certamente più bisogno di loro che di me, e meritano anche di avere un'altra possibilità di ricominciare».

«Parker... - disse il capitano con aria paterna - ...fin dal tuo arrivo ti ho considerato un bravo ragazzo, affidabile e onesto, e io raramente sbaglio nel giudicare le persone. Ora, quello che dici ti fa onore, ma quello che hai fatto al tuo collega è una cosa imperdonabile, orrenda, forse la cosa peggiore che possa accadere tra due detective, peggio di una bustarella, di una soffiata... il peggio del peggio».

«Ha ragione, capitano».

«Fammi finire, lo so che ho ragione, ci mancherebbe altro. - ribatté Duvall, con la grinta di chi è abituato a comandare - Quello che voglio dire è: benedetto figliolo, come diavolo è passato in mente a te e a lei di fare una cosa simile? E di portarla anche avanti nel tempo, oltretutto... mah... ragazzi miei... mi avete deluso molto, questo posso dirvelo con assoluta certezza. Ora sparite da questa stanza, anzi, da questo distretto. Abbiamo cose più importanti da fare. Vi do due giorni di riposo, poi vi faremo sapere i nostri provvedimenti».

«Parker, hai intenzione di denunciare Watts alla Disciplinare per quel pugno?» chiese Braxton.

Parker rimase sorpreso dalla domanda ed ebbe qualche attimo di confusione.

«Denunciarlo? No... no, no tenente, non ci penso proprio a denunciarlo».

«Bene, siamo tutti testimoni della tua risposta. Sia chiaro: in questi due giorni voi tre non dovrete avere nessun contatto, DI NESSUN TIPO. - sottolineò Braxton, con solo apparente ironia - Se vengo a sapere di minacce o di altre violenze potete anche buttare i vostri distintivi nel cesso, d'accordo?»

Parker e Zampisi si limitarono ad annuire, mentre Watts infilò direttamente la porta, sbattendola violentemente alle sue spalle.

«Fuori anche voi due» disse Braxton.

«Che ne pensi Joe?» disse il capitano Duvall appena furono soli.

Braxton spalancò le braccia.

«Mandare via Watts sarebbe un brutto colpo per la mia squadra; non possiamo privarci di un uomo così esperto, pur con tutti i suoi difetti, non con Ross morto e Schuster sul punto di essere promosso tenente e finire chissà dove».

«Potremmo sostituirlo».

«Sì, potremmo. Ma nessun detective esperto e sano di mente vuole venire nel Barrio e corriamo il rischio di vederci arrivare un altro novellino, com'è stato con Parker».
Duvall annuì.
«Il male minore sarebbe perdere Parker...» disse Braxton.
«Lo so, dei tre è il meno esperto, e poi se rimanesse qui dovrebbe passare le giornate a guardarsi le spalle da Watts. Però mi sembra un elemento molto promettente...»
«Lo è. Ha bloccato la fuga del capo dei Fantasmas stanotte, e ieri ha salvato la vita a Sanchez».
«... appunto, e non mi va di regalarlo a un altro distretto o di rovinargli la carriera spedendolo in qualche ufficio ad ammuffirsi».
«Rimane Zampisi...»
«No, Zampisi non si tocca, non voglio che sia lei a pagare. E' un ottimo elemento anche lei e avere una donna ti è stato utile in diverse indagini, se non sbaglio».
«E' vero. E aggiungo che se questa storia arrivasse a qualche giornalista e noi trasferissimo proprio lei, verrebbe su un casino pazzesco, maschilismo e cose del genere...»
«Me ne fotto di quello che dicono i giornali, lo sai, ma hai ragione. E quindi?»
«A malincuore ma io dico di trasferire Parker».
Il capitano Duvall annuì con un'espressione di dolore sul viso.
«E sia. Quando hai finito con tutte le scartoffie per l'operazione di stanotte, prepara i documenti e avverti il capitano Rice alla Centrale per la sostituzione. Senti che posti liberi ci sono, cerchiamo di punirlo ma senza rovinarlo».

All'uscita dal distretto, Parker trovò ad aspettarlo Julian Sanchez.
«Hai preso una paliza, eh? Riconosco la mano di Watts su quel sangue».
«Lasciami stare Julian, per favore».
«Si può sapere che cazzo avete combinato? Sobornos? Avevate messo su un giro di bustarelle?»
«Ma quali sobornos... ti ho detto di lasciarmi stare, Julian. Non hai voglia di tornare a casa?»

«No, io ormai sono abituato a vivere la notte e a dormire di giorno. Te la vieni a fare una birra?»

«No, voglio solo tornare a casa».

«A casa?! Para hacer qué? A raccontare a mamma e zia i casini che hai combinato per avere un occhio gonfio così? O che ieri hai ammazzato un uomo? Se proprio ne hai voglia...»

Parker lo fissò. No, Sanchez aveva ragione, mamma e zia non erano proprio le due persone giuste a cui parlare delle sue ultime trentasei ore.

«Sì, hai ragione. Andiamo, scegli tu il posto».

«El problema es la ropa que llevas, niño!» gridò Sanchez al di sopra del frastuono del locale.

"The Blue Door" era un bar davvero anonimo, nel complesso, la cui unica particolarità era di avere la porta d'ingresso foderata di velluto blu, da cui il nome. Il colore per la porta non era stato scelto a caso: il bar si trovava a un solo isolato dalla Centrale di Polizia, in centro, ed era frequentato quasi esclusivamente da uomini in divisa blu o comunque con un distintivo in tasca. Questa sensazione familiare aveva reso il Blue Door il locale preferito da Julian Sanchez per le sue sbornie.

«La ropa?!» chiese Parker, urlando anche lui.

«I vestiti! I vestiti che indossi! Sono ridicoli!»

«Piantala, sei ubriaco!»

«No estoy borracho».

«Sì, che lo sei, Julian».

«D'accordo, sono ubriaco, ma solo un po', solo un po'. E dovresti ubriacarti anche tu».

«Bere per dimenticare, eh?»

«Exactamente! Ne hai di cose da dimenticare stanotte, no? Per dio, ti sei scopato la donna di Grady Watts... ne hai di fegato, niño!»

«Non lo chiamerei fegato».

«Sì, sei stato uno stronzo, se è questo che vuoi sentirti dire. Però hai avuto fegato lo stesso!»

«Duvall e Braxton vorranno la mia testa».

«Es muy probable, niño, ma non è detto. In questi giorni

gli hai fatto vedere che hai stoffa, che hai cojones, e magari questo potrebbe convincerli a chiudere un occhio sul casino che hai fatto e non spedirti in un ufficio de mierda».

«Se rimango mi terranno d'occhio giorno e notte».

«Se rimani non è da loro che dovrai guardarti, ma da Watts... muy peligroso».

Di fronte all'idea di essere la preda del suo ex compagno Parker non trovò di meglio che finire la sua birra e ordinarne un'altra, subito imitato dal collega con la tequila.

«Credi che cercherà di uccidermi?»

«Mi sbaglierò, ma fossi in te non gli volterei le spalle durante un'irruzione... è un buon detective, quindi i trucchi sporchi li conosce tutti».

Parker annuì e bevve avidamente una lunga sorsata della birra gelata appena arrivata.

«In ogni caso, vorrei che facessi una scommessa...» riprese Sanchez.

«Una scommessa?!»

«Sì, una scommessa. Tu vuoi rimanere all'Undicesimo?»

«Sì, certo».

«Ma sei sicuro che ti cacceranno, giusto?»

«Sì».

«Allora, señor pessimista, questa è la scommessa: quasi sicuramente ti faranno fuori dal Distretto, ma se rimani... - e qui Sanchez alzò l'indice, come a richiamare tutta l'attenzione del suo interlocutore - ...e io dico che rimani... se rimani, quindi, prometti di nominarmi tuo consulente per il look?»

«Eh? Mi stai dicendo di vestirmi come te?»

«No, niño, tu non sei Julian Sanchez, io trovo le cose migliori por mi, ma posso trovare cose diverse che stiano bene a te. E non potrai rifiutarti di mettere i vestiti che sceglierò, d'accordo?»

«Non posso crederci... ma che diavolo hai contro i miei vestiti?» chiese Parker, mentre sul viso gli compariva il primo sorriso della serata.

«A venticinco años non puoi andare in giro vestito come mio nonno!»

«Il detective è bene che si vesta in modo distinto» rispose

Parker.

Sanchez si fece una gran risata, che culminò in un lungo sorso di tequila.

«E questa cazzata chi te l'ha detta?»

«E' una lunga storia, Julian».

Sanchez alzò il suo bicchiere vuoto davanti al volto di Parker, quindi prese a scrutarlo attraverso il vetro.

«I tempi sono cambiati da quelli di tuo padre, niño» disse, in tono improvvisamente serio.

Parker non seppe cosa rispondere.

«I criminali sono cambiati, la città è cambiata, i poliziotti sono cambiati. Accetti la scommessa?»

Parker proruppe in una risata liberatoria e annuì con la testa.

«Non ho sentito, niño!»

«Sì! Accetto la scommessa!»

Sanchez gli allungò la mano a sancire il patto e Parker gliela strinse vigorosamente.

Parker tornò a casa all'alba.

La madre e zia Mary erano immerse in un sonno troppo profondo per sentirlo, e fu immensamente contento di questo. Era quasi ubriaco, Sanchez aveva insistito affinché passasse dalla birra alla tequila e poi al whisky, e puzzava di sudore: si spogliò, andò a farsi una doccia e lì, finalmente, riuscì a sentirsi libero di piangere.

Quando uscì dal bagno, dopo quasi un'ora, le trovò entrambe in cucina, intente a fare colazione.

«Noah, dio mio, che ti è successo?» esclamò la madre vedendo l'occhio viola, gentile dono di Watts. Scattò in piedi dalla sedia e gli andò incontro.

«Ciao mamma, ciao zia, - rispose Parker, nel tono più disinvolto che riuscì a trovare - state bene?»

«Sì, noi stiamo bene, ma tu non mi hai ancora risposto. Cos'è quell'occhio nero?»

«Niente di serio, mamma, stai tranquilla. Durante l'irruzione di stanotte un tizio mi ha dato un pugno».

«Tutto qui?» gli chiese la madre accarezzandogli il livido.

«Tutto qui, sono solo stanco morto. Voi che fate già in piedi?»

«Alle otto e mezza c'è la messa».

«Ah, già, oggi è domenica. Avevo perso il conto dei giorni».

«Vuoi fare colazione anche tu?» gli chiese amorevolmente zia Mary.

«No, grazie, ho solo bisogno di dormire».

«Non vuoi metterci nemmeno un po' di ghiaccio su quell'occhio?» insistette la madre.

«No, vado a dormire. Non svegliatemi neppure per il pranzo. Ho due giorni di riposo, torno a lavoro martedì».

Le due donne annuirono, felici di questa notizia. Parker era riuscito a dissimulare perfettamente l'angoscia che si portava dentro.

Dormì tutto il giorno, di un sonno agitato e denso d'immagini angosciose, ma dormì.

Si alzò un paio d'ore in coincidenza con la cena, poi tornò a letto per risvegliarsi solo il mattino seguente.

Lunedì 6 settembre 1971

Parker trascorse una giornata serena, come non gli accadeva da tempo. Si dedicò completamente alle due donne della sua casa, accompagnandole a fare la spesa, aiutandole nei lavori domestici più faticosi, assistendole in cucina, sempre con un occhio di controllo ai movimenti della zia Mary. Fu sorpreso di se stesso: era riuscito a escludere dalla sua vita, dai suoi pensieri, tutte le vicende del distretto. Il sottile equilibrio su cui si reggeva il suo stato d'animo non durò però a lungo; nel tardo pomeriggio, infatti, arrivò a casa la telefonata del sergente Mac che lo avvisava del funerale di Rob Ross, l'indomani alle 10 presso la chiesa di St. Patrick.

Martedì 7 settembre 1971

Parker non indossava la sua uniforme blu scuro dal giorno in cui aveva ricevuto la placca di detective al termine dell'Accademia, e non aveva mai visto nessuno dei suoi colleghi vestirla. Alcuni, come Sprewell e Sanchez, stentò perfino a riconoscerli, sul marciapiedi davanti alla chiesa. Nella confusione intravide per un attimo Watts, che non lo degnò di uno sguardo né, tantomeno, di un saluto; non riuscì a vedere, invece, Zampisi.

Quando venne segnalato l'arrivo del corteo funebre, tutti gli uomini e le donne dell'Undicesimo Distretto che erano stati dispensati dal turno di servizio si schierarono su quattro, lunghissime file. Quattro file interminabili di divise blu scuro, con placche argentate o dorate sul petto, listate a lutto da una fascetta nera che le attraversava trasversalmente. Parker non si era mai reso pienamente conto di quanta gente lavorasse in quel distretto, in tutti i vari reparti, per ventiquattro ore al giorno, sette giorni su sette. Si trovò davanti volti perfettamente sconosciuti e volti che ricordava solo vagamente, come fossero stati lontani parenti emigrati in Europa. Poco prima che il carro funebre sbucasse dal fondo del viale, la banda iniziò a suonare; poi, quando il feretro, coperto dalla bandiera statunitense, venne estratto dall'auto nera, si fecero avanti in sei per trasportarlo su per la decina di gradini d'ingresso della chiesa. Il tenente Braxton, Schuster, Jackson, Sprewell, Blackman e Zampisi.

Parker tentò di vederle il volto, ma aveva il cappello ben calcato verso il basso, e non ci riuscì.

La messa fu piuttosto lunga, dolorosa, segnata dalle molte parole di conforto del prete celebrante, cui seguirono quelle più brevi e sofferte del capitano Duvall.

«Il fatto che un poliziotto possa morire nell'adempimento del suo dovere è qualcosa con cui ognuno di noi fa i conti ogni giorno, nell'istante in cui chiude l'ultimo bottone della divisa o in cui infila il distintivo nella tasca della giacca. Questo non ci spaventa, questo non ci impedisce di fare il nostro lavoro, questo non ci impedisce di essere qui oggi. Ma la cosa davvero amara, davvero angosciante della morte di

Rob Ross è la sua totale inutilità, la completa disperazione che ha guidato il gesto di chi l'ha causata. Un uomo finito, al termine di una brillante operazione oramai conclusa, decide di lanciarsi in un ultimo, disperato gesto. Spara un colpo nel nulla e uccide uno dei nostri, uccide Rob Ross. Un gesto di terrore, l'ultimo grido della disperazione assoluta, l'ultimo atto di chi ha usato la propria vita per creare il male e alla fine ne è rimasto schiacciato. Ecco... per dare un senso alla morte di Ross non dobbiamo lanciarci in crociate o, peggio, in vendette, in giustizialismi sconsiderati. Perché il sangue che ha versato negli slum non rimanga inascoltato, dobbiamo fare ancora meglio il nostro lavoro, da oggi in poi. Dobbiamo servire e proteggere, certo, come dice il nostro motto, ma dobbiamo avere ancora la forza d'animo, la maturità e, dove serve, la pietà per trasformare la giustizia in speranza. Speranza per tutti i disperati come quello che ha sparato a Ross, perché solo dando speranza a queste persone potremo evitare che quei gesti si ripetano. Grazie».

La chiesa fu scossa da un lungo applauso, all'inizio un po' freddo a causa delle parole "ecumeniche" di Duvall, ma poi via via sempre più convinto.

La bandiera fu piegata a triangolo e consegnata alla figlia più grande di Ross, una bambina biondissima con gli occhi azzurri gonfi di lacrime.

Gli stessi sei di prima risollevarono la bara e la riportarono al carro funebre. Molti detective salirono in macchina per seguirlo fino al cimitero; Zampisi e Braxton furono tra i primi a sparire.

Parker, un po' spaesato, stava guardandosi intorno alla ricerca di Sanchez per chiedergli di andare insieme al cimitero, quando alle sue spalle sbucò dalla massa il capitano Duvall, che lo afferrò per un braccio e lo fece allontanare di qualche passo da orecchie indiscrete.

«Parker, vieni qui, devo parlarti».

Il detective, ammutolito, lo seguì.

«Volevo avvisarti che, insieme al tenente Braxton, abbiamo deciso di cambiarti turno. Da domani e fino a nuovo ordine lavorerai al notturno, da mezzanotte alle sei, in coppia con Sanchez. Ti presenterai al distretto con i consueti quindici minuti d'anticipo sull'orario di presa servizio, come al solito. Tutto chiaro?»

«Sì ma... scusi capitano, ma allora avete trasferito Watts? Io non volevo questo, capitano!»

«No, Watts resta dove sta. Farà coppia con Price, l'ex compagno di Sanchez, appena torna dall'operazione d'appendicite. Price ha famiglia e aveva chiesto già da tempo di cambiare turno».

«Ma allora, Zampisi...»

«Zampisi ha dato le dimissioni. Da domani non è più un poliziotto».

«Dimissioni?! Ma... gliel'avete chiesto voi di darle?»

«Non diciamo cazzate Parker! - si spazientì Duvall - Domenica notte, dopo la nostra riunione, l'abbiamo trovata che ci aspettava sui gradini delle scale. Aveva già la lettera di dimissioni in mano. Ora basta, devo andare».

«Sì, va bene, capitano. Grazie».

«Grazie un cazzo, Parker. Alla prossima stronzata ti degrado ad agente e ti sbatto a dirigere il traffico. Riga dritto, d'ora in poi, o te ne pentirai».

Duvall voltò le spalle senza aggiungere altro, lasciando Parker da solo in mezzo alla strada, che ne frattempo si era svuotata quasi completamente.

Stava ancora cercando di rimettere ordine nei pensieri dopo le parole del suo comandante, quando venne colpito sulla nuca da un giornale arrotolato. Si voltò bruscamente, trovandosi davanti Julian Sanchez, innaturalmente costretto dentro l'alta uniforme.

«Ho sentito che hai perso la scommessa, niño...» disse ridendo.

«Eh già, sembra proprio che dovrò farmi un nuovo look».

Sanchez annuì sorridendo, poi divenne serio.

«Hai visto il giornale di oggi, niño?» chiese sventolandoglielo davanti agli occhi.

«Il giornale? No, non l'ho letto, perché?»

«Perché ieri c'è stata una rapina con tre morti ammazzati in una grossa stazione di servizio a Chesapeake Circle. Pieno giorno, nessun testimone, i tre lavoranti portati dentro l'officina e trucidati, incasso sparito fino all'ultimo dollaro... ti ricorda niente?»

«La banda dei poliziotti».

«E bravo niño».

«E quindi? Il caso è degli Affari Interni, ormai».

«Se non ne vengono a capo stavolta, scommetti che il caso tornerà da noi?»

«Un'altra scommessa?! No, grazie, per oggi ne ho già persa una e mi basta».

«Està bien, ma ricordati quello che ti dico: quei cabrones degli Affari Interni non caveranno un ragno dal buco e toccherà a noi trovare quei bastardi».

«Ok, me lo ricorderò. Ma ora sbrighiamoci ad andare al cimitero, altrimenti arriveremo quando sarà tutto finito».

«Io non vado, yo no voy al cementerio, es mala suerte. E non dovresti farlo nemmeno tu».

Parker rimase interdetto.

«Ross è morto, ormai, pensiamo ai vivi. Adiòs niño, tu fa' come vuoi, io me ne vado a casa, Ci vediamo domani mattina alle undici all'incrocio tra la Quarantaduesima e la Madison. Il negozio si chiama Up, hanno roba che potrebbe andarti lì».

Sanchez fece un cenno di saluto con la mano e si avviò ridacchiando verso il parcheggio della chiesa.

Parker si guardò intorno: ora la strada era completamente deserta e l'attraversò per andare anche lui a recuperare l'auto. Non aveva più voglia di andare al cimitero a veder seppellire la bara di Rob Ross, aveva ragione Sanchez: quel che era stato era stato, meglio dedicarsi ai vivi.

Si tolse il cappello e sentì sulla testa, inattese, alcune gocce. Alzò il viso al cielo e vide l'inizio di una pioggia dapprima timida poi, dopo qualche secondo, via via più insistente.

Adorava i temporali estivi, dove il cielo sfogava la propria rabbia in modo breve e impetuoso, senza snervare gli uomini come faceva con le sottili piogge invernali.

Rimase lì, fermo fin quando una signora che gli sembrò molto anziana, con un carrellino per la spesa, lo chiamò.

«Ehi, agente! Non stia lì a pensarci troppo in mezzo alla strada, è solo la fine della stagione!»

«Dice che l'estate è già finita, signora?» le rispose Parker, sorridendo.

«Eh, mi sa di sì, giovanotto. Le stagioni finiscono, sa? Se lo lasci dire da chi ne ha viste parecchie!» disse la signora, con un sorriso sulla bocca.

Parker tornò a guardare il cielo e ci pensò su qualche secondo, mentre la pioggia gli lavava la faccia.

«Dipende dai punti di vista, signora. - disse infine - Potrebbe essere la fine della vecchia stagione, certo... ma se invece fosse solo l'inizio della nuova?»

Accennò un inchino d'altri tempi e s'incamminò verso l'auto.